U0561495

自我、镜子与图书馆

李 浩 著

· 桂林 ·

自我、镜子与图书馆

ZIWO JINGZI YU TUSHUGUAN

图书在版编目（CIP）数据

自我、镜子与图书馆 / 李浩著. --桂林 ：广西师范大学出版社，2022.8

ISBN 978-7-5598-5031-7

Ⅰ. ①自… Ⅱ. ①李… Ⅲ. ①短篇小说－小说集－中国－当代 Ⅳ. ①I247.7

中国版本图书馆 CIP 数据核字（2022）第 088428 号

广西师范大学出版社出版发行

广西桂林市五里店路 9 号　　邮政编码：541004

网址：http://www.bbtpress.com

出版人：黄轩庄

全国新华书店经销

广西广大印务有限责任公司印刷

桂林市临桂区秧塘工业园西城大道北侧广西师范大学出版社集团有限公司创意产业园内　邮政编码：541199

开本：880 mm × 1 230 mm　1/32

印张：8.125　　字数：189 千

2022 年 8 月第 1 版　　2022 年 8 月第 1 次印刷

定价：56.00 元

目 录

飞过上空的天使

我们记得非常清楚：那个下午，世纪酒楼的大钟指向四点二十，一群咕咕咕咕的鸽子飞过之后，天使出现了。

它从城市的东南方缓缓飘来。在我印象中，它和白色的云朵混在了一起，是渐渐清晰起来的。若不是一个电业工人发现，我们也许会忽略掉它的存在，只会将它的经过当成是一朵穿裤子的云，仅此而已。毕竟那个时间我们都满腹心事，昏昏欲睡，我们更多地将注意力放在了脚上、鞋子上、红绿灯上、对面的美人身上、房价和股市上——“啊，啊啊！”那个电业工人大声地叫起来，他蹲在路灯高高的杆上，手努力伸着，就像一只受到惊吓的乌鸦。顺着他手指的方向，四十五度，以及一段后来被报纸弄得扑朔迷离的距离处，天使出现了。

许多人，许多头和眼睛，许多玻璃，许多望远镜、显微镜、近视镜、老花镜、夜视镜、墨镜和摄像机、照相机镜头都看见了天使飞过。那是一个多么激动人心的时刻！多么让人眩晕的时刻！天使在天空中游弋，像一尾鱼在水中那样。那天的天气真好，所有习惯胡说八道的人和报纸都没有否认这一点，它们只是在是否“万里无云”上出现了分歧。报纸上说，某个出租车司机由于将头伸出车窗看天使出现，不慎扭伤了颈椎，不得不向急救中心和汽修厂、保险公司求救，最终由汽修厂的工人师傅割开车门才将他救了出来，但医生说完全的复位已不可能。《哑石周刊》的报道则更为奇特，它们一向以奇特而著称。上面说，某居民楼内一瘫痪多年的老人听到天使出现的消息，按捺不住好奇，下了床，然后下了楼，他的疾病竟然奇迹般不治而愈；上面还说，同样是在这座居民楼，一位患有心脏病的肥胖女人在看天使经过时过于激动而发病身亡，她的心脏比平时大约大了六点七倍，突然增大的心脏堵住了她的喉咙，使她窒息，终致不救。

好了，我们接着说那个下午的天使。它在天空中游弋，像一尾鱼。我只接受这一个比喻，想看其他的比喻你可以查一下那天的晚报和第二天的所有报纸。那些五花八门的比喻让我厌倦，我只接受我自己想到的这个，像一尾鱼。一尾鱼。一尾鱼。它背后的羽毛极其像鱼的鳞片，在下午四点的阳光中闪着细细的光。我不再过多描述，反正报纸上有，电视上有，互联网上有，城市市民舌头尖上有，A 城市史料汇编上有……我会详细给你介绍那些的，要是你真的感到好奇。下午四点四十分左右——关于确切时间请看当时的报纸。上面有市民的说法，气象局和卫星观测中心的说法，等等等等。现在仍在众说纷纭，甚至为此引发过暴力事件。使用一些相对模糊的概念是明哲保身的做法，我可不想被某个坚定的“真理捍卫者”将我捍卫掉——天使经过城市的上空，然后慢慢消失。

天使飞过了我们的城市！

天使飞过了我们的城市！

天使，天使，天使……有一位核物理学家，学科带头人，经过认真细致而周密的计算，得出一个惊人的结论：这条新闻所具有的爆炸性，相当于两千一百四十五枚“恐龙级”核弹同时引爆的当量。他把全世界大小媒体的报道均称为“冲击波”，将我们经久不息的谈论争吵看作“核尘”……是的，在一个相当漫长的时期，我们将嘴巴撕开就不由自主地谈论那天下午的天使、天使、天使，以至于不得不依靠器械或他人的帮助，才能将牙刷或者米粒塞入自己的嘴里。天使、天使、天使。我的眼里只有你，我的心里只有你，我的口中只有你……

天使的出现使《A 城晚报》的某位记者一夜成名，后来，A 城的“天使公园”里还建起了一座铜像，那位记者举着相机，正仰望着苍穹。雕塑的名字经过了多次修改——《捕捉》《敏感》《发现》《天使出现》……无论哪个名字都受到过攻讦指责，以至于它的名字每半年就会更改一次；后来，一个被“雕塑名字”弄得焦头烂额的市府官员提议，只保留雕塑而取消它的命名——这个提议虽然依旧备受指责，但最终还是被接纳了下来。那位晚报的记者早已离开了 A 城，成为一家国际时报的记者，只是他从此再也没有写出什么像样的东西，直到老去。

那篇后来引起“爆炸”“轰动”的新闻被《A 城晚报》安排在 Z 版的一个角落里，占有两块豆腐块大小的篇幅，题目是《天使飞过了我们的城市》，没有惊叹号。使用惊叹号是第二日的其他报纸，随后这个符号越用越多，在《世界牙科医学报》的那篇《发现天使》中，竟然使用了九个惊叹号，并使用了不同的颜色。一夜成名之后，那位记者曾接受《德国甲虫之声》的采访，上面说，那位记者曾向采访者抱怨，抱怨报社领导的麻木和官僚，如此重大的报道竟只安排在 Z 版很不起眼的地方，并将天使的照片删除。同时他还透露，这则新闻一经发表马上受到某部门的指责，他还就执行新闻纪律不严写过检查……但很快，这位记者在 A 城电视台和旧狼网、搜鲸网等发表声明，驳斥了《德国甲虫之声》那篇歪曲事实、不负责任的说法。他说，他能捕捉到这条新闻，完全是平时领导帮助教育、同事鼓励的结果，成绩不是一个人的，绝不是。至于排在Z版，是因为其他稿件都已发排，无法变更，在领导的高度重视下这篇稿件才挤上了版面，将另一篇也非常重要的稿件挤了下来。“他们怎么能那么、那么不顾事实，那么无中生有！”在电视上，这位记者义愤填膺，最后哭出了声来。

《A城晚报》的报道中，那天的天气，A城的景色，天使的样子都未曾提及，而在谈到天使的时候，那位记者不知出于何种考虑用语非常审慎：“从我们所处的位置看，它很像传说中的天使”“是不是天使真的在A城出现了，这有待科学家们进一步地考证”。

那天的天气确实相当不错，这点毫无疑问，只是在我们仰望飞过上空的天使的时候是否“万里无云”则很难说清。它引发了激烈的争吵，两方乃至三方、四方都拿出各自的照片为证，然后指责对方，第三方、第四方运用电脑技术进行了修改，这个问题最终被上升到“捍卫真实”和“维护真相”的高度，随后相互攻击各自的人格、治学态度，猜度他们是故意炒作、提升知名度、获得种种利益……谩骂和战斗依次进行。日本《朝卖新闻》在采访过一个叫“胡途先”（音）的人之后得出结论，天使飞过A城时带来一股酸酸的类似米醋和六六粉混合的气味，经久不散。而《B城都市报》则对此进行了批驳，它说，A城曾是一座化工城市，有众多的制药厂、硫化厂、水泥厂，那种酸酸的气味只能说明A城环境污染较重而已，并不能证明天使携带了何种气味。《B城都市周刊》的这一论点很快遭到《A城日报》《A城晚报》《A城都市周刊》和电视台、新闻管理局、《环境监察治理旬刊》的批评，众多生态学家、作家、环境学家撰文称，A城的环境治理和化工厂废水治理工作是卓有成效的，空气中的可吸入颗粒物已累年减少，说A城环境污染较重、空气中有异味纯属无稽之谈。同时A城各家媒体也共同指出，在整个A城有四万六千多“胡姓”市民，但无一人叫“胡途先”，《朝卖新闻》的报道完全是不顾事实的杜撰，是别有用心的。（它甚至引发了一场抵制日货的热潮，好在，在政府的控制下没有发展成特殊事件。）

许多A城的居民，许多头和眼睛，许多玻璃和玻璃后面的脸，许多望远镜、近视镜、老花镜、夜视镜、墨镜，许多摄影机、照相机、手机都看见了天使飞过。我们从各自的角度出发向他人、向媒体、向各大研究机构和考察团诉说我们所看见的天使，以致混乱越来越多地出现，这让我们都感到惊讶。就以天使的翅膀为例，有人说它是白色的，也有人说它是金黄、暗褐、大红、淡蓝色的，并有各自的照片为证，即使没有拍到照片的也信誓旦旦，说自己在维护“良知”和“真相”，其他的均是在篡改，有人以照片为证，说天使的翅膀像天鹅的翅膀，另一些人则依据另外的照片判定天使的翅膀像秃鹫的翅膀。在经过一系列争吵之后，A城、C城分别成立了“天鹅派”和“秃鹫派”两派制订了各自的行动纲领、服装要求和不同徽章，如果不是政府行动及时，两派很可能会发展壮大，引发暴力事件。这并非耸人听闻，多年之后，“天鹅”和“秃鹫”之争蔓延到Q国，强硬的“秃鹫派”，Q国陆军总司令发动军事政变，囚禁了属于“天鹅派”的Q国总统，“天鹅派”的支持者在游行示威中和军方发生激烈冲突，造成上千人死伤。栖息于Q国的几十只天鹅也先后遭到了屠杀。后来发动政变的Q国陆军总司令的弟弟和女儿在一次集会中被枪杀，凶手供认，他属于“天鹅派”。

多年之后，那个爬到路灯杆上维修路灯的电工也成了英雄，是他第一个发现了天使并指给了我们。（当然，据说在他之前有一个中年女人和一个在街上遛弯儿的老头儿也看见了天使，三个人的名誉权官司也打了几年，最高法院最终裁定，老头儿和中年女人证据不足，不予采信。然而民间的、网络上的论争远未结束。）前文说过，那个电业工人喊出来的只是“啊，啊啊”，就是这样的叹词，没错，当时我就在现场。可后来经过渲染演变，他发出的声音成了这个样子：“看！天使！”或者：“你们看，快！天使！”或者：“你们看，飞天！”（这是一家敦煌内部诗刊在编者按中的说法，后来有些报刊也沿用了它。）或者：“快来看！乌拉木！”（这是欧洲一家报纸的报道，据说它属于某个秘密宗教组织。）……

让这些纷争、纷纭暂告一段落吧！我知道，你的耳朵里已塞满了茧子。

天使的出现严重影响了我们的生活。那天下午，天使的出现造成了“事实罢工”，所有能行动的A城人都拥到了街上，包括工人和官员、学生、教师、医生，患有感冒、肝炎、肠炎打着点滴的患者，银行职员和保安，秘密幽会的人，嫖客和妓女……A城的所有街道都人头攒动，拥挤不堪，大家昂着头，大口呼吸着渐渐稀薄起来的氧气，直到天使消失后五个小时才缓缓散去。《东区青年报》刊登过一张从高楼上拍摄的照片，在照片上，我们只能通过拥挤的人头判断那是一条街道，画面上全是黑压压的人头，密如超市橱柜里堆满的黑豆，这些无法数清的脸全部尽最大努力仰望着，显露出一种统一的、新奇而茫然的表情……据《墨西哥鼹鼠新闻》报道，在人群散去的时候，还造成了小小骚乱，有几家商店的玻璃被砸，还有一些人的手机、钱包被小偷偷走——新闻发言科那位漂亮精干的女发言人否认了这一说法（这个科室是在天使出现后新设立的，一直延续到现在），不过她承认，在天使出现之后的几个小时内，A城的城市交通陷入了瘫痪，被挤在中间的居民和汽车根本无法移动，即使他们想早早离开大街。捕熊网、花边逸事网在各自的新闻主页上详细介绍了那天我们城市街道的拥挤情况，他们说，一些名贵汽车的后视镜被恶意拧坏，一些车辆的车身被硬物划伤，汽修厂工人排除了因为拥挤而无意划伤的可能，部分车辆的车身上、车顶上被吐满了各种颜色的痰和泡泡糖……随后两家网站联手，在网上展开了“毁车事件凸显仇富心态”的大讨论，划分了正反两方，并进行“支持、反对”民意大调查，一时间硝烟弥漫，沸沸扬扬。漂亮精干的女发言人对捕熊网和花边逸事网的行为进行了谴责。她对中伤 A 城市民、破坏 A 城投资环境、制造不良后果的行为表示愤慨，“我们将保留法律追诉的权利”。同时，她要求，我们 A 城市民应对这种别有用心的、用心险恶的人和行为予以坚决反击，“拿出我们的行动来！”

尽管有禁放令，但那天晚上 A 城处处都响起了鞭炮声，此起彼伏，一家濒临倒闭的烟花厂从此起死回生，那些烟花爆竹经销点的订购电话被打爆了，之前那些爆竹上面都布满了尘土……

“为什么要放鞭炮？”

“天使来了。”

“天使来了和放鞭炮有什么关系？”

“我不知道。但是人家都在放。反正也没什么坏处。”

“为什么要放鞭炮？”

“天使来了啊！你不知道？”

“我知道。只是，天使来了和放鞭炮有什么关系？”

“天使是来降福的，放鞭炮可以将它吸引到你这里来，你得到的福就多一些。”

“可是，大家都放……”

“所以你才应该加快速度啊，马上行动！”

…………

“为什么要放鞭炮？”

“因为天使，它下午的时候出现了！”

“只是，放鞭炮和天使来有什么关系？”

“你没听说？天使这次来，是为上帝来选童男童女的！放鞭炮是为了阻止自己的孩子被天使抓走……”

“真是这样？你听谁说的？”

“都这么说！”

接连三天，A城晚上鞭炮齐鸣，震耳欲聋，通过飞行器拍摄的图片来看，夜晚的A城浓烟滚滚，几乎是一座巨大的雾都，鞭炮的闪光在雾中时隐时现。那几天里，最为繁忙的是城市环卫工，大街上纷纷扬扬的纸屑大约三尺多厚，他们不得不动用各种大型机械来清除纸屑，然而刚刚清扫过去，一阵风过后，堆积在别处的纸屑又纷扬飘来，让他们扫不胜扫，防不胜防。位于A城市中心的那条民心河很快被纸屑所堵塞，远远看去，整条河就像泡在水里慢慢发霉的面包，散发着一股股恶臭。《A城日报》首先报道了此事，并就此事对城市环卫局进行采访，城市环卫局的一位领导在对此事表示关注之后表态，河道的清淤工作属于河务局管辖范畴，环卫局没有管理权限。同时他对《A城日报》的记者提出，应当对战斗在一线的环卫工人们进行采访，“他们为A城的环境卫生付出了巨大的劳动！”河务局一位办公室主任在接受《河流日报》和A城电视台采访时重申，日常的河流清淤属于河务局，但这次属于非正常的突发事件，是居民人为造成的，应当由环卫局、环监局和居委会共同负责。随后，环卫局、环监局和各居委会也发表声明，他们没有行政职权，这件突发事件不在他们的管辖范围之内。一名居委会的负责人呼吁，此事应由各公安分局和派出所管理、详查细查，对那些不讲公德、非法鸣放鞭炮的市民应进行依法惩治，勒令他们将淤积在河道的纸泥清除出去……后来是由 A 城政府出面，协调各局各部门对河道进行了清理，那已是三个月之后的事了。这次清淤的直接后果是，河流出现干涸，城市水位下降，自来水的水质也受到了影响，一时间各类瓶装水的价格一路飙升，A 城一家矿泉水生产厂家的股票在三个月内出现二十二次涨停，价格翻了九倍。

天使的出现使 A 城成为全世界瞩目的地方，一时间，坐落于 A 城大大小小的寺庙、教堂、祠堂甚至会馆都香火极盛，虔诚的和不虔诚的人们络绎不绝，人们的呼吸和点燃的香火使 A 城的气温与历史同期相比高了十二度，升高的气温带动了饮料产业、冰柜冰箱产业、空调电扇产业，带动了遮阳伞产业、防晒霜产业、饮食业。要知道 A 城的旅游因为缺少景点一直显得低迷，市旅游局一直租房办公，常为买个电扇、买瓶墨水打十几份报告，而天使出现之后，市旅游局在半年内即盖起了 A 城最高的办公大楼，据说里面是清一色的德国设备……当然，天使的出现也使 A 城一时间流言四起，越来越耸人听闻，地震说、火灾说、世界末日说、见龙在田说、文曲星升天说……A 城政府的那位女发言人不得不频频出镜，用一种外交辞令的语言辟谣。她显得越来越沉稳，越来越熟练。

“听说了没有？天使来到 A 城，是在挑选在大地震中可以活下来的人，据说大地震马上要来，A 城会全部陷到地下去！”“怎么办？”“我听说买一条红腰带五个鸡蛋一次吃下，就能躲过这场灾难！”“我去年就买过三条腰带了！”“这次可不一样！你不是都看见了？天使！”

“听说了没有？一场比艾滋病、禽流感、非典厉害一千倍的瘟疫就要降临A城！天使冒着危险来通知我们，它回去，肯定会遭受严厉的惩罚！”“那、那怎么办？我们要马上撤离A城？”“不，也不用！我听说了，只要每天早晨喊三声‘西瓜开门’、含一片薄荷糕、戴墨镜……”

“你听说了没有？天使来到A城……”

多年之后，某位经济学家在一部使他声名显赫的著作《内需杆如何撬动》中，将A城的天使事件当成是拉动内需的成功范例加以阐解，这一部分占有其中的一个章节，三十七个页码。后来，他的这本著作被当作A城各行政单位、企事业单位和各大学中学的学习读本，为这位学者创造了不菲的价值。

围绕飞过城市上空的天使是否是真正的天使、它存在的价值与意义等问题，科学家、人文学者，宗教界人士、艺术界人士，新儒学知识分子、新新道家知识分子，前派、新前派、自由前派和后派、传传后派、新后派知识分子，以及官员、群众、社会各界人士，在各大国内外媒体展开了激烈的讨论。

《地平线学报》发表了两篇署名文章，他们认为，从自然科学的角度，从实证科学和物质哲学的角度，天使的存在是可疑的，飞过A城的天使应当是一种“集体幻觉”，它大约是一种物理现象。一篇文章在分析了A城当日的气象状况和十三年来的气候变化后得出结论，“天使”应当是一种球形云，它呈现天使的面目，包括有翅膀等等是因上空浮尘、阳光和视觉角度共同的结果。另一篇文章则猜度，“天使”和那些“海市蜃楼”现象原理基本相同，只是因为A城上空飘浮着大量硫化物颗粒，它们在空气中摩擦产生电磁，这些吸附力极强的电磁在阳光的作用下更清晰地、更集中地呈现了这一“海市蜃楼”。这篇文章还配发了天使在A城消失时的图片，三张海市蜃楼消失时的照片，他指出，这种缓缓在空气中消失而不是走出视线的消失方式，正是海市蜃楼的统一特点。《绝对科学月刊》在天使出现后一个月内即做出反应，召集物理学家、化学家、气象学家三十余人参加座谈，并配发了题为《眼见未必是“实”——A 城天使现象的科学探疑》的编者按。这些文章先后被转贴到搜鲸网、搜鹰网、A 城城市论坛网上，点击量每日都在百万次以上。至于网民留言，在这里我不再转述，你可自己去查看。刚才我还查看了一下关于“A 城天使”的留言总数，大约在九十亿条左右。

《天天娱人节文艺周刊》上说，A 城飞过的天使可能是新型的 UFO，外星人试图以天使的面目出现向人类示好，我们也应向它发出友好的表示;《军事迷》杂志则认定，它也许是某某国家的间谍卫星，具备躲避雷达的隐形技术，而用天使的模样，即使被发现也不会马上遭到攻击……《国际奥秘》《魔戒 · 魔界》等刊物对上述观点一一进行了反驳，它们认为，我们不能站在已知的角度、打着科学的旗号去反科学，我们的科学才刚刚发展，未知领域巨大得让人害怕，我们无法解释的超自然现象还有很多……

“天使的出现有力地证实了上帝的存在，那些心怀上帝的人，时常念上帝之名，对上帝常怀敬畏和感恩之心的人有福了！”“所有荣耀都属于我的主，我的上帝！”

还是那家敦煌内部诗刊，一位年轻诗人用一种不可辩驳的口气认定，飞过 A 城上空是飞天而不是天使:“为什么那么多人认定它是天使而不是飞天？是人们对飞天的疏离和淡漠！物欲横流的今天，人们疏远了它，疏远了精神的家园！是时候了！是说出真相的时候了！诗歌和飞天的尊严必须得到捍卫！”这一“飞天说”后来得到了某某寺住持、某某市佛教协会副会长、某某佛教协会用品形象代言人、著名社会活动家释非心大师的认可，某某寺万佛堂外的长廊里，挂满了“A 城飞天”的照片，据说香火极旺。在 A 城，还曾流传过一种说法，那个飞过上空的天使是 A 城一位去世老太太的灵魂，在她生前常替人算命，就显现过不少的神迹。支持这一说法的多是 A 城市民，她的家人后来将她的旧宅辟为祠堂，供奉老人遗像，前去参观的人要向“功德箱”投放五十至一百元人民币，美元、德国马克亦可。后来这一说法也得到了一些学者、作家的支持，一位大学教授在接受一家电视台的采访时说：“至少，它是本土化的，我们应当尊重本民族传统，维护民族传统。一个不尊重自我传统的民族是没有希望的民族！”

《民粹与真理》杂志：《A 城天使的出现》《谁在打天使牌》《挑战科学的力量》《虚妄的真相和探寻精神》《你要悄悄蒙上谁的眼睛？》……《底层文艺双月刊》：《在 A 城：谁是天使选中的子民》《可能的拯救和可能的逍遥》《天使的启示》《“天使”的形象塑造与底层文艺勃兴的关系》《自天而降的狂飙》……《新前阵营季刊》：《天使抑或戈多？》《A 城天使现象剖析》……《娱乐至死文娱周刊》：《从天使的衣着看审美》《白雪之白：天使的化妆术》《和天使上床》《找一个天使带回家》……《国学探微》杂志：《天使与国学：中华文化对世界的潜在影响》《“A 城天使”：在孔子眼中的龙》《究竟谁在打天使牌》……

我们用上了印有天使像的杯子，用它来装矿泉水、龙井、碧螺春或咖啡。按照天使模样设计的芭比娃娃一经上市很快便被抢购一空，某家玩具制造工厂则推出了一批适合男孩心理特点的“战斗天使”，它们手中持有火轮、激光枪、AK47 等武器。我们有了天使座椅、天使床、天使热水器、天使浴霸、天使照明、天使冲便器……凡是有天使图案的用具很快便风靡整个城市，并且远销海内外众多国家和地区——关于天使的争吵仍在此起彼伏，连绵不断，有一个社会学者、公共知识分子向社会发出倡议，建议用天使替代我们的旧有图腾：龙。他引用另一位学者的话说，龙在西方世界里是恶魔和灾难的象征……很快，在杂志、网络中形成了“支持”与“反对”两个阵营，正方认为这有利于改善国际形象，促进世界和平，为进一步增强沟通理解建立了桥梁；反方则认定，这一倡议是唯西方马首是瞻的一批人的陈词滥调，它打击民族自信，表现了崇洋媚外的心态。“将这样的学者赶出校园！”“乏走狗仍然在叫！”“他拿了美元还是卢布？”……因为天使像的频频使用，《A城日报》、《柒周刊》、搜熊网等媒体展开讨论：“天使像是否可以如此庸俗化？”它们认为，天使无论是否真的存在，无论飞过A城的天使是否是天主教、基督教中的天使，不可否认的是，它都是那种纯洁、善良、美好的象征，将这一形象应用到抽水马桶、垃圾箱上的做法是不妥的。A城大学和A城设计院的十几名学者专家联名上书，要求市政府对“天使形象”的使用加强监管，并鉴于当前A城“天使形象”因版本不同而造成混乱的情况，他们还提议由政府组织，由他们负责设计、印制统一的、权威的“天使标准像”。后来，A城新闻发言科的那位发言人（她已升任发言科的第一副科长）证实了这一说法，她说，关于天使标准像的设计审核工作“正在进行中”。有记者问及，使用这一天使标准像是否需要付费时，漂亮的女发言人吞吐了一下：“是会收一点……一点费用。你知道，这些设计者为了标准像的制作付出了……努力。作为讲法制的政府，我们尊重设计者的劳动，尊重知识产权……”“那么，”一个记者穷追不舍，“我们使用这所谓的天使标准像，是否只要向设计者交费就可以了？另外，制定了天使标准像，那其他的相机、其他角度拍摄到的天使画面，是否还可以以天使的形象出现？”……

A 城日渐繁荣起来，在此之前，我们一直将它当成是一座小城看待，彼此称呼为“庄里人”——天使的出现使 A 城成了一座让人瞩目的城市，前来观光、考察、求卜、淘金、朝拜或“揭秘”的人络绎不绝，大小旅店、宾馆人满为患，后来者只得在洗脚城、网吧、卡拉 OK 厅或一些昼夜餐厅内过夜。流动人口的增多带来了经济的繁荣，似乎也刺激了蚊子的生长繁殖，一到傍晚，成群出动的蚊子即形成一团团扑面而来的雾，使能见度大大降低，三环路口的几起车祸均是因为团积的蚊虫阻挡了红绿灯和司机的视线而引起的。蚊子的泛滥引起了 A 城政府的高度重视。A 城成立了以副市长为组长的灭蚊领导小组，城管、公安、居委会、环卫局主要领导分别担任副组长和成员，下设协调行动组、宣传组、效果检查组、设备管理组和办公室。灭蚊小组先后开展了三次声势浩大、统一着装、统一指挥的灭蚊行动，并在主要街道制作了巨幅广告牌，粉刷了标语：“爱我家园，共同灭蚊”“彻底消灭蚊虫，树立卫生城市良好形象”“大家一起行动消灭蚊虫！”“灭蚊行动需要每一个人，大家行动起来！”……灭蚊工作一直持续到初冬，树叶飘零，才取得了“阶段性成果”。据调查，在天使飞过 A 城之后一年多的时间里，所有商业、企业都大幅盈利，获得了让人惊讶的发展，唯一受损的是短衫、短裤、短裙的生产厂家和经销商，蚊子的大量繁殖使它们滞销，早晨和傍晚没有谁敢穿短衫、短裤和短裙出门。那些该诅咒一万遍的蚊子！A 城短裙制造商将他供奉了多年的关公像请出了神龛，转而供奉天使像，然而这一变化，并没起到任何效果。

黄发碧眼的外国人也增多了。他们对天使的出现充满了好奇，每天下午大街上都站满了仰望天宇一动不动的外国人，他们的样子显得有点傻。“天使会不会再次出现？”这个问题就更傻了。天使又不是我们家的。它出现过一次，让我们看到就足够了。

有几个外国人租下了世纪酒楼的顶层，他们还想到钟房里去看个究竟。世纪酒楼的老板在征求过外事局、招商局、公安局和相关单位的意见后，回绝了他们的要求。某些人想租用飞行器或直升机去拍摄图片，想在楼顶上架设天文望远镜，这些要求也先后遭到了拒绝。绝不是所有外国人的要求都会遭到拒绝，绝不是，一个叫大卫·科博菲尔的魔术师就借助世纪酒楼表演了一场美妙绝伦的魔术，他托着一名扮作天使的少女一起飞翔的魔术使整场演出达到了高潮，一向稳重得都有些漠然的 A 城人变得沸腾起来，他们的高声尖叫震碎了世纪酒楼十一层以下的全部玻璃。橱窗中的白酒、红酒的酒瓶也被震得粉碎，使大卫最后的节目充满了酒的香气。几乎 A 城所有新闻媒体都对大卫·科博菲尔的演出给予了高度评价，只有一个叫“电脑虫子”的人在他的博客里对大卫提出了批评。他说，从电视画面上可以清晰看出，扮演天使的那名少女也是一名外国人。“我不是一个偏见的民族主义者，我也非常欢迎大卫·科博菲尔来 A 城演出。只是，天使出现在 A 城，是 A 城人民发现的，是 A 城的骄傲。然而，大卫先生却用他的魔术表演篡改了这一事实。他让我感觉，飞过上空的天使和这位大卫先生有关系，和外国人有关系，单单和 A 城没关系！”很快，“电脑虫子”的博文登上了墨镜网、左岸网、博拼网的首页，这篇文章炙手可热，跟帖者如同奔向食物的白蚁。“电脑虫子”和《A 城晚报》的那位记者一样一夜成名，后来他的《电脑虫子的博客》《说不的虫子》两本书先后出版，登上当年度的畅销书排行榜，并使他跻身于“福布斯作家财富排行榜”，被称为是“平民的奇迹”。

（一年之后，某位化名“特别食蚁兽”的网友对“电脑虫子”的说法提出了挑战，他指出，如果扮演天使的少女是一名 A 城人，也只会让人猜想：A 城在本质上处在一种被抱在怀里的、属于从属的位置，而不是主体。当然，如果大卫先生让一名 A 城少女抱着，让 A 城的主体突出出来……似乎也不是那么回事了。最后，"特别食蚁兽"严正声明，坚决抵制大卫·科博菲尔在 A 城的演出。他的声明在网络上也引起过一定的反响，但这名"特别食蚁兽"的书却未因此获得畅销，很快就销声匿迹了。而且，大卫·科博菲尔在 A 城再没有出现过，我们再没有见到有关他的报道。）

好了，说得够多了。让我看看你耳朵里的茧子。你问天使是不是再次出现过？没有，它再也没有出现，A 城政府邀请的专家、大学研究人员和一些好事的外国人在 A 城等了整整一年，天天等待天使的出现，然而它却不再来了。走在大街上，你会发现 A 城人有时不时抬头看两眼天空的习惯，这个习惯异常明显，以至于它成为辨别你是不是 A 城人的重要标志之一，天使不再来，我们的习惯却固执地养成了。仰望使 A 城人的颈椎发生了变化，在 A 城，较少有人得颈椎病，就是得了颈椎病的也和别处的不同，所以只有 A 城的医院会收治这样的病人，别处的医院是治不了的。我知道，你是被"A 城天使节"吸引到这里来的，是不是？我知道我猜得没错。都这么多年了，我还记得第一届天使节时的盛况，那气势！那场面！我当然记得。

因为天使没有再次出现，近一年的等待除了两场酸雨、一场小雪之外也没等来什么，人们的兴趣已经转移，我们继续关心房价股市、孩子入学、个人工资以及裤子、鞋子、女人的大腿的花边新闻，A 城和天使渐渐退出我们的生活，当然，那些观光者旅游者也退出了 A 城，A 城又恢复到原来的样子。即使十分苛刻的人，即使那些总在抱怨游客过多干扰了他的生活破坏了他的安逸的人，即使对外来人口增多造成社会治安问题而生有怨恨的人，也开始怀念起那段时间的好来——

外来人口的急剧减少给人一种人去楼空感、物是人非感、沧海桑田感，同时让A城的经济陷入低迷。在给我的朋友、发明家夏冈购买啤酒面包或者其他物品的时候，不止一次，我听见那些商店老板们抱怨，生意越来越难做了。

设立“A城天使节”，举办敬拜活动、文娱交流活动和商业洽谈活动，这消息是由A城政府新闻发言科那位漂亮的女发言人宣布的。她说，设立A城天使节，是A城政府和人民的一件大事，它有利于提高A城知名度，树立品牌形象，拉动经济增长，促进文化交流……是的，那位女发言人真是漂亮，如果运气好，今年的敬拜活动中你也许还能看到她。据说——还是绕过那些据说吧，听我说首届“A城天使节”的盛况。

天使公园，它是由原来的中心公园扩建成的，它现在还在进一步的扩建中，光拆迁就干了整整三年。在天使节前，公园门口耸立起了一座汉白玉天使石像，它高有六米，是由一整块汉白玉，按照市政府制定的“天使标准像”雕刻完成的。为了应对部分专家学者针对标准像缺少民族特点和本土文化信息的指责，雕塑的基座雕刻的是莲花和云朵。是的，那位记者的铜雕也是在那时雕刻完成的，它最初也立在了公园门口，在天使节的前两天它被搬运到了一个角落里，便再也没回到原来的位置。

那天真是人山人海，天使公园里的人头拥挤得就像一锅沸腾的黑米粥——那天刚下过一场小雨。小雨没有影响什么，几乎一点儿都没影响，它甚至没有影响到在台下站了两个多小时的三千名小学生。那是我见到的最大的、最恢宏的场面！这么说吧：

当市长宣布天使节开幕之后，三千只鸽子和数不清的气球一起腾空而起，公园上空的天色一下子暗了下来，仿佛暴雨之前的厚厚乌云，随后它们散了，炫目的阳光又照进了公园。九百九十九名鼓手穿着红黄相间的绸装，站到鼓前，震耳欲聋的鼓声响起。真的是震耳欲聋，我感觉那些鼓槌直接敲击着我的耳朵，我感觉我的耳膜出现了一道道裂痕——据说天使节敬拜活动结束后有三名小学生被送进了医院，他们的耳膜真的出现了破裂。这只是据说，女发言人早就辟过谣了，她说，散布谣言的人肯定别有用心，甚至可以说是用心险恶。

锣鼓之后，三千名戴着高高帽子、身穿黄色古代官服的少男少女缓缓入场，八十名红衣少女被升到台上，她们弹奏着古琴。“A 城天使”雕塑前，被摆上了鲜花、刚刚蒸好的乳牛、刚刚烤熟的烤鸭。随后，在那三千少男少女的引领下，各地嘉宾，A 城领导，文艺界、工商界代表，A 城利税大户、五一劳动奖章获得者、三八红旗手、享受政府特殊津贴的各类人才来到雕塑前，举行敬拜仪式。随后是领导、嘉宾讲话，各界代表讲话，宗教人士讲话，外商代表讲话。两个半小时的讲话结束，A 城武术队和 B 城杂技团上场，笑星侯大山、牛明茂上场，A 城“超女乐坊”组合上场……歌星海英唱的是《拥抱天使》，曲霞演唱了一首老歌《我不是你的天使》，美国歌星小小布兰妮一曲《拉着我的手，我是天堂里的陌生人》可以说是绕梁三日——芭蕾舞、现代舞、孔雀舞、秧歌舞依次上台，下午四点二十，高潮出现了，被直升机吊着的三十名天使出现在公园的上空，她们白衣飘飘，姿态万千。美中不足的是，直升机飞来的声音太大了，它对“天使”们的美是一种破坏。

整个敬拜活动设计得相当精心、华美、炫目，张弛有度。小小漏洞出现在领导和嘉宾讲话上。A 城负责文教卫生的副市长在讲话中引用了《诗经》中的一句诗——“七月流火”，并给予了解释，他说，“七月流火”说明了天气的炎热，A 城人的热情使 A 城提前进入了流火的七月，我们的热情足以燃烧整座沙漠！某校校长、国际国学研究会副会长、国学进大学的首要倡议者马黑风先生在谈到天使和女娲形象的文学比较时，将老子《道德经》中的句子强行安置于孔子的《论语》中。（该学者在事后多次强词夺理，拒不认错，网络上曾发起过一个调查帖子对他学识和人格的强烈质疑，还引发了官司，但最后双方都对记者说自己获胜。）

随后举办的“国际天使问题研讨会”“A 城招商引资洽谈会”“在天空中翱翔——国际天使主题绘画展”“来自空中的灵感——国际服装设计展”也都搞得声势浩大。A 城所有媒体对此进行了连篇累牍的报道，像某服装模特换装时走光，某著名学者、学界明星在上台演讲时先迈左脚之类的花絮，就有上百篇之多。A 城所有新闻媒体都全文刊发了 A 城大学中文系一位教授的发言，使他一举成为 A 城的学界明星，家喻户晓。在发言中，他为“七月流火”的新解释辩解说，许多古典用语在使用的过程中与原意发生了歧变，甚至走向了相反的方向，然而最终约定俗成，成为那个用语的合理解释。副市长将“七月流火”用字面上的意思来阐读，是合理的，有意义的，与时俱进的。如果有兴趣，你可查一下当年的《A 城日报》、搜熊网，现在，关于“七月流火”还在争论不休呢。给我留下印象的还有一个学者，据说是美籍华人，他论证飞过 A 城上空的天使，其身体的化学成分主要是碳水化合物、氢、钠和铁。同样是据说，他的论证还申请了当年的诺贝尔奖金，后来不了了之，再无下文。

一个月后，我们还在议论那天的敬拜，而那天活动所遗留下的垃圾直到三个月后才清理干净。仅仅是被遗弃的宣传册，就拉出去了三十多卡车！它们多数没有被浪费，而是重新化成了纸浆。

…………

（天使不会出现了，肯定不会再出现。因为它被它的发明者毁掉了。飞过 A 城上空的天使，其实是我的朋友、疯狂的发明家夏冈的发明之一，他总爱发明一些稀奇古怪的东西。现在，我的这个朋友，住在A城最有名的那家疯人院里，他的记忆和才能已经完全丧失。现在，他只会把自己在床上的尿渍看成是奇迹，看得仔细，津津有味。）

夸夸其谈的人

沙尔·贝洛先生是个夸夸其谈的人，许多黄昏或者什么样的聚会，他的夸夸其谈就会派上用场，这是我们重要的节目和期待，甚至是我们这些邻居能够时常聚在一起的原因——他说得有趣，但没人相信，除了唐纳德·巴塞尔姆。然而，唐纳德·巴塞尔姆还只是个六岁的孩子，在那个年龄，他相信的有时太多了。

“我们不是为了信才来听的，”卡洛斯先生露着黄牙，他的口腔里总是带着烟味儿，“我们是为了有趣。还有我们的时间。”卡洛斯先生说得没错，我们不是为了信才来听的，我们来听沙尔·贝洛的故事的时候早早地把信推到了一边，专门留出位置给他的传奇。沙尔·贝洛先生有一肚子的故事，讲到精彩处，他会略略地停下来看一眼自己的妻子，仿佛希望从她那里得到赞许。奥康纳女士微笑着，在丈夫讲述的时候她几乎只有一副表情，仿佛这些故事也是第一次听到——她坐在轮椅上。在沙尔·贝洛先生搬过来成为我们邻居的时候就已经如此。她和她的轮椅一起来到我们这座小镇，这给像唐纳德·巴塞尔姆这样的孩子造成了错觉，仿佛奥康纳女士和她的轮椅是一体的，没有离开过。

下面，我们一起来听听沙尔·贝洛先生的故事吧。

我第一次知道我有那样的能力——穿过时间，改变一些事件发生的能力是在我五岁的时候，和唐纳德·巴塞尔姆先生一样大小，不过那时我可没长出你这样漂亮的虎牙。我有一个漂亮的玻璃玩具，一头健壮的鹿，是圣诞礼物，至今我也不知道它是我母亲还是我的祖父送我的——反正很漂亮，我喜欢得不得了，几乎天天要抱着它入睡，当时，我还幻想为这头鹿建一座玻璃动物园，让更多的玻璃动物和它待在一起——可有一天，一向习惯横冲直撞的马里奥·巴尔加斯表哥来我家里，他是跟着姑姑的屁股来的，大人们寒暄，他就在我们的房间里窜来窜去，玻璃玩具到了他的手上，之后就不见了。他说从没拿过，没见到什么玻璃的鹿，他才不喜欢鹿身上那股臭烘烘的毛皮气味，恶心。大人们竟然都信了他的话——我知道我们的唐纳德先生也遭遇过这类的状况，你说什么大人们都不信，他们实在太固执了，是不是？后来，我一个人出去找，最终在院子里的樱桃树下发现了那头玻璃鹿，它的头已经断掉，摔碎了，更不用说头上的角了——我相信唐纳德先生更能理解我的心情。我都要疯掉啦！我抱着那些碎玻璃，一边喊着一边飞快地朝大门外跑……哦，我也不知道为什么是朝那个方向，是去追赶姑姑的车，还是出于对大人们的怨恨，故意离他们更远一点？……这时候，就在这时候，奇迹出现了，我发现我穿回了旧时间里，那时玻璃鹿还是完好的，姑姑和表哥还没按响门铃。我要保护我的鹿！我能想到的保护办法就是将它找个地方藏起来。我的确把它藏好了；可那股怨气还在，于是，我来到院子，在表哥去过的树下挖了个坑，倒上水，然后又用土和草叶盖起来——我的伪装还没有弄好就听到了开门声，等我赶回，马里奥表哥正从我房间里走出去，都没看我一眼。不过我看他了，我看的是他的手，他手里没有我的玻璃鹿！不一会儿，他拖着一脚的泥来到饭桌前，那时候，该轮到我不承认了：我没去过院子，没有，你看我的手。刚才，我可是一直在这，莱辛姑姑可以证明。玻璃鹿？它好好的，一直跟着我，跟了我五十六年，没有半点儿受损。

第二次运用……我十七岁，事情是这样的，阿尔贝·加缪医生在出诊的时候遭遇了车祸，他走得过于匆忙，被一辆车挤下桥掉进沟里，摔断了肋骨。看着他的样子，他家人的样子，我很痛苦——这时我想起五岁那年的事儿，也许我能制止它——但这么多年过去了，我不知道还能不能行，有时我也怀疑它是不是真的发生还是幻觉，所以我不敢确定……我藏在院子里。等我确定不会有人打扰到我的时候我就开始奔跑，一次，两次。不行。加上呼喊呢？也不行。唐纳德·巴塞尔姆先生不要着急，尽管当时我也急得不得了。三次，四次，我突然想起……哦，它不能说，这个悬念不能揭开，反正，我想到了，照着那个样子——我又一次穿回到旧时间里。我在阿尔贝·加缪医生出诊之前赶到他的家中，当时他正准备出门……我告诉他，克莱斯特祖父不行了，他陷入了昏迷，从呼吸和抖动的表情来看这次接他的也许是死神。哪个克莱斯特祖父？他停下来问我，但马上转移话题，开始询问克莱斯特祖父的病情、病史、服药的情况……突然，医生回过了神，他几乎有些愤怒：克莱斯特祖父？他不是在两年前去世了吗，难道他会再死一次？你怎么可以这样捉弄一个医生，挡在他出诊的路上？时间足够了。即使他是小跑，那辆车也应该早过了桥。我装出恍然的样子，然后是懊悔的样子向他解释，但气哼哼的阿尔贝·加缪医生并不肯原谅，他把我甩在后面。阿尔贝·加缪医生安然无恙，当然他对我的救命之恩一点儿感激都没有，反而始终认定我是个无聊的、喜欢捉弄人的讨厌鬼。后来，三五天后，我母亲出门遇到了医生，回到家里我听见她自言自语：我怎么记得有人说医生摔着了？明明，他什么事都没有。

你们应当还记得那场和土耳其人的战争……我在劳伦斯·斯特恩将军的部队里。战斗相当激烈，战场上弥漫着让人忧郁的、刺鼻的血的气息，这股气息吹入了我们的鼻孔，也吹进了土耳其人的鼻孔，让我们不停地打着喷嚏。这天早上，大雾，一夜没睡的劳伦斯·斯特恩将军刚刚把作战计划在头脑里酝酿成形，还没来得及记下来便走出战壕，爬到一个由尸骨和枪械堆成的小山上，他想观察一下敌方的情况。我说了是大雾，他看不清对面，对面也看不清他，可刺鼻的血的气息让他打了一个大大的喷嚏，这个喷嚏立刻将我们的将军暴露了。埋伏了一夜的土耳其狙击手掉过枪口，朝着喷嚏打过去——那可真是一个训练有素的枪手！劳伦斯·斯特恩将军脑子里的计划被打散了，随着他的鲜血喷出来……这可不行！我知道后果，我相信你们也知道后果，对，就连唐纳德·巴塞尔姆也知道！我必须制止它的发生！我只是列兵，不可能靠近将军，对付阿尔贝·加缪医生的办法行不通，那我就……我回到旧时间里，飞快地转到狙击手埋伏的地方……在扣动扳机的一刹那我犹豫了。狙击手竟然是个孩子，长得和我叔叔家的儿子个头相仿，那一瞬我感觉就是他！这一犹豫也让他发现了我，我只得一咬牙，朝更旧的时间里奔去。我回到九小时前，这也是我能够做到的极限。之后我再也没回到更早之前的时间里去过。那时，雾还没起，只有冷冷的风在吹着，吹得骨头发凉。怎么办？怎样把将军救下来？我尝试靠近将军的营房，尝试把提醒转达给将军的参谋，尝试用种种办法阻止将军在早晨出门……都失败了。这时我发现，大雾开始铺过来了，留给我的时间越来越少，我也不敢保证自己能有再一次回到这个时间点的机会……后来，我灵机一动：将军是要爬到小山上去的，喷嚏会暴露他——有了！我有了想法！剩下的就是努力把想法完成：我抽出一些尸体，把另一些压在下面的尸骨和物品抬到高处去……这可不是轻松的活儿！何况，下面的尸体是早死的战士的，有的已经发臭，在挪动的时候甚至会散掉……我做出一个掩体，然后故意打了一个喷嚏——我的想法是，一旦土耳其的狙击手开枪就会暴露，后面发生的事情就可避免。可枪没有响。我再次打了个喷嚏，这次更响一些，枪声还是没响。我也不知道为什么枪没响。时间在一分一秒地过去。我听见了脚步声，它应当是我们将军的。怎么办？我那个急啊！就在这时我脚下一滑，原来踩到了一个钢盔！办法来啦！我计算了子弹来的方向，然后趁着不见五指的大雾将一具尸体竖在子弹的弹道上，这当然很难，好在我找到了一些枪支器械，勉强支撑得住——随后，我给它戴上了钢盔。我刚刚将钢盔给那具尸体戴好，将军的喷嚏响了，子弹的呼啸和打在钢盔上的脆响几乎是同时！我的耳朵都快被震聋啦！等我缓过神来，听到枪声的劳伦斯·斯特恩已经回到了指挥所，据说他是爬回去的……不管怎么说，后面的故事你们就都知道啦，将军没死，他打赢了那场战争。对，对对，我和唐纳德·巴塞尔姆知道得一样多。到将军病死，也不知道有我这个人，也不知道我支在弹道上的钢盔救了他的命。他不知道，我也不想让他知道……是的，劳伦斯·斯特恩是个英雄。也许是吧。书上都是那么写的。

沙尔·贝洛先生曾把落水的人救了上来，这对他完全是举手之劳，只要让时间略略地弯曲一下，他让自己回到旧时间里去就可以了；沙尔·贝洛先生为邻居找到了丢失的羊，那只羊在进入狼的肚子之前被救下来，考虑到这样对狼很不公平，沙尔·贝洛先生割来两磅牛肉算是补偿。为了得到奥康纳女士的青睐，沙尔·贝洛先生数次返回到旧时间里，制造偶遇和故事，并借此赶跑了情敌；律师胡塞尔被堵在路上，案件中最最重要的证人在他被堵住的时间里竟然打开了煤气阀门——沙尔·贝洛充分利用可供他使用的九个小时，在律师被堵住的路上提前制造了拥堵迫使胡塞尔先生选择另外的路线，而他则早早赶到证人家里为他隐藏了刀具和手枪，并提前关闭了整个小区的煤气。“回忆真是让人痛苦，”打开门，证人哭得几乎站立不起来，“何况是那样的回忆。每次想起来我都觉得自己要死上一次。”约瑟夫·布罗茨基，一个有些神经质的诗人，他习惯沉醉在遭受迫害的假想里面，这些假想一方面为他的诗歌注入异常和尖锐，另一方面也让他不敢见任何人，包括他在被毒蛇咬伤的时候。“我不需要任何人救我，”已经呼吸困难的约瑟夫·布罗茨基却相当顽固，“谁知道他们会给我注入怎样的药剂？谁知道，这条蛇不是他们的花样，把我送入医院也就是进入到任人宰割的境地？”没办法，尽管很厌恶，沙尔·贝洛先生还是施展了魔法，把蛇从诗人的路边移开……

那，你有没有失手的时候？这是我们的问题，却是由唐纳德·巴塞尔姆的口提出的。

有，当然有，沙尔·贝洛先生陷入痛苦之中：有一次，一名叫卢卡奇或者是叫……卡尔·施密特的矿工（沙尔·贝洛先生把他的遗忘归咎于时间：过去太久了），在一次井下的透水事故中丧生。而他的妻子则病在床上，家里还有三个年幼的孩子，分别是五岁、三岁、一岁。沙尔·贝洛是在当地的报纸上得到的消息，时间已经过去了八个半小时。沙尔·贝洛先生用尽全部的力气，把那个卢卡奇或者叫卡尔·施密特的先生拉出已经渗水的矿井，就在他们以为已经平安无事的时候，一辆前来救援的汽车撞在了矿工的身上。而他的妻子，也在当天的晚上进入了天堂，她甚至都不知道丈夫去世的消息。“那是我受到的第一次打击。在此之前，我以为我已经无所不能。是那个事件让我发现其实命运有好多的褶皱，它是弯曲的，对于自己的命令，上帝有至少一千种方式可以补救，而我，只有有限的一种。”接着，沙尔·贝洛讲述了另一个例子：轰动一时的特拉克尔伯爵遇刺案。凶手扮演了崇拜者，他挤在队伍中，那种狂热的姿态迷惑了众人也迷惑了特拉克尔，伯爵甚至探着身子越过一侧的妻子而向凶手致意——这使站在后排的凶手得以向前，和伯爵的距离变得更近——在鲜花的后面，枪口露了出来：一连四枪。特拉克尔伯爵倒在自己的血里，他张大的眼睛流露出的不是恐惧而是诧异，他也许想不到，崇拜者和谋杀者竟然使用同一张面孔，而且都是贴切的。当时沙尔·贝洛也在现场，他见识了全过程，见识了当时的热烈和随后的混乱——“我想我得救他。”沙尔·贝洛拯救的办法是，将凶手弹夹里的子弹换成了他刚刚吃过的果核。“第一粒果核打出去，就会引起伯爵的警觉，我这样想。当时也来不及多想。”可是，果核并未打出去，它或许在枪膛里被击碎了——不管怎样，效果已经达到，沙尔·贝洛先生以为特拉克尔伯爵已经躲过了此劫，让他没有料到的是，狡猾的凶手飞快地解下弹夹将它丢在地上，而从怀里掏出了备用的另一个——不好！沙尔·贝洛先生一跃而起，然而已经晚了，发现枪口的伯爵正想低头，可子弹偏偏正好击中。“后面的事你们都知道了。它的后果是，几十万人紧跟着的死亡——我只能将它看成是上帝的意志。大家都忽略了果核的细节，甚至都没有谁提过凶手曾换过弹夹。”沙尔·贝洛无法轻松，他的表情里满是痛苦的斑点：“我总感觉，是我发动了那场可怕的战争。至少我的疏忽使它没有被制止。”

虽然我们不信（这样的故事怎么让我们能信），但我们还是配合着沙尔·贝洛，发出唏嘘或者保持沉默。只有一个例外，不，这一次可不是小巴塞尔姆，而是轮椅上的奥康纳女士，她笑着，像往常一样，只是，似乎带出了大约30CC的嘲弄。

她在轮椅上待得太久了。据妻子们打探，她还患有耳鸣、失眠和糖尿病。然而当沙尔·贝洛先生给我们讲述他的故事的时候，奥康纳太太一直在微笑。她的笑，和蒙娜丽莎的笑很有些区别。

“那，沙尔·贝洛先生，他们说，有一次，你去森林里打猎，遇到了一只鹿，可你的枪里已经没有子弹了。你就把刚吃出的樱桃核射了出去。子弹打在了鹿的头上，鹿受到惊吓跑远了。”唐纳德·巴塞尔姆斜着眼睛，他的脸在慢慢变红，“鹿跑远了，跑远了……对啦，想起来啦！后来你又去森林，恰好又遇见了这只鹿！你认出它来，是因为它的头上长出了一棵樱桃树！于是你开枪打死了它，不光吃到了鹿肉还吃到了熟透的樱桃——是真的吗？”

沙尔·贝洛先生摇摇头：“不，这不是我的故事，唐纳德先生。它和我没有一点儿关系。”

“可他们都说是你的，”唐纳德·巴塞尔姆嘟囔了一句，“他们还说，你在打猎中还遇到了一只狐狸，它长得太漂亮了，就是用最小号的枪弹去打，也很难不伤到它的皮毛。这时你就，嗯……拿出一根大针，把狐狸的尾巴钉在树上，然后折了一根树枝，去打那只狐狸。你把那只狐狸打疼了，它只好从自己的嘴里跳出去跑掉了——你就得到了一张完整的狐狸皮——这是真的吗？”

这也不是我的故事。沙尔·贝洛先生再次摇摇头，唐纳德先生，不是我，我没做过这些。不过这些故事倒是精彩。“我以为真是你的呢，”看得出，唐纳德·巴塞尔姆有些失望，“他们总是说你说谎。他们说，你说的那些事儿没有一件是真的，都是吹牛。”

唐纳德先生，你知道我不是说谎就够了。沙尔·贝洛先生拍拍唐纳德·巴塞尔姆的头，有许多人，长到一定的岁数，就变得不可理喻地固执，不肯再相信别人的话，凡是自己眼睛看不到的都不相信……“可是，先生，就连我母亲也说，我遭受了您的欺骗。她可从来都没骗过我。”

我……我确实不能保证我所说的都是真的，孩子。我承认自己有的时候是在，夸张。但它们，都有一个真实的基础，有时为了故事精彩，我是会让幻想和一些枝叶混加其中……但它不等于是说谎，不是。

“他们说，你要是说的是真的，就要当着大家的面回一次旧时间。他们说，你把布熊找回来只是你碰巧捡到了，而不是……”

回到旧时间，唐纳德先生，它不能用来表演。再说，我发过誓，不再……至于你的布熊，确实是我捡到的，而不是回到旧时间里给你找回来的，我也没那样说过，是不是？也许，唐纳德先生，我失去你的信任了。

唐纳德·巴塞尔姆想了想：“不，沙尔·贝洛先生，我还是相信你。我还想听你的故事。”

好吧，好，我给你讲一个新故事，这个故事我从来没给任何人讲过，它是讲给你一个人的！

——虽然我从不和人谈及我具有返回旧时间的能力，当然那时年轻，在喝了几杯朗姆酒后出于炫耀也许会随口透露一点儿……我基本上是守口如瓶，可这事儿，还是被黑贝尔国王听说了：他有太多的眼线，如果他愿意，一棵树上哪片叶子先掉下来也会清楚地知道。他差人向我传递了一个消息：国王陛下将在格丽别尔花园会见我并向我颁发荣誉奖章。会见那天，天不亮，我就被安排早早来到格丽别尔花园，然而等到上午的十一点钟，黑贝尔国王才在众多戴二角帽的高级军官和外交官的簇拥下到达，那样子，就像一些二桅小帆船在前后颠簸。国王到来的时候我刚刚在一棵树下撒了尿，你知道我已经整整一个上午……他并没有注意到我的慌乱，让他注意到的是正午的阳光，它们明晃晃地晃眼，并且缺少遮拦。“我很了解你，公民……”国王用手遮着太阳光，“你有上帝赋予的能力……”他往旁边跳开一点，避开阳光对眼睛的照射，“公民，我想你需要……哦，公民，公民……”看着黑贝尔国王着急的样子，我问他：“国王陛下，我能为您做点什么？”“好吧，”国王说，“好吧，你往这边过来一点儿，我请求你这么做，替我挡住太阳，好，就这样……”接着国王沉默不语，好像想起了什么，他转身问普鲁斯特总督：“这一切使我想起点什么……想起我读过的书……在书里面……”那时我脑子转得飞快，我想他要说的可能是亚历山大皇帝和哲学家第欧根尼的故事，恰好这故事我读过——出于卖弄（尤其是在国王面前卖弄）的喜好，我对国王说，您想起的可能是第欧根尼，亚历山大询问第欧根尼他能为他做什么，第欧根尼让他挪动一下……“对，是亚历山大同第欧根尼的会晤！”国王点点头，这时狄德罗子爵接过话头儿：“您永远不会忘记普鲁塔克写的传记，尊敬的国王陛下。”黑贝尔国王打个榧子，表示他终于得到了自己一直在想的话。他用一个眼色示意随行的人们，注意听他说话。“如果我不是黑贝尔国王的话，我很愿做沙尔·贝洛公民！”接着，黑贝尔国王宣布，“我要颁发奖章给你，感谢你为我们国家所做的贡献，希望你能再接再厉。你要为我所用，这是神圣的、伟大的国王黑贝尔的命令。从现在起，公民，你要事事服从我！”

——沙尔·贝洛先生，我想看看国王的奖章！你可以拿出它来，即使你不愿意在别人面前表演对时间的穿越……

“我将它丢了。”沙尔·贝洛回答，“我将它丢进米尔加夫河里啦。是在米高桥上丢下去的。”

——我不信，你为什么要丢了它？

“因为，为了它，为了黑贝尔国王的秘密工作，我失去了我和妻子最宝贵的珍珠——阿伦特。她是我的女儿。只有九岁，也永远只有九岁。在我女儿那里，时间厚得像一层密封的钢板，她穿不过来，我也钻不过去。”

沙尔·贝洛曾有个女儿，这是真的，他的女儿阿伦特在九岁时遭遇了莫名的车祸，这也是真的——斯蒂芬·茨威格先生向我们证实这一点，他可是我们镇上最有名的侦探，虽然在小镇所谓的侦探也只有两个。他还向我们证实，沙尔·贝洛确实曾见过黑贝尔国王，就在国王失去王位的三年前，在苛伦卡尔的档案馆里可查到相关的记载——这能说明什么？要知道黑贝尔国王最大的怪癖就是见一些莫名的人，他时常随机在内务部门提供的人员中选择：工人，农夫，种植园主，无业者或妓女……这种会见往往就是一个摆设，供彰显黑贝尔国王的英明、亲民所用，说不定沙尔·贝洛就是数千数万名随机人员中的一名——我们看不到确切的连线，能让国王的会见和他女儿的死亡联系起来。

“不过，阿伦特遭遇的车祸确实蹊跷。据说车一直停在她上学的路上，直到她出现的那一刻才发动。据说阿伦特在前一刻刚刚遇到了可怕的预兆：一个巨大的广告牌突然倒塌，就在距离她半个身位的地方倒了下去。那辆追赶着她生命的车一直追到一家咖啡馆里，在过程中还曾碰到过电线杆。”斯蒂芬·茨威格看了两眼沙尔·贝洛的房子，此时，它被笼罩在一片昏暗中。“可怜的人。开车的人是一个酒徒，喝了近二十杯杜松子酒。”

——他会不会和黑贝尔国王有关系？属于国王的人马？

不是，斯蒂芬·茨威格让自己的酒杯略有倾斜，沙尔·贝洛居住的苛伦卡尔市是黑贝尔国王的反对者胡塞尔“发家”的地方，那时胡塞尔对苛伦卡尔已经有相当的掌控力。如果有证据——即使没有证据，只有显得合理的猜度——能够指向黑贝尔，胡塞尔是肯定不会放过的，他们一定会大书特书。可我们所知的是，当胡塞尔成为市长之后，他和他的团体完全忽略了这件事，只字不提。当然，还有另外的证据表明这事儿和黑贝尔国王没有一点儿关系。

“沙尔·贝洛只是胡扯，他的嘴里能够跑出一千只兔子，”托马斯·曼的眼睛里全是血丝，熬夜和酗酒让他看上去极为疲惫，“而你，有心的斯蒂芬先生，竟然跑出那么远去调查他女儿的车祸事件！真是难以置信。他只是喜好吹牛，你就让他胡吹好啦，何况我们都爱听他的那些乱七八糟的故事！他要是，要是能够飞回过去，那，他怎么不去救自己的女儿？不让自己的妻子离开轮椅？怎么让自己过得如此，如此清苦、贫困？……”

是因为另一个案子。我只是顺便查看了一下，而已。这完全是举手之劳。斯蒂芬·茨威格还在摇晃着他的玻璃杯，里面的酒比起刚才竟然没有多少的减少，可怜的沙尔·贝洛先生，对了，他似乎有段时间没有参与我们的聚会了。

“他妻子病了，是另一种病，一种很严重的病——医生说，她生命的烛火已尽，没有太多的时日了。”

可怜的人。邻居们一片叹息，她总是那么安静，得体地微笑着，总是在……她乐于帮助别人。她的身体一直不好，轮椅把她吸住了，我无法想象那种生活，简直是个牢笼。她就像一个影子，你根本无法进入到她的心里去，我想那里会是一片冰窖或者是堆满了苦艾的房子。不，不是，你看她的笑，她的心里不会有冰的存在……“他要是有本事，就别让自己的妻子坐上轮椅！”托马斯·曼突然提高了音调，他打着酒嗝，“让我们见识一下他的超能力！”“曼，别说了，我可不想再听到这样的话。沙尔·贝洛是个有趣的人，不是吗？他讲的故事给我们带来了快乐，就足够了，我相信沙尔·贝洛先生构思那些故事可费了不少脑筋！”曼德尔施塔姆夫人插过去，她夺下了托马斯·曼的酒杯。就是，有人跟着附和，我们爱听沙尔·贝洛的夸夸其谈，我们是来听故事的，并没准备相信它是真的。谁会追究《荷马史诗》《堂吉诃德》和《神曲》中的故事是不是真的呢？

我们，还是关心一下沙尔·贝洛先生和他的太太吧。

在医院里，我们重新见到了奥康纳和沙尔·贝洛先生。躺在病床上的奥康纳终于离开了轮椅，她不像原来的她了，只有那份强聚起来的微笑还勉强有些旧影子。沙尔·贝洛先生也不是了，他不再夸夸其谈，只是一个手足无措的、有些秃顶的小老头儿。“她很想再见见你们。”

看得出，奥康纳女士还有些精神。她和我们几个人聊起旧时光，以及在旧时光里消逝的那些，里尔克，布鲁诺·舒尔茨，习惯穿着多条长裙的卡达莱太太，被雷劈倒的山毛榉树，一只叫芭比的狗，还有她停在九岁的女儿。阿伦特是个漂亮的、懂事的女孩，她要是还活着……“这些天，她总是想起阿伦特来。”沙尔·贝洛先生的声音显得干涩，“我，我们没能……”

凶手们。奥康纳女士收敛了笑容，她转向沙尔·贝洛先生，用一种缓慢的语调，你也是。

空气骤然凝结起来……曼德尔施塔姆夫人试图调节一下气氛，她挂出轻松的表情，可这份表情也跟着被冻住了。“唐纳德·巴塞尔姆先生来了没有？”奥康纳女士问。

唐纳德·巴塞尔姆被让到病床前。“唐纳德·巴塞尔姆先生，你不是愿意听故事吗，那，你是不是可以请他讲一讲，阿伦特出事那天他在做什么，他在哪里？我希望这次他说的是真的。”

——我，我不是早说过了，我在罗布维萨，去和穆齐尔先生谈一宗照明的生意，你也曾问过他。沙尔·贝洛竟有些气喘，女儿的死我当然有责任，我也很后悔，你知道我也时常想起她，她是我痛苦的深渊……

“那个凶手害了你又害死了我的女儿，可你，还在为他掩护。”

——不关他的事。沙尔·贝洛搓着自己的手，他确是一个作恶多端的人，可我们的生活，我们的女儿，都与他没有半点儿关系。女儿的死，已经是压在我们身上的石头，你知道我们几次搬家都是为了躲开这块石头的重量，可你和我都没有做到。我知道你一直在怨恨我，你希望我的夸夸其谈是真的。我也希望我真的能够，如果能够把女儿从那场可怕的灾难下拉出来我愿意接受上帝的一切惩罚，如果必须，我会自己推开门，走进地狱……

“我有些累了。”奥康纳女士闭上眼睛，“我知道我有些过分。我也知道你其实也挣扎在痛苦中。我没有怨恨，早就不了，我更愿意做的是和你分担。只是，我想在临终之前知道……”

——我……

“算了吧。让这段时间过去吧，让他们也都回到之前的时间里，忘记曾来过病房。让它重来，它不会这样发生，我也不会再问这个问题。”奥康纳女士再次睁开眼睛：“你要记得漱一下口，免得让我发觉你咬破舌尖后散出的那股腥气。”

父亲树

父亲暮年，一直被病痛所折磨，病痛早早地进入了他的骨头和血液，它消耗掉了父亲的全部气力和热情。我和弟弟可以清晰地感觉到父亲对生活的厌倦，虽然他不说，不在我们面前说出，他总是尽量展示给我们一副相对乐观的样子。可那是一种煎熬。

在身体略略好点的那几天，父亲就去地里挖一个坑。开始的时候他不让我们帮他，说自己干就是了，后来也许是出于急迫和自己没有了力气，他答应了我们的要求，让我们兄弟按他的指点将那个坑挖成了一个浅井的样子。之后，他进一步要求，让我们将他放下去，放在这口浅井里，盖上土。他的要求不容置疑。经过一段时间的反对、迟疑和争论之后，我们还是答应了他。是我弟弟先答应下来的。我们将父亲多病的、有着怪味的身体放入了井里，然后和他说着话，向他的身侧填土。土盖过了他的胸，盖过了他的脖子，盖过了他的嘴，最后盖过了他的头顶。这个时候我们都已经泪流满面，真是个令人忧伤的时刻啊！我们哭着，将土压实，浇上水。

十几天后，在父亲被填下的地方长出了一棵树。这棵树长得很快。

我和弟弟知道，它是从父亲的身体里长出的，是我们的父亲变成的，因为树干上有父亲的眉眼，那些纹路有明显的他的惯常表情。的确，那是我父亲变成的一棵树，它能够和我们说话。我问它感觉好些了吗，它的回答是还行。分明是父亲的声音，只是略有些粗糙感，仿佛口里含满了沙子。考虑到那时父亲已经变成了一棵树，这些变化是可以理解的，被埋在土里的父亲没有死掉还变成了一棵无病的树，这点很让我感到安慰。我对父亲说，对树说，过几天我会过来看你的，会的。

每过些日子，我就会到田间去，无论有没有要做的事儿。我去和那棵树说话，说说这些日子发生的事，说说父亲熟悉的生活。它很有兴趣。有时也发表一下自己的看法，说这事应当怎么做，谁谁谁小心眼儿多不可信赖要防着他点儿，谁谁谁曾借过我们三十块钱都六七年了还没还，要记得提醒他。有时，它也说说在田里看见的，谁家的羊吃了我们家的麦苗他装作没看见也不去管，草应该锄了，哪片地里麻雀特别多该扎些稻草人了，等等。它跟我谈起我的弟弟，说他心太浮，太懒，得好好地管管他。

在父亲变成树前我是有名的闷葫芦，不习惯和谁多说话，但在父亲变成树后我的话多了起来，我努力把我看见的想到的记下，好到田里和那棵父亲树好好说说，我有这个责任。但随着时间，随着这棵父亲树的生长，它的话却越来越少了，而且越来越含混不清，沙子把它的口已经全部塞满了，我发现，随着树的生长，父亲在上面的眉眼也越来越不清晰，它们渐渐成了纯粹的树皮的纹裂，突起的树瘤……一年之后，这棵树已经长得很高，但不再和我说话，后来连发出的嘘嗡声也没有了。它长成了单纯的树的样子，无论是树干还是叶片，在它那里，“父亲”的成分慢慢消失，尽管父亲是这棵树的种子。

无论如何，我还是将它看成是我的父亲，我会一直坚持这种固执。

秋天的时候，我在长有树的那块地里种下麦子，麦收后，我和那棵树认真地商量一下，是种玉米还是高粱？父亲在的时候喜欢种点儿芝麻，我也坚持了父亲的这一习惯，在靠近树的地方种了一分地的芝麻。芝麻在熟的时候很占人，麻雀、喜鹊都喜欢和人争夺，而村上有些人，也习惯在芝麻地里干些小偷小摸的事儿，所以父亲在的时候每年芝麻的收成都不是很好。在芝麻成熟的时候，我尽量把自己种在地里，尽量让自己长成和父亲并排在一起的树，驱赶想来偷食的鸟，和那些偶尔路过的叔叔、婶婶、兄弟们打个招呼……我得承认，在父亲变成树后，我越来越习惯在田间待着，我突然有了太多想说的。之前不是这样，当然，之前我也不习惯和父亲总待在一起，我们很少有什么话说，我弟弟也是这样。我们一家人都属于那种寡言少语的闷葫芦，在一起的时候自己都觉得闷。可父亲变成树后，我竟然有了这样的改变，我突然发现，和这棵父亲树说话有这么多的乐趣。特别是它不再和我交流之后。

当然，回到家里，我还是原来的那个人，嘴还是同样地笨拙，话多的是我的老婆。她指责我的弟弟越来越不像样子，又要些怎样的小奸猾以为她看不出来；我的弟妹又是如何话里有话，钩心斗角，总想在她的面前占个上风，而她又如何应对，将她压了下去。当然还有些东家西家的长短……我在她说这些的时候其实也有话想说，但想想，最终没有说出来。一直是这样，我之所以是闷葫芦，是因为话都自己闷着不想将它们说出来，说出来，可能伤人。我想我的父亲、我的弟弟也是这样。不过，我的弟弟的确越来越……唉。

在父亲离开我们的第二年，我弟弟家有了一个男孩儿，这本来应当是件令人兴奋的事儿，然而这个孩子却是一个瞎子。这件事对我弟弟一家的打击很大，远比贫穷和被人轻视的打击更大，好像他们做了一件很不堪的事儿，抬不起头来。有了这么一个孩子，就像在平常的生活里面再压了一块石头，而且，它不会被卸掉。有一次，我弟弟在田间，和我谈起卸掉石头的想法，他肯定想过多次了，我抬头看了看地头上那棵父亲树，它在黄昏里显得有些模糊，但我知道它在。我说，兄弟，不行啊。父亲在那里看着呢。他要知道……

我弟弟，只是说说而已。

在父亲离开我们之后，家里遇到的事越来越多，也越来越艰难。种地收益很少，而种子和化肥却变得很贵。打过农药，能捕虫的益虫益鸟被药死不少，而对害虫的作用反而不大，它们飞快地繁殖，不得不再打更多的农药。前面的那条河也时常干涸，有水的时候也是发臭的黑水，据说这还是县里花钱引入的，不然连这也没有。我和弟弟也曾想入股做鱼粉生意，在我们村上做这个生意的人很多，许多人都发了财，但我们俩既没有资金也没有销售关系，笨嘴拙舌地做业务员肯定不够格，所以没有人愿意我们入股，这个门路根本不通。我弟弟给人扛过几天的麻袋，但只有几天而已，那样的苦他实在受不了，而且钱给得很少，还得欠着。我和父亲商量，和那棵高大起来有了阴凉的树商量，我们还是老老实实种地吧，虽然收益少，肯定富不了，但人总得吃饭不是？但总归是，饿不死人不是？

问题是，我的弟弟有了变化。因为这个瞎眼的孩子，他时常会和自己的妻子发生争吵，无非是些鸡毛蒜皮，他要用这些鸡毛蒜皮来散掉自己的怒气和烦躁。后来，他越来越多的时间待在外面，打打麻将，有时打不上麻将，他也会站在某人的背后，不顾人家的脸色和冷言冷语，时不时指手画脚一下。我老婆说，我厚脸皮的弟弟还时常去人家蹭酒，谁家来了客人、朋友，我弟弟总会不请自到，给人家热情地招呼客人，弄得人家和客人都很不自在。我老婆说，村上许多人都把我弟弟当成是一只挥赶不去的苍蝇，一见他出现马上就迎上坏脸色，可我弟弟却总是视而不见。她说，没有人愿意跟我弟弟打麻将，赢了还行，输了就赖，任凭人家如何催要他也没脸没皮地欠着，直到人家干脆推了桌子，一起从牌桌前走开。我老婆总能打听到一些事儿，她有加长的耳朵和加长的眼睛，村上什么事也瞒不住她，包括各种谣言。她曾经因为传播有关村主任的一个传言而被找上了门来，我们一家人好话说尽也无济于事，最终还是请了多人说情并将我们家的一处宅基地送给了村主任才得以了结。她一点儿都不长记性。

我不知道该怎么说她。我对她的种种不满往往要说给田间的树听，反正，它听到了也不会再有什么意见，它越来越是一棵树了，已经完全没有了父亲的样子。有时，我会把它当成一棵普通的树，有时，我会将它看成是我的父亲，这得看我当时的情绪来定。对弟弟的某些劝告，我也愿意在树下进行，我和弟弟的地离得很近，农忙的时候时常会在一起干活儿，干完一块儿然后再同时去处理另一块儿。一起干活儿的时候是我对他进行劝告的机会。

我说，你不能这样。这样下去，你就毁了。

我说，咱父亲在这。你跟他说说，你最近都干了些什么？

我说，昨天，听你嫂子说你又喝醉了，还，还让人家打了？

我说，你看看你现在是什么样子了，要是，要是咱父亲知道你现在的样子，他会说你什么？别以为他不知道，他什么都知道，他就在这里呢。

我说，别总和老婆打架，打得人心都凉了。孩子的事儿，也不能怨她啊。

我说……

说这些的时候我时常会看两眼旁边的树。它已经很高了，很粗壮，有着茂密的叶子，长成了一棵大槐树，但一直没有开过花。我弟弟对我的指责与劝告并不反驳，我说过，他也是一个闷葫芦。把他说急了的时候，他会用手拍拍那棵树："别再提咱父亲了。这只是棵树了，咱父亲已经死了。要不你让它说说。"

他说得不对。可我没有理由能说服他。那棵父亲树，"父亲"的成分更少了，我虽然明白它是接着父亲的身体继续生长，但我的确也不能说，它还是我的父亲。

后来有一次，我弟弟又喝醉了，他先是在人家和女主人发生了争吵，被人家一家人推了出来，回到家里又和自己的老婆打了起来。我知道这个消息的时候他已经离开了家，不知去了哪里，这个消息是他妻子传递给我们的，她拉着自己的瞎儿子找到了我的家里。看着那个脏兮兮的、一脸怯懦的孩子，我心里一阵酸痛。我答应她，一定要好好劝劝我的弟弟，一定要让他好好地过日子。

外面已经是一片黑暗，没有月光也没有星光，而我手里的手电筒只能发出微弱的光，还时断时续，早该换电池了。我在村里走着，有亮光的房子我就凑过去看看，但没有我弟弟的声音。后来我来到了自家的地里。我想和那棵树说说话，说说这样的生活，也说说我的怨气和委屈，我把它们积攒很久了，如果不和树去说，我要么会把自己憋死，要么就要爆发一次，我可不想爆发。我不准备再去找我弟弟了，他爱去哪儿就去哪儿吧，爱怎样就怎样吧，我又有什么办法？我不能代替他生活，何况，我的生活也不能算好。

远远地，我看到了弟弟的身影。他蹲在那棵树下。他也许也看到了我，但根本没有抬头。我凑了上去。他还是那么蹲着，像一条僵硬的死狗。我闻到了巨大的酒气，他刚刚吐过，他把自己肚子里的脏东西竟然吐到了树下！我来了些勇气，拉着他的衣领将他从地上拉了起来，用手电的光照着他的脸：他刚刚哭过。脸上的泪痕还在，并且有小股的泪水依然在不断地涌出来。那一刻，我的心又软了。

那天他和我说了很多的话，这些话，也有部分是说给我们后面的树听的，是说给我们的父亲听的，我认为。他说他天天想把日子过好，比谁都想，但早上一睁眼他就知道日子没办法变好。他没有把日子变好的道儿。他一直安分守己，规规矩矩，这是父亲教的，可现在却是这样一个结果，还让他有了一个瞎眼的孩子，要是有报应也应当报应在那些坏人恶人身上，可那些人都过得很好，也生不出瞎眼的孩子来。这个孩子就是一张嘴，只知吃吃吃，将来什么也不能做，真的还不如养一条狗。这孩子要是生在一个富裕的人家也许还好一些。你问问，谁不疼自己的骨肉？可这么一块骨肉……让你对这个家的以后失掉了希望。我弟弟说，他早就没有期待了。他知道自己老的时候不会有人养老送终，连像父亲那样让儿子挖个坑把自己种下去种成一棵树的可能都没有，这个瞎子做不到。到时候，他可能还得让伯父父母的孩子养着，以后的日子可想而知。我弟弟说，他很不想像现在这个样子，很不想，可他有多少委屈，别人不知道啊，别人没有办法体会。我弟弟说，他是麻木了，早就麻了，木了，早变成树了，每天都在混日子，想办法早点把日子混到头，就算了，完了，一了百了。他说，他对我说，哥，你每天这样累死累活，又得到了什么？你觉得自己有好日子吗？……他对我说，哥，贫贱夫妻百事哀啊，我其实也不想老是吵架，可一睁眼，一看那两张脸，一看那日子，我就，我就，有气。

有些事是制止不了的，这也许是所谓的命运吧。我知道我说服不了谁，有时，我也说服不了自己。人活得难了，说服自己都少一些底气。

邻居赵三叔找到我，说我弟弟偷了他的一百块钱，他放那钱的时候只有我弟弟知道，那是他的麻将本儿，可等他用着去取的时候钱已经没了。我说不可能，我弟弟不是那样的人，我父亲在世的时候我们拿人家个瓜、拿人家把柴火都会被打个半死，尽管我弟弟有这样那样的毛病，但偷的习惯肯定没有。不过，我也答应，一定找我弟弟好好问问，如果是他拿的，我们也一定会将钱送回去。赵三叔笑了笑，他笑得有些阴冷："我相信你，可我信不着你那个弟弟。他肯定不会承认的。我和你说，你自己知道就行了。"

我弟弟果然没有承认。他甚至为此很生气，丢下手里的筐说要找赵三叔理论，但最终没去。后来他向赵三叔家里丢了三块砖头出了自己的怒气，其中一块打碎了赵三叔家的玻璃。后来，又有人找上门来，说我弟弟半夜摘走了她家半亩地的棉花，她发现之后顺着印迹找到了我弟弟的门口，也在我弟弟家院子里发现了没有被收拾干净的棉花桃儿。赵寺家的抱着自己的孩子，怒气冲冲，她说她找到我弟弟家去论理，可我弟弟和他老婆都没给她好脸色，说她诬赖，说她没事找事，把她给推了出来："你们家没有种棉花，怎么来的棉花桃？我怎么诬赖了？你给我说清楚啊！到底是谁欺侮谁啊！不就是他爹不在家，你们觉得我们没办法治你们吗！"可气的是，我的老婆还在一边煽风点火，她认定，我弟弟已经有了偷盗的习气，以后我们家也要防好他。

等我过去的时候，他们家已经没有了棉花桃。得知我来的原因，我的弟妹从外屋冲到我的面前，哥，咱们是一家人，你怎么相信外人也不相信自己的兄弟？我们是贼，把屎盆扣到我们的脑袋上，你就能好到哪里去？别人欺侮咱家穷欺侮咱家弱欺侮咱家有这么个瞎孩子，哥你不能也跟着欺侮我们不是？我不要你可怜我们，但也不许你们给我这家人气受！光脚的还怕穿鞋的？……她把孩子推到我的面前，那个可怜的瞎孩子被绊了一下，她的拳头落在孩子的后腰上：装，装什么好人，真是瞎了眼！给我滚一边儿去！

一年后。我弟弟喝醉了酒不小心摔伤了，有十几天下不了炕，正是麦收时节，我老婆自然是一肚子的怨气，她要求我和弟弟的地分开来收，个人收个人的，反正一起收也还是个人的麦子归自己，我说不行。咱父亲看着呢。咱要是这样做，村上的人也会说闲话的。后来她打听到，我弟弟根本不是喝酒摔伤的，而是被人家打的，他一天夜里去偷人家加工厂的钢锭，被人家发现了。麦收的那几天里，我老婆一边干活儿一边冲着我的弟妹指桑骂槐，有时的话语也颇为露骨，但她一直没有任何反应。仿佛她没有带出自己的耳朵。"你就装聋作哑吧，"我妻子说，"就是吃这个。没脸没皮。"我悄悄地对老婆说，你别这样了，咱父亲看着呢，我用下巴指了指地头上的那棵树，可她的声音却因此又提高了八度："看着吧，我就是说给咱爹听的，让他来评评理！老实人不能总吃亏啊。"

那年秋天，镇上突然新建起了许多的歌舞厅，招了不少来自外地的女人，村上许多做鱼粉生意的老板经常和客人们光顾，据说这属于什么"红灯区"，得到了镇政府和派出所的特别照顾，陪客人唱歌跳舞的女人们有时也会做些皮肉生意。那一年，我们村的鱼粉生意做得很大，都供不应求，为了增加重量他们开始在鱼粉里掺入沙子，当然为此还要加一些蛋白精，否则在进养鸡场、养猪场时化验会不合格。那一年，小山上的沙子卖得十分红火，我弟弟加入了卖沙子和往鱼粉里掺沙子的活儿，这个活儿不重，而且老板们给的价钱不少，还不打白条。他也曾劝我一起干，很来钱，但我拒绝了。我说，父亲看着呢。我不知道怎么跟咱父亲交代。有了些小钱的弟弟显示了他的不屑，它就是一棵树了。再说，父亲看到了又怎么样？我们老老实实又得了什么好处？再说，又不是我们的假鱼粉，又不是我们卖，我们只是按他们的要求掺的，是真是假和我们没有任何关系。

我们村的鱼粉生意好了两年，然后一落千丈，中央电视台的《焦点访谈》对我们村我们镇的鱼粉造假进行了曝光，使得镇上的各种生意都跟着受到了影响。村上许多人都对此感到惋惜，村主任甚至在一个会上大骂给中央电视台报信的人，他说这样的人给我们村抹了黑，给村上的经济带来了巨大损失，如果他知道是谁干的，一定没他的好果子吃。我弟弟也说，如果他知道是谁出卖了我们村，也一定不给那个人好果子吃——他也失业了。沙子又回到了沙子应当的价钱，而且政府也贴出告示，不许任何人再去挖沙。我的弟弟，他又恢复到原来的样子，无所事事，总和家里人吵架，常常待在外面不回家……我老婆又听来了其他的风言风语，她说，我的弟妹和某某人好上了，在一起办那事的时候让人家看见了。现在，村上的人都知道。她说得有鼻子有眼。

无论它是不是事实，要是我那有着邪脾气的弟弟知道了，肯定会……肯定不是什么好结果。我得想办法，我不能看着他们的家庭散了。自从我父亲在田间长成一棵树后，我感觉自己身上的责任和压力越来越大了。可我，怎么去说呢？

机会终于让我找到了。那天我弟弟不在，我和弟妹在田间锄地，找了个理由，我将自己的老婆打发到一边儿。我吞吞吐吐，先举了一个我想了很久的别人的例子——没用我再往下说，她就明白了，竖起锄头，盯着我的脸：哥哥你听到什么风言风语了吧？别说我没做什么，就是我做了，也轮不到你管我，你还是先管管你的弟弟吧，你问问他，在镇上都做了些什么，找过多少个小姐？你先管住他再来管我！我不就是生了个瞎孩子吗？你们就屎盆子一个个地往我脑袋上扣！我一身屎，你们就那么高兴？……这时，我老婆突然出现了，她先用鼻孔重重地哼了一声，然后拉长了音调："哟，弟妹啊，谁给咱扣屎盆子了？咱可不能干他的，咱们要堵着他的门，让他给全村的人说清楚，咱得跟他没完！"

随后，我弟弟也过来了，他嚼着一片草叶儿，似乎还哼着什么小曲儿。

这是多年以前的事了。真的，有些事是制止不了的，这也许是所谓的命运吧。人是不能对抗命运的，只能和它和解，任凭它压你、砸你，让风吹你，让雨打你……反正我想不出更好的方法，有时我觉得日子就是苦熬。我父亲是，我弟弟是，我也是。也许我的儿子也是，他现在还很快乐，有些在我看来不着边际的想法，但很快，他也就……这是没办法的事。谁让我们是穷人呢。谁让我们只会种地呢。谁让我们一生下来就被命给安排好了，怎么挣也跳不出去呢。这些想法我从来没有跟地头上的树说过，我不说这些，这些只能闷在心里，我能和它说的是事儿，是家里的村里的外面的事儿。说这些没用的干什么。

弟弟染上了越来越多的恶习。他去看打麻将的时候让警察抓过，不知道从哪儿来的力气，竟然在警察准备将人们带走的时候他翻过院墙，飞快地消失在玉米地里。村主任说警察早认出是我弟弟来了，之所以没有继续追他，是人家知道他根本不可能参与那么大的赌博，抓住他也罚不到多少钱。我的弟弟，在给人家往鱼粉里掺沙子的时候竟然也学会了去歌舞厅，据说还和几个小姐不清不楚，他和我们的一个侄子，因为一个小姐还曾有过争执，被我们侄子的手下狠狠地打了几拳。他曾和几个无所事事的孩子一起，敲诈过路的汽车司机，差一点被警察抓走。据说他还参与过抢劫，这是我老婆打听到的，这也许是种误传也许是我妻子的想象，因为那次参与抢劫加油站的几个人先后都被抓了起来，而我弟弟却可以好好地待在家里。不过，他和参与抢劫的几个人都认识倒是真的，还在一起称兄道弟喝过酒。他越来越多地早出晚归，总不待在家里，而在家里就是争吵，相互怒骂，把杯子摔碎让碗和盆飞上屋顶——我对他的劝阻毫无用处，即使我拉上父亲参与也不行，他听不进任何的劝告。何况，我们的父亲只是一棵树。它不真正地参与到我的劝阻中。

他们可怜的瞎儿子，一直充当着两个人发泄怨气的出气筒。他越来越是一副可怜的样子，甚至生出了不少的懈怠。有时，我在给自己儿子买点什么冰糕或其他零食的时候也给他一份儿，他接过来，却是一副冷漠的甚至让人生厌的样子。

那一年，电视上说一家外地的化工厂在我们镇招工，距离我们镇并不是很远，我提了两瓶酒，求村主任为我弟弟报了名。他说我弟弟的存在也让他这个村主任感到头痛，打发出去也好。原来以为他也许不愿意出门，一直懒散惯了，而且没什么技能，可没用我劝说他就痛快地同意了。我想，他离开一些日子，也许对这个家会好一些，如果能多挣点钱就更好。可没有想到。

没有想到，我弟弟再没能活着回来。是村主任通知我出事的，他说人家工厂里打电话来了，让家属过去，人伤着了，情况可能不好，具体情况人家在电话里也没说清楚。我和弟妹一起坐上了汽车、火车，然后到了化工厂，见到的是一具放在冷柜里的尸体。最初他们说是我弟弟自伤的，是他的操作失误，给工厂造成了巨大损失，如果不是人已经去了他们不想再追究，否则我们得赔偿这家化工厂的损失，那些和我弟弟一起进厂的本村的、邻村的工人们也一起作证，劝说我们要感谢工厂领导，尽快把尸体运走。那时我还算冷静，坚持要求请当地的公安介入，坚持尸检，后来他们只得承认，我弟弟是工伤，原因是有害气体泄漏，造成了他的昏迷，从高台上掉了下去。听了这个结果，我弟妹才哭出了声来，她哭得声嘶力竭，痛不欲生。

我们得到了一笔钱。他们想把弟弟的尸体火化再运回我们村，我不同意。我要把我弟弟完整地运回村里，然后把他埋在我们家的地头，和父亲的树并排在一起——这个心愿最终达成了。然而，我弟弟并没有像父亲那样长成一棵树，我给他浇水，施肥，精心护理，可树还是没有长出来。我想原因可能是，我父亲是活着埋下去的，而我弟弟入土的时候已经死亡；我父亲埋入土中的时候身体是热的，而我弟弟，他的身体则在冰柜里放了很长的时间，已经结冰。

经过一些争吵，讨价还价，我的弟妹带走了一些钱，离开了我们家，而她和我弟弟的那个瞎孩子则留在了我们家。开始我老婆不同意这样的结果，后来她又在如何分我弟弟死亡补偿款的问题上和我的弟妹发生了争执，差一点儿没有对簿公堂。现在，我已经不能叫那个女人为弟妹了，她走了，离开了我们村，脱掉了和我们家的一切关系。临走的时候，她还不忘对我的弟弟进行一番恶狠狠地咒骂，尽管她最后揣走的钱是他用自己的生命换来的。我理解她的怨恨，在嫁给我弟弟的这些年里，她没有得到她想要的。我弟弟，对不起她。

在我把弟弟埋在父亲那棵树旁的那年，那棵从父亲身体里长出的树像得了一种奇怪的病，还是夏天的时候它就开始黄叶，大片大片地掉下了许多的叶子，光秃秃地没有了生气。我给它浇水，施肥，买一些防虫的药给它涂上，然而无济于事——掉了树叶的槐树让人心酸。

我坐在树下，和那棵父亲树交谈，谈些我觉得高兴的事儿、有趣的事儿或者遥远的事儿……我不知道还能怎样来安慰它。尽管这棵树“父亲”的成分已经很少了，但我弟弟的死亡还是让这样的成分显现了出来，让我看到了它所经受的打击。春节的时候，村上和我弟弟一起打工的那些人也回到了村里，他们三三两两到我家里，有的还提了廉价的酒和糖。他们都说着其他的事儿，不提我的弟弟，我也不提，我提起来会让他们尴尬，在我去化工厂领弟弟回家的时候，他们按照厂里的说法对我撒了谎。我能看得出他们的坐立不安。临走，他们会顺便提一下我弟弟，或对我说，我们应当和厂里接着闹，有人就得了更多的钱。我不说话。事情已经过去了，平常的日子都还得接着过，一年，一年。

这么多年了，我还在种地，种小麦、玉米、芝麻、小米。我在河沿上又开出了一块菜地，足够一家人吃的，还常有些剩余。日子那么不好不坏地过着，我的儿子在初中毕业后就出去打工了，两三个月的时间会打一个电话给家里，说不用我们担心，他正在学什么什么，我们最好能给他寄一点儿钱去。这么多年了，我还时常到地头的那棵树下坐坐，和它说说话，聊聊天，它已挺过了那年的悲伤，长得高大粗壮，有沙沙作响的茂密的叶子。有时到田间，我会带着那个瞎侄子，对他谈不上喜欢也谈不上关心，我把他带到地里，是想让他的爷爷看看，他的爸爸看看，我一直养着他，一直尽着自己的责任而已。他倒也不用别人费心，自己待在一个地方呆呆地想自己的事儿，仿佛是另一棵树，只是没能长出绿色的叶子。

累了，坐在地头上，我说，如果我老了，也在这里挖一个坑，把自己活着埋进去。如果能像父亲那样长成一棵树当然更好，如果长不成也无所谓，长得成与长不成都是命运的事儿，顺着它就是了。说这些的时候我的侄子也在听着，他还是那副怯怯的让人生厌的表情，这个瞎子。我皱了皱眉，这时，他突然叫了一下，侧开了自己的身子：我看到，一只灰色的刺猬，从他屁股旁边的草丛里钻出来，绕过了树，朝着河边蓖麻地里窜了过去。

虚构：李一的三次往生

既然是虚构的故事，我也就不安排它具体发生的时间了，你可以按照你的想象在历史的长河之中随意放置。但有一点儿小小的限制：它发生于战乱频仍的年代。但考虑到在历史这条充满着曲折、泥沙和急流的长河中“战乱频仍的年代”实在数不胜数，多如恒河里的沙，这样的限制也就算不得什么了。

在某个战乱频仍的年代——某个下午，一个名叫李一的男人刚在邻居的院子里磨完豆腐，端着热腾腾的豆腐回家：两家的距离不过二三十米，可就在这二三十米的路程中，李一被迎面而来的士兵杀死了，杀死他的那个士兵名叫王二。

令李一极为恼火的是自己为什么会被杀死，他本来已经躲在了一边避开了这群看上去无精打采的士兵，前面经过的士兵连看他一眼的兴趣都没有，可当王二走到他面前的时候毫无征兆地将长矛刺向了他的肺。令李一极为恼火的还有，当他在地上挣扎的时候，当他依然可以呼喊出声来的时候，这支稀稀疏疏的队伍径直走了过去，连看他一眼的兴趣都没有，连看扣在地上、还冒着热气和豆香的豆腐的兴趣也没有。他们越来越小，越来越暗，越来越模糊。

李一死在了路边，被灰尘所覆盖，豆腐上的热气也慢慢散尽。李一的灵魂从李一的身体里挣扎出来，脸上、身上也挂满了灰。他去动了动李一，然后又去动了动豆腐——要知道自己会被杀死，刚才先吃上一口就好了。可那个士兵，他为什么要杀了自己呢？有什么理由吗？他如果是想抢豆腐，也情有可原，但他没有抢啊！

李一的灵魂越想越气，那股气在他的胸口里左冲右突，几乎要再穿一个孔才能泻得尽。不行，不能这么算了！李一的灵魂决定要追赶那支队伍，要追赶那个士兵。要知道，李一在活着的时候就是一根筋的人，而他的灵魂也是。

追上那支队伍对于李一的灵魂来说并不算艰难，虽然他也由此不能再穿上鞋子，赤脚走在路上多少有些难受。真正艰难些的是他必须要躲避开阳光的照射，失去了躯体的保护，那些漫天盖地的阳光就像一片片灼热的、燃烧着的铁，碰上一点儿就火辣辣地，而且一两个时辰都不见减轻。晚上的时候就舒服多了，可这时又有了另一重的艰难：他得躲避那些腰里垂着长绳索的人——他们是地府来收走灵魂的差役，看得出没有一个灵魂愿意跟着他们前去，他们不得不使用一些非常的手段。差役们很多。即使如此，他们也一个个显得辛苦而焦躁，一旦某个灵魂跑出了他所认可的距离他也就不再去追——那条长绳索上已经捆满了密密麻麻的灵魂，少一个两个也算不得什么。

白天，李一的灵魂尽可能地躲开阳光，从树丛中穿过去，偶尔地会在某个阴凉处打个盹儿——警觉一定要有，腰里垂着长绳索的人似乎并不像灵魂们那么惧怕阳光，但炎热也会让他们慵懒。晚上，李一的灵魂就要像一只狐狸或者小老鼠，既要尽量快地追赶到那支队伍，又要小心翼翼，因为在晚上出现的地府差役实在太多，他们腰间的绳索伸缩自如，防不胜防。

作为灵魂，李一无法靠近那些活人，他对任何一个人都构不成伤害。追上那支队伍，他也只能远远地瞪着那个叫王二的人，怨恨的毒刺一根也甩不出去，他的诅咒也起不到任何效果。这种跟随唯一得到的是，李一的灵魂知道了，杀死自己的那个人叫王二，原本是一个孤儿。

尽管无法靠近，也无法伤害到这个仇人，但李一不肯放弃。要知道，李一在活着的时候就是一根筋的人，而他的灵魂也是。他一定要跟着，不肯放弃。

五天之后发生了一场小小的战斗，王二的队伍被打得七零八落，不过王二却在战斗中毫发无损，相反，他还捡到了一条长丝巾、一块玉佩和一个里面还有酒的酒壶。这一结果实在让李一的灵魂感到生气，他竟然感觉到有丝丝的牙痛从他的嘴角传过来，然后布满了全身。

九天后，王二被编入到另一支部队，这两支部队在前几天还是不共戴天的敌人，但现在他们并在了一起，成了没有间隔的兄弟。为了讨好或者别的什么，王二将他新得的玉佩献给了一个高个子的人，那个人在看到玉佩之后立即把王二紧紧地搂在了怀里。第十一个晚上，王二他们这支新部队遭到偷袭，守卫的懈怠让他们毫无防备，军营的一侧很快就聚满了不知所措的灵魂们，围拢过来的地府差役很快就将他们绑在了一起，然后拉走……然而不幸的是，王二又一次躲过了一劫，那个高个子竟然拉着还没有完全醒来的他窜进了黑暗。

长话短说吧，李一的灵魂一直跟着王二，在战乱频仍的年代里诸多的生命就像朝露一样，就像阳光下的蘑菇一样，然而王二却一直不死。要不是李一的灵魂实在固执，也早就放弃了。他跟了足足半年。

这半年的时光，已经把一个固执的灵魂折磨得不成样子，身上满是被阳光晒出的散发着溃烂气息的斑，而脚趾也被磨破了多处，有的地方都磨得薄了很多。灵魂也是经不起磨损的。

半年后，王二终于死掉，把他拽进死亡的不是刀剑而是疟疾，他死在一片难闻的腐臭中。王二的灵魂刚刚从躯壳里钻出，李一的灵魂就从一旁窜过去将他狠狠地按在地上，而新死的王二的灵魂一脸茫然。

略过扭打的一路，两个灵魂，李一的灵魂和王二的灵魂来到了地府。一个差役看到他们：干什么！知道这是什么地方不知道！你们，怎么自己来了？

李一的灵魂仿佛抓住了稻草，他松开手，泪流满面地奔到这个差役的面前，试图一五一十地说出自己的遭遇，不料刚刚开个头便被不耐烦的差役打断了：去去去，我不想听，我也管不着，你就说你是怎么来的吧！胆子不小啊！竟然还知道躲！

被捆绑好，两个灵魂一前一后跟在差役的后面，前往酆都城。前面是黑压压的队伍，一眼望不到头，所以他们走得很慢。“我根本记不起你说的事。”王二斜着眼瞧了一下李一，“再说，打仗总是要死人的，你看看前面。”“可你无缘无故！再说，也不抢我的豆腐……”“我不抢你豆腐也错了？打仗嘛，死那么多人，也不能每个人都一定死得有缘有故。”“你这样杀了我就不行！我的气出不来！等会儿到了阎罗殿上……”

——吵吵什么！闭嘴！差役回过头来呵斥，老子已经够烦的了，别再惹我！否则有你们好看！

战争打下来，死掉的人实在是太多了，而需要登记的灵魂又多……也不怪差役们烦，这支黑压压的队伍几乎完全不动。据说前面的灵魂已经等候了两天了，他们的眼里已经积满了各种不满，如果这不是条完全陌生的路，骚乱怕是早就起来了。即使如此，等待的灵魂们也用各种方式散布着不满，他们跺脚，朝头上的乌云吐痰，或者故意发出一些这样那样的怪声……制止他们少不了周围巡逻的差役，他们阴沉着脸，突然地出现在某个骚动起来的灵魂面前，抽出鞭子——于是一阵号叫，灵魂们号叫起来比在活着的时候更惨烈，更让人毛骨悚然。地府的鞭子倒是有效，但过不多久，又会有某些灵魂变得不安、烦躁，于是差役们又一次出手……经过了三个日夜的煎熬，终于要轮到李一和王二的灵魂了，可这时背后一阵喧杂和骚乱，只见一支身上还冒着烟幕的队伍横冲直撞地奔了过来，尽管已是灵魂，可他们身上的那股怪味儿还是让周围的灵魂纷纷躲避，给他们闪出了一条路来。他们插到了队伍的最前面，喧哗着、吵闹着，毫无规则感，就连最严厉的黑差役也都躲到了一边，没有谁肯出来制止。“为什么他们能……”李一的灵魂向捆绑着他的差役询问，这也是王二的灵魂感兴趣的。“你看不出来，他们是一队军人吗？很可能，他们是整队被烧死的！”“是军人又怎么了？”李一的灵魂表示不解，王二的灵魂则直了直身子：“我也是军人！我也要跟他们一起过去！”

“少给我废话！”这个差役满脸恼怒，他恶狠狠地打了李一一记耳光，然后又同样地把耳光甩到了王二的脸上。“再说话，看我不拿红皮鞭抽你们！”

“我……”李一的灵魂本来还想争辩，但考虑到这里毕竟是地府的地界，而且自己还要向阎罗王申诉，为了这点儿事得罪差役实在不值——于是，他把要说的生生给咽了回去。

一次登记。两次登记。三次登记。在李一的灵魂的计算之中，三次登记过后，十几天的时间已经过去了，可他还没有走进阎罗殿向阎王提出申诉的任何机会。他和王二的灵魂，一起被安排在一个简陋无比的帐篷里，而这样的帐篷数目众多一眼望不到头。很快，王二的灵魂就和周围的几个灵魂熟悉起来，他给他们讲自己的故事，吹嘘自己有多大的能量，有多大的胆量，作战是如何如何地英勇而又一次次地化险为夷……李一的灵魂也不去拆穿，他只要盯着就是了，他必须要在申诉的过程中把王二紧紧抓住。

他们领到了编号，据说这是投胎时要用的。“难道，我们不用去阎罗殿吗？”李一的灵魂很是疑惑，“阎王和判官，不是根据我们在阳间的所作所为来决定我们的赏罚和来世吗？”

“你是不是还问，是不是有的灵魂要上刀山、下油锅？是不是，有的还要锯成两半？”负责分号的差役笑呵呵地望着李一的灵魂，他的笑容让李一的灵魂感觉发毛。

“是……难道不是吗？”

“你是不是还知道，在判官的手里有一本记录簿，记录着你在阳间的所作所为，好的坏的大的小的一件也不差？”

“是。难道不是？”

差役咯咯咯咯地笑起来：“不是，当然不是了。那些，都是你们在阳间想出来自己哄骗自己的，地府怎么会按你们的想法设置？太想当然了！真是夏虫不可语冰。”他告诉李一的灵魂，在地府里，根本不会理会你在人间发生的事儿，根本不会理会你的所作所为——要是登记你在人间的全部所为，一亿个判官也不够用，而要是每个死掉的人都要在阎罗殿上申诉一番，阎王爷就是累不死也得烦死。所以一般而言，阎王爷是不会见任何一个灵魂的，就是在地府里的差役，如不是极为特殊的情况也见不到阎王。“我在地府当差三百多年了，就一次也没有见到过阎王。还不用说阎王，就是高我三级的官儿，我也只见过两次。再说，还有当差五百年一次都没见过的呢！”

“那我在阳间的所作所为一点儿用都没有？你可以打听打听，我可是一个规规矩矩的好人，没做过一件昧良心的坏事！”李一的灵魂感觉异常颓丧，“那些可以不算，可我被无缘无故地杀死总不能这样了了吧？我完全不知道是什么理由。你说说，杀我的人竟然也不知道他有什么理由！他竟然也不是为了抢我的豆腐！我实在太冤啦！”

“到了地府就是一笔勾销。一笔勾销，你懂吧？叫你登记的那几项内容才是有用的，其他的，没有谁会在意。你也别总记着它啦，等轮到你，喝过孟婆的巴豆汤——我听说你们阳间叫它什么忘魂汤——投胎去吧。”

“不。我总要找个能讲理的地方说说。我不能就这样算了。”要知道，李一在活着的时候就是一根筋的人，而他的灵魂也是。

“阳间，阴间，各司其职。”那个差役收拢了笑容，“你那些破事儿，自己觉得多大，可在阴间连个芝麻粒儿都算不上！你看看，新死的人有多少！你觉得哪一个是非死不可，必须放进地狱里的？地府的行事与人间的行事不一样，你觉得你可以为阎王做主，替他定规则？我劝你，最好懂点事儿。”

拥有一根筋、只有一根筋的李一决不想放弃，他不甘心——但确如那位地府的差役所说的那样，没有谁愿意听他的故事，没有一个地府的机构愿意接收他的所谓申诉，他一次次被挡在外面。尽管时间过得漫长，地府的办事效率之差也难以恭维，但还是轮到他和王二的灵魂一同按编号投胎了。“怎么样，你是不是还要缠着我？”在地府待久了，王二的灵魂已经有些嚣张，拉肚子拉掉的力气也慢慢补充了回来。“不能就这样算了。”李一的灵魂眼泪汪汪，他的肚子里满是怒气，一点儿也没有减少。“好吧，你以为我怕你？”王二的灵魂斜着眼，“现在，我可要投胎去了。按现在地府方案，我们应当会住得很近，你还能找得到我。当然到时候你还能不能记得那件事就不一定了。”

“我不会忘记的，我不能让自己忘了。”李一的灵魂恶狠狠地说。他说要是地府的某个机构接收了他的申诉，要是某个地府的官员仔细听了他的故事，他也许就没有这么大的怨气，可现在，不行。

“好吧，你可得跟紧了。不过到了那边，很可能我还会杀你一次。”王二的灵魂用一种嬉皮笑脸的神态朝着李一的灵魂挥挥手。

……需要继续长话短说：经过三天三夜，他们终于走到了一座桥的桥边，在桥头的一侧，面容丑陋的孟婆在熬着一锅冒着难闻气味的汤，周边的差役和两个小伙计在一旁指挥：喝，喝掉！都要喝，一个也不能少！挤什么挤，都给我排好，说你呢，你要是再挤，我就捏住你鼻子给你灌两碗！让你到了阳间也还是一脑子混沌！自己来，自己拿碗！快点，别磨磨蹭蹭的，你没看后面多少人等着呢，快！

有的灵魂，还是挨上了鞭子。不过喝过了那碗黏稠的汤，他身上的疼痛就能完全消失，同时消失的还有他的记忆。队伍中所有的灵魂都一一取到了碗，然后自己挤到大锅的前面——李一的灵魂当然也是如此，不过他并没有真的从锅里舀上汤来，而是做了一副已经喝到的样子——那些差役，负责向锅里加水加豆子的小伙计们，烧火的孟婆，都没有注意到……他们吆喝着，小嘴不停但却心不在焉。

战乱年代，等候的人排着漫长的队伍。熬汤的人当然看着心烦。

李一的灵魂投胎在一个种田农户的家里，为了叙述的方便我们依然叫他“李一”，而投胎在屠户家的王二的灵魂也依然叫“王二”。

他们俩出生的时间，相差不到三个时辰。李一的母亲说，李一刚出生那会儿一直哭泣不止，怎么哄也哄不住，哭得一家人都悲悲凄凄，不知道该如何相互安慰。后来，邻居周三婶婶端来一块热腾腾的豆腐，闻到了豆腐的味儿，李一才算是勉强止住了哭声。“长大了，你就学磨豆腐吧。”

七岁的时候，李一还真学起了磨豆腐，他一学就会，做得比教他的周三婶婶还要好吃——王二的母亲可没少来要豆腐，她往往只丢下几句夸奖的话了事，很少给钱，李一的母亲不愿意为此伤了和气。

李一觉得，父亲母亲其实是怕。没办法，这家人，周围的邻居都有些怕，谁也不想招惹到他们——战乱还在继续，匪祸连连，小民们都尽可能蜷着身子，尽可能地避免节外的枝。

没有一天，李一不想着“上辈子”的事儿，他在“上辈子”从来没有过牙痛的病，可这时有了，他的牙还很小的时候就有了，毫无疑问这都是因为王二而起。这个没有喝过孟婆汤的李一，似乎是完全按部就班地成长着，学说话、学走路、学耕地、学磨豆腐，但前世的记忆一点儿也没淡去。每天夜里，李一躺到炕上，他总是回想起“上辈子”的发生，在地府里的发生，于是他总是在炕上辗转反侧，为此他母亲还曾向道士求过三张符，一张贴在门上，一张压在炕席之下，最后一张烧成灰烬，让李一一口一口地喝下去。李一很配合，他只看了两眼沉在碗底的灰烬，晃一晃，就大口地将所有的水和灰烬一起喝进了肚子。但它起不到什么作用。李一还是睡不好，一到晚上，他就感觉自己的心口处有一条蛇会悄悄地盘过来，吐着有毒的芯子……

每天晚上，李一就会在胸口的那条毒蛇的配合之下，将王二杀死一次、两次，最多三次。但第二天早晨王二还会好好地活过来，皮肤黝黑，闪着健壮而蛮横的光芒。李一试探过，先后试探过几次：他面前的这个王二已经记不得“上辈子”的事儿，他将李一按在地上猛揍不过是觉得自己受到了冒犯，或者是刚刚被父亲打过，他需要找个软柿子出气。

事实上如果李一把他在睡觉前所设想的手段真正用在王二身上的话，他是有机会杀死王二的，但，这个一根筋的人却一直下不去手。在河里捕鱼，王二的头扎在水里，李一搬起石头但想了想又丢在一边，把头探出来换气的王二根本意识不到刚才的危险，他把抓到的大鱼甩给李一：你给我拿着！要是跑了，我就把你煮了吃！还有一次，王二在高高的山崖上朝崖边的小树上撒尿，和李一曾经预想过的情景一模一样；他专心于自己的弧线和高度，根本没防备站在身后的李一，这也和李一曾经预想过的情景一模一样；周围没有别人，这，也和李一曾经预想过的情景一模一样。只要李一抬起腿，只要抬起腿来——可李一又一次错过了报复的机会。

不止一次，母亲反复地给李一讲一个故事，故事的主角是一头凶恶的牛。它被卖到赵家，在为赵家耕地的时候突然发了疯，竟然撞倒了主人，让拉着的铁犁从主人的身上划过去——它的主人一命呜呼，于是这头害死了主人的牛在遭遇一顿暴打之后被卖给刘家。当然，它害死赵姓主人的事情被隐瞒了下来。刘家得到这头牛后，让它驮着两袋粮食想去山西贩卖，然而走到一座桥下的时候，它竟然再次凶性大发，用头上的角将刘姓主人顶至桥下的洪水之中。刘家人当然愤怒，而且也听到了它之前就曾杀死过自己主人的传闻——不能让它再害人了！刘家人将这头牛交给屠户，而这个屠户，在宰杀牛的时候不小心被牛咬住了脖子……一头牛，竟然在死前接连三次杀人，自然引起不小轰动，它的肉连一两也卖不出去，没人敢买，谁也不知道自己吃了这头牛的肉之后会发生什么。这时一位得道的和尚到来，他说，这原是前世因果，是三个人应得的报应：这三个人，在前世，是兄弟三个，都是商人。他们曾以欺骗的方式骗走了一个老太太所养的几十只羊，老太太得知自己血本无归之后抑郁而终。临终前，她发誓要在来世报仇，来世，无论做牛做马她都不会放过这三兄弟。她真的做了牛。“这样吧，你们把这头牛交给我，我来为它超度，化掉它的怨恨——不然，它的怨气不散，的确会给吃了它的肉的人带来灾难。”没有人会不听这个和尚的话，屠户家的孩子也愿意接受这一提议。于是，和尚在超度的仪式进行过后，叫人烧掉了这头牛，在灰烬之中，和尚找到一把墨绿色的梳子——他想了想，还是带在了自己的身上。

每次讲完，李一的母亲都会重重地叹口气，冤冤相报，没完没了。做坏事，上苍是会看得到的，到了地府你也会遭到惩罚——那些坏人，终会有索命者来收拾他们的，别着急。

李一几次张张嘴，张张嘴，他想把自己的前生讲给现在的母亲听，他也想把在地府里发生和遇到的事情讲给她，但话到嘴边又被生生地咽下去，他感觉自己吞下那些话简直就像吞下了烧红的铁。“那不是真的。你不要信！”李一梗着脖子，他觉得他也只能说出这些。

战争终于打到了此地，伴随战乱到来的是饥荒以及更深的苦，那些蜷缩的人十有三四在战乱的火焰和刀剑下死去，好在这个地方地处偏远，毁掉的并不像邻近的县郡那么多。连续的几场战事过后，士兵们走向远处，可匪患却骤然多了起来，李一和自己的父亲被安排在乡勇之中，负责围墙上的巡逻——那时，李一已经长到了十九岁。王二也是乡勇中的一员，不过他们要负责的是街道，两个人轻易不会在巡逻的时候碰面。

夜火闪闪，它飘曳在那么阔大的黑暗中，就像坟场中的鬼火——李一使劲儿驱赶着自己头脑里的这个念头，他在这个念头里已经接连打了三个寒战。村庄的围墙之外，黑暗的阴影中充满了种种奇怪的鸟叫，李一握着细刀的手竟然渗出汗来，他不知道自己究竟恐惧的是什么。

已是夜半。已经是，黎明之前。李一略略地打了个盹儿，他睁开眼，突然听到了脚步声——谁？

我。有人从暗影处闪出身子，原来是王二。我来看看你。王二说着，径直朝李一走来。

李一感觉自己手里的细刀突兀地发出了呜呜的尖叫。在他所预想过的八千种、一万种杀死王二的计划当中，没有一种是这样的。他的大脑在飞快地旋转，他感觉自己迎上去趁着王二不备飞快地挥动起这柄细刀只见王二的头重重地摔在地上摔在地上的头满是惊愕……随后，王二又有了第二种死法当然还是使用这把细刀不过这一次刀插入的是王二的肺部王二脸上惊愕痛苦的表情和刚才的那一次死基本上是一模一样——李一听到细刀的尖叫声更响了，几乎变成了蝉鸣，可他的手和身体却变得僵硬。

就在李一犹豫和不断想象的当口，一阵剧痛穿过他的肺部，这种痛，竟然和他在前世所经历的一模一样。他发现，自己的胸前多出了血，多出了一把剑，而顺着这把剑的剑柄延伸，则是王二的手。“兄弟，对不住，”王二说，“我跟华三哥干了。”

李一的灵魂又开始挣扎着出壳，李一不得不紧紧地按住他，让他用最后的力气挥起手上的细刀——王二没有完全避开，李一的刀划过王二的嘴唇并击碎了他的半颗牙。这时，李一才松开了自己，让灵魂又一次脱离身体：不过这次，他显然更有经验一些，那种悲伤感也减弱了不少。

他想不到这个结局。这和他所预想的完全不一样，和母亲讲述的那个故事也不一样：王二，竟然又杀了他一次，又一次穿破了他的肺。他不甘心，实在不能甘心，要知道李一在活着的时候就是一根筋的人，而他的灵魂也是。他没有喝下孟婆所熬制的汤，因此也就没能遗忘那种“一根筋”的习性。

脱离了躯体的李一的灵魂，没有片刻的犹豫——他朝着王二逃走的方向迅速地追赶过去。

再次成为灵魂的李一看见，王二悄悄地打开了西门，放下了吱吱呀呀的吊桥。

这个被叫作“石抛村”的地方遭受了洗劫。王二装模作样地选择一个他感觉适当的时机从一个小巷里窜出来，加入到驱赶土匪的队伍……再次成为灵魂的李一咬牙切齿，他试图冲着人群大喊：“王二是土匪，他们是被他放进来的！”可他把喉咙都喊裂了的呼喊在村民们听来也只是风的呜呜，没有人理会。李一还想搬起石头，冲着王二的后脑砸下去，但作为灵魂，他已经没有那样的力气。

王二伪装得很像，他获得了劫难之后还活着的村民的好感，那么多的好脸色，他还是第一次得到。地府里带着长长绳索的黑衣人来了，他们绑住刚刚脱离身体不久、哭哭泣泣着的灵魂们，将他们拉拽着，就像拉拽一串串捆绑好的羊羔。利用“上辈子”的经验，李一的灵魂将自己隐藏起来，那些黑衣的差役没有发现他。他发现，村南成根爷的灵魂也没被抓走，成根爷说，他放心不下自己的女儿，她在病着，不知道能不能熬得过去，不知道还能熬多久。“要走，我也得等着和她一起走。”作为灵魂，成根爷的眼泪是蓝灰色的，里面有一条若隐若现的蓝光。

李一告诉成根爷，王二是内奸，是他打开的围子墙的门，是他将土匪们接进来的，而现在没有人怀疑到他。“不行，我们一定要拆穿！不然，还不知道有多少人受害！”

两个灵魂，他们想到的办法是托梦，给家人、亲戚和邻居托梦，告诉他们要提防王二，王二是这次洗劫的罪魁——“我们分头，一定要通知到他们。”李一也认为这是一个好办法，作为灵魂，这也许是他们唯一可以做的了。

然而所谓“托梦”大概只是阳间的活人的想象，李一和成根爷的灵魂发现，他们根本进入不了活着的人的梦中，没有这样的路径。成根爷的女儿越来越弱，可她还在气若游丝地活着，活得磕磕绊绊、充满着惊险，然而即使如此成根爷依然没办法进入到她的梦里去。每次回家，出来的时候成根爷都会变成一个由泪水组成的泪人儿——“这些可恶的土匪！我连一滴水都喂不给她！”

成根爷想到了另一个办法：他跟在王二身后，不断地靠近他朝他的后脑处吹气，据说这样会让遭受灵魂诅咒的人身体弱下去，折损不少的阳寿，据说一旦被诅咒的人脖颈处变黑，则说明产生了效果——但整整半个月下来，王二的脖颈和后脑都没有任何变黑的地方，倒是成根爷的灵魂，被阳光晒出了大大小小的斑，散发出淡淡的臭味。

“这不是办法，”李一说，他有在地府的经验，这一经验成根爷应当也有，不过他喝过孟婆的忘魂汤，不再记得罢了。李一说，地府里的行事，与我们在阳间时以为知道的完全不同，我们太多想当然，其实根本不是那回事儿，“你到地府就知道了。”

王二死在乱棒之下——挥动乱棒的是石抛村的民众，他们终于得知了真相。这让他们无比愤怒，那些杀死过亲人、抢掠过他们的土匪也没有像王二这样让他们仇恨。同时被打死的还有王二的父亲，他完全无辜，可挥动着的乱棒不信，它们也没有耳朵。

王二的暴露与灵魂们的“托梦”没有半点儿关系，自始至终，他们都没有做成这件事，没有一个人因为什么梦而产生警觉。使王二暴露的是酒，是色——那一日，王二喝得大醉。醉后，自然口无遮拦，自然愿意显摆：他向被拥在怀里的女人发誓，将要给她一个好生活，将要让她不再受苦。他有办法，他当然有办法。在这片地方，没有谁敢惹到他，惹到他，绝不会有好下场，他有办法。

什么办法？女人不信。别人也曾向她承诺过，但最后不过是水月和镜花。

“我跟了华三哥。每次分红，都会有我的一份儿。”

王二喝得大醉，如果不是大醉，他也不会那么口无遮拦。为了证明他说的完全可靠，他向怀中的女人保证：两天之后，两天之后华三的匪帮还会进到石抛村里，他们只抢劫齐家染房一户——齐家在官军中当差的三儿子送回了一大笔浮财，应当不会是什么正当的来路，“分，分了它。我不会亏待你的。”

那女人虽然名声不好，和齐家人也素无往来，但也依然知道此事的分量，何况，她的一个兄弟就死于匪祸中——思前想后，经历反复的挣扎和掂量，她还是走进了齐家大门。第三天，王二正准备将门悄悄打开，突然间四周灯火通明，齐家人和一队官兵出现在他的面前。

王二的父亲王屠户被人从睡梦中叫醒，一阵乱棒之后他依然不知道究竟发生了什么，混乱中，他的手伸向案板上的屠刀——那些乱棒当然不会让他真的把刀抓到手里……那时，王二刚刚被愤怒的众人打死。

李一的灵魂又一次跟上了王二的灵魂，他问成根爷：你是不是也跟着过去？成根爷摇摇头：不行。我再等等我女儿。我觉得她也没有几天了，她从小胆子就小。说着成根爷的灵魂又流出了泪水，他捂着脸，呜呜呜呜地哭出声来。

李一的灵魂和王二的灵魂又一次来到了地府。一路上，王二的灵魂向李一的灵魂解释：他是没办法，他得活命，士兵们、差役们、土匪们，哪一个不虎视眈眈，他是实在过不下去了，没办法，才想到投奔了华三。其实每个村子里都有华三的人，不是华三的就是别的匪帮的，人，总得给自己想条活路。见李一的灵魂并不搭话，王二的灵魂就继续说下去：那天其实也不能全怪我，我本来没想到会遇见你，我以为你不会在那里，可是你偏偏就在。没办法，我和他们商定好的事儿也不能更改，我只得咬咬牙……这都是命，是不是？你我命该如此，像我，我就不怨那些打死我的人，下辈子我也不会找他们报复，除非阎王那么安排……再说，你看你，用刀子豁的，我的嘴唇一直都不能痊愈，我从那个躯壳里脱出来了还是。也算两清了吧，要不，你能怎么着？

李一的灵魂不想和他搭话，没意思，没劲，和他能说什么？只要不让他从眼前消失就行了，他不能放走他，自己的仇怨已经积攒两世，如果就这样轻易放过他无法接受。在阳间，等待着王二死去的那些日子，李一的灵魂天天都在想着怎么办怎么办，可他没有想出任何办法——没有一个机构、没有一个官员甚至没有一个行人愿意听发生在他身上的事儿，无论它包含多大的冤和仇。地府中，没有谁愿意理睬发生在阳间的事件，这一点确定无疑，可李一不甘心，他不能瞑目。于是，他有了一个大胆的想法。

和上次的情况差不了多少，差役们捆绑住他们，然后排队进入酆都城。又是几天几夜。一次登记。两次登记。三次登记。拿到编号，住进帐篷……这一切和上次的情况差不了多少。王二的灵魂将他的编号拿给李一的灵魂看，“我要投到安阳县去。你呢？下辈子，我再不欺侮你啦，要是能够见到，咱们最好是做兄弟。我觉得你还是不错的。”李一的灵魂说，呸！王二的灵魂并不恼，而是哈哈笑着睡到自己的席子上。

李一的灵魂，所拿到的是丹阳。安阳到丹阳，不知道会有多远的距离，如此茫茫人海，他如何能在来世将王二再次认出来呢？看着自己的编号，李一实在有些绝望。他必须要抓紧时间。

功夫总不负处心积虑的人也不会负处心积虑的灵魂，李一的灵魂打听到某个时辰，也就是李一将要离开阴间将成为一个新人的前一天，阎王将有一次离开酆都的出行。李一的灵魂决定大大地冒一次险，他要前去喊冤：已经两次了，他没有任何过错没有任何不道德的行为，可是他两次死在了同一人之手！而那个人，一直恶劣，却和他一样领到了转世的号码，一起再转到人间去，这样，是不是太不公平了？

他想了又想。如果像在人间，他拦下阎王的轿子就必须从尖锐的钉床上滚过去的话，他也不让自己有片刻的犹豫。他想了又想，他要让自己记住王二的号码，以及他要投胎的地方安阳。也许，会用得着。

…………

不过，事实是，李一根本没有机会靠近阎王爷的轿子，他被挡在了外面。他大声呼喊，努力用声嘶力竭的方式喊出自己的冤情，但他的声音完全被淹没在兴奋的地府灵魂的声浪之中，他也是，他只得远远地看着阎王的轿子一路绝尘而去。“你刚才喊什么？”王二的灵魂从一侧挤过来，他挤得自己的骨头都在乱响，“兄弟，我还真没想到你是这样的人。你见到的不过是轿子，阎王爷是不是在里面你都不知道，值得那么兴奋吗？你觉得他会因此给你赏赐，让你出生在一个有钱有势的大户人家？”

李一狠狠瞪了王二一眼，当然，这是灵魂之间的事儿。

和上次的情况差不多少，李一的灵魂又来到了桥头，队伍显得还是那么多，那么蜿蜒着看不到尽头。李一的灵魂再次看到负责发放熬好的汤的差役和伙计，他们还是那种无精打采的样子，心不在焉的样子，只是，熬汤的老妇人换了一个，李一不知道是不是还该叫她“孟婆”——也许是李婆、刘婆或者王婆，谁知道呢，他也没有了解的兴趣。

差役们抓住喧哗的、乱动的灵魂，将他们按在地上，一阵号叫之后再将他们塞到队伍里面去，这样，队伍就会安静一小会儿。和上次一样，李一的灵魂同样拿上一个空碗，然后做出一饮而尽的样子——那些差役，负责向锅里加水加豆的伙计，烧火的新孟婆，都没有注意到他碗里汤的有无。他们吆喝着，小嘴不停但却心不在焉。

李一的灵魂投胎到丹阳，父亲是个教书的先生，老年得子，自然是兴奋异常。为了叙述的方便我们继续将这个新生的婴儿依然叫作“李一”，那个降生在安阳的灵魂也依然叫作“王二”，不过远在安阳的他暂时不会出现。

五岁，李一开始跟着父亲读书，七岁，九岁，他成了当地小有名气的“神童”，更为难得的是，李一的刻苦让人惊叹，就是一向严苛的父亲也颇有些心疼。十二岁，李一参加童试，以第十七名的成绩成为当地最小的“生员”。那一日，他的父亲兴奋异常，多喝了几杯酒，傍晚的时候着凉，随后便一病不起。知道自己时日无多的父亲将李一叫到床前，在一番教训之后父亲突然问他：你这样地努力，是为了什么？功名还是苍生？

李一回答了一个理由。但那时，他真正想到的却是：他一定要考取功名，不惜一切也要成为一名官员，最好能调到安阳去。他要将那个王二找出来，哪怕是挖地三尺也要将他找出来，然后寻个堂皇的理由将他杀死。王二临死之前，李一一定要想办法和他密谈一次，告诉他，自己为了解去心头的仇恨，已经追踪了他三世。这一世，他绝不会再放过。

这个理由当然不能和气息奄奄的父亲说明。

在父亲去世之后，李一戒掉了豆腐，他不允许自己再吃一口豆腐，决不。“你父亲的去世和豆腐没有关系……”母亲说，可母亲说服不了李一。他坚持不再吃，也不要再闻到豆腐的香气。

时间过得飞快，即使不快我也要将它略去，没必要在李一的日常上多费笔墨。这一年，举人李一准备参加京城的会试，家里为他准备了盘缠和一切用具，然后送他上路。略去一路的颠簸和风餐露宿，这一日傍晚，李一来到了一条河的岸边。

河水浩荡而浑浊，里面布满了大大小小的涡流。岸边，李一的心里突然泛起一股莫名的悲凉，他用力将它按下去，那股悲凉被挤成小小的碎片，但它显然还在。李一手搭凉棚，他发现远处的苇荡中有一条小小的渔船。

“船家，船家！”李一呼喊。

“船家，船家！有人吧？”李一又一次呼喊。

“船家，船家！我要过河！”李一用足力气。这时，远远的，船舱里探出一个头，随后，船慢慢地划向李一。

略过一系列的协商、讨价还价过程，李一上船。船，向急流中穿过去。

“先生是哪里人？”船家问道。他背对着李一。

襄阳，丹阳。船家你呢？

“我是安阳人。父母死得早。我已经好多年没回去过了。”船家回过头，“先生这是去哪儿？是读书，还是经商？”

读书。李一突然生出一丝警觉，也许是安阳这个具有根须的地名刺到了他。

“会试？最近这几天，我已经渡过好几个参加会试的先生了。都是要中状元探花的主儿，您也应多赏几个钱给我吧？”那个船家再次转过身子，他从船舱的一侧拿出一个小酒壶：“先生，或者应早点叫您大人了吧，您有没有兴致，陪我这个失意的人喝上两杯？”

——你是王二！李一的身体不由得颤抖了两下：这个人，应当是王二，是和他年龄相仿的王二，之所以李一会有此判断是因为他看到船夫的嘴唇上有一道并不清晰的疤痕。这道疤痕，是上一辈子，李一临终前用细刀给划出来的。

“王二？谁是王二？”王二愣了一下，“这位先生，你的脸色为什么会这样……王二，是你的仇人吧？”

不不不，我认错了。李一摇摇头，他朝着远一点儿的方向悄悄地移动了两步。我不能喝酒，船家，你还是自己喝吧。我们什么时候能够靠岸呢？

船家看了看天空，看了看跟在船后的水鸟们。“天黑的时候。你不用着急，我一定会把你送到的。”

……沉在水中，李一慢慢地放弃了挣扎。他知道这是自己的又一次死亡，这一次会是真的死，在意识渐渐模糊的过程中，他忘记了还有个王二，忘记了他是如何落进水中的。

他的眼中滴出了两滴眼泪，它，是深蓝色的，一时间还不能和河水混淆，但随后便弥散于水中。

碎玻璃

因为事隔多年，当时徐明做错了什么，胡老师为什么发火我已经记不清了，反正，是一件大不了的小事。胡老师总爱发火。她一发火我们教室里的光线就会暗下去，我们所有的学生都在暗下去的光线里坐得直直的，低着头，一丝不苟。可是那天徐明是个例外，他如果像我们一样，估计胡老师发一顿火也就过去了，我感觉胡老师隔段时间就要发一次火，如果有段时间没有发火胡老师就会寻找要发火的目标，那样我们可得小心了——屁虫说胡老师之所以爱发火是因为那时她正在闹离婚，她有一肚子的气没有地方撒，可豆子则坚决地给予了否认。豆子说胡老师从年轻的时候就爱发火，她当上老师之后就一直爱发火，他叔叔跟胡老师上过学，他叔叔可以证明——可是徐明偏偏没有像我们那样"低头认罪"。这也难怪，他是刚刚转学来的学生，不了解我们胡老师的脾气。他低着头站了一会儿，然后用响亮的普通话对着胡老师说：老师，你错了，不是你认为的那样。

事隔多年，徐明究竟做错了什么，或者是胡老师误认为徐明做错了什么，究竟是一件什么事让胡老师开始发火，我真的已经记不清了。

可以肯定那是一件大不了的事。无非是没有好好听课、和同桌说话或者玩小刀铅笔盒之类的事，反正它不大，胡老师发一通火就应当过去的，可是，徐明竟然说胡老师错了，还说得那么响亮。

整个教室突然地静下来。那么静。事后我的同桌徐奇和我谈到那一段教室里突然的安静，他用了一个词，摇摇欲坠。这肯定是一个太不恰当的词但它同样是我那时的感觉——从来没有人敢对胡老师这样说话，并且当着全班同学，并且说得那么响亮，并且，用普通话。要知道胡老师的严厉是出了名的，我的爸爸妈妈，连我没有上学的弟弟都知道。我的心被提了起来。我真的感到有些摇摇欲坠。

你的嘴还真硬。胡老师说得缓慢，平和，但有一些咬牙切齿的成分包含在里面。反了你了，敢和老师顶嘴。胡老师说这句的时候语速依然相当缓慢，突然——

“你给我出去！”胡老师几乎是吼叫，同时，她手上的白柳教鞭也响亮地砸在课桌上：“我就不信，我治不了你的臭毛病！”

老师，的确是你错了，不是你想的那样。徐明昂了昂他的头：我真的没有……

尽管我早就忘记了事件的起因，但徐明顶撞了胡老师还说胡老师错了，这件事我可记得一清二楚。我还记得那天胡老师离开教室之后有两个女生偷偷地哭了，据屁虫说其中一个叫什么翠的还尿湿了裤子。我还记得那天阳光很好，但在这个事件发生之后天就阴了下来，放学前还时停时续地下了几滴雨。那天，徐明从教室里走出来，一副无精打采的样子，用他那双已经旧了的运动鞋踢着一块石子。他低着头，踢了一路。

一个转学来的学生，说“鸟语”的学生，竟然敢顶撞全校最严厉的胡老师，这在我们学校造成了不大不小的震动，这绝对是一个事件。第二天上午还有别的班的学生问我们：是有人顶撞了胡老师了吗？是谁啊？你指给我看看……

“等着吧，这件事不算完。”徐奇在我的耳边说，他显得有些兴高采烈。“等着吧，这件事肯定不会算完。”我也这样说，我也端出了一副兴高采烈的样子——这不仅仅是幸灾乐祸。

那就等着吧。

我们都知道这不会算完。肯定还会有什么事情发生，胡老师绝不会容忍有人顶撞她的，胡老师是不会放过徐明的。

可是，事情好像真的过去了，事情好像根本没有发生，胡老师若无其事地讲着勾股定理，看不出她受了那个事件的任何影响，看不出她有要报复徐明的意思。$a^2+b^2=c^2$。胡老师的语气平静，不紧不慢。在一个直角三角形中，两条直角边的平方和等于斜边的平方。她斜都没有斜徐明一眼。

那堂课胡老师没有对徐明发火，没对任何人发火，她只是朝着一个好动的同学丢去了一块粉笔头，粉笔头丢过去之后她就继续她的勾股定理。

第二天上午还有胡老师的课。“我可以和你们打赌，胡老师今天肯定要批徐明，不信你们看着！”我、徐奇、屁虫和豆子坐在各自的凳子上，怀着紧张与兴奋等待着，可是胡老师依然没有对徐明发火。倒是屁虫，他看上两眼胡老师就悄悄地回一下头，他朝着徐明的方向——为此他受到了胡老师的警告。

“我对你们严厉，是为了你们好。跟我上学，你们的父母将你们交给我来管理，我就得让他们放心，我就要把你们身上的坏毛病都改过来，这对你们的将来是有好处的。”胡老师一副语重心长的样子，她几乎是要告诉我们，那个事件已经过去了，胡老师没有将它放在心上。

——就这样过去了？屁虫有些百思不得其解。他和豆子打赌输了，心里还有些不服。

怎么会呢？你看着吧，徐明让胡老师那么没面子，哼，胡老师肯定不会算完的，那样，胡老师以后还怎么管别人啊？

——是不是，是不是徐明……他不是从市里转学来的吗？我们明白豆子的意思，他是说，也许徐明有什么背景，就连胡老师也不敢惹他。

市里来的又有什么了不起？要是行，要有人，干吗非到我们这里来上呢？

——是应当有个人治治她。徐奇用力地咽了口唾沫，胡老师一上课我就紧张，累死了。

徐奇的感受就是我们的感受，我们也是一样，胡老师往讲台上一站我们就紧张，空气马上就变少了，阳光马上就变暗了。我们都怕被胡老师抓住点什么。

——反正，不能就这样算了。屁虫将一块石子朝着一群肥大的鸡扔去。一片混乱。

还真让我们猜着了，胡老师终于抓住了徐明的把柄，将他从座位上抓了下来：徐明，你说，这一次老师又错了吗？

你说说。你可以说你的理由。要是我错了我就向你道歉。胡老师俯下身子，她的手放在徐明的头上，轻轻地抚摸着。

我们，许多人都看见了徐明的那个动作。他把自己的头晃了一下，躲开了胡老师的手——胡老师的手僵僵地抬着，她似乎一时不知道应当再去寻找徐明的头还是将手缩回。

——你说！胡老师恢复了她以往的严厉，你说啊，这回你还有什么理由！我就不信治不了你！

是我错了。徐明说得响亮，老师，这次是我错了。但上一次我没有错。

——你不服是不是？你还不服是不是？胡老师终于缩回了手，她指着徐明的鼻子：我不允许你带坏班上的纪律，我不会的！我知道你是从市里的学校转来的，哼，要是在市里上得好好的，干吗非要往我们学校里转？既然来到这了，就得把你在市里养成的不良习惯都给我丢掉！

胡老师，徐明抬起了头，他盯着胡老师的眼睛：我转学这里不是因为我犯了什么错误，我什么错误也没犯。徐明咬了一下自己的嘴唇：你当老师的，可不能瞎说。

——你说什么？你说什么！你再说一次！胡老师的脸色苍白：我教了这么多年的学生，还真没遇到像你这样的，反了你了。哼，别以为我收拾不了你，你打听一下，再混的再坏的再不是东西的到我的手底下哪一个不服服帖帖！想在我的班上挑头闹事，哼，你打错算盘了！

胡老师，我是来学习的，我不想闹事，我没想闹事。

——你还敢顶嘴！胡老师扬起了她的手。我仿佛已经听见了响亮的耳光，我的脖子不自觉地缩了一下，可是，胡老师的手并没有真的落下来。要在平时，要是别的同学顶嘴，胡老师的手早就落下来了，可那天，胡老师略略地犹豫了一下，她只做了一个要打耳光的动作，然后把手收了回来：我看你嘴硬到什么时候。胡老师离开了徐明的身边，她慢慢朝着讲台的方向走去——毛主席说，与天斗其乐无穷，与地斗其乐无穷，与人斗其乐无穷。我们就斗斗试试，看你的魔高还是道高。

徐明完了。他是没有好果子吃了。我想。他怎么敢和胡老师这么说呢。胡老师走到了讲台，她的教鞭和牙齿都闪出一种寒光：我们继续上课。我们不能让一粒臭狗屎坏了一锅粥。谁还记得勾股定理，会的请举手。

三三两两的同学举起了手。徐明犹豫着，还是把手举了起来。

胡老师叫了徐明左边的同学。叫了他右边同学。然后叫到了徐奇。徐奇抓耳挠腮，结结巴巴：老、老、老师，我、我、我……没、没、没有记熟。要在平常，徐奇肯定会被胡老师批得焦头烂额，体无完肤，可那天胡老师只说了句，你坐下吧。

——你们可得好好听着，要好好地学习，这话我说了不止一遍两遍了。千万别对自己放松。学好不容易学坏可快着呢。我接着往下讲。胡老师没有叫同学们把手放下，我和几个同学只好依然举着自己的右手。胡老师竟然没有看见我们的右手，没有看见徐明举着的右手，她继续着勾股定理：

根据勾股定理，在直角三角形中，已知任意两条边长，就可以求出第三条边的长。

勾股定理是可逆的，因此它也有一条逆定理：如果三角形的三边长 $a^2+b^2=c^2$，那么这个三角形是直角三角形。

…………

那节课上得相当漫长，我们好不容易才挨到下课的铃声响起来。可是，胡老师没有要下课的意思，她重新又把勾股定理的逆定理讲了一遍。别的班已经下课了。许多其他班级的同学堆在教室的外面，她们伸着黑压压的头向教室里张望，然后一哄而散。

胡老师拿起了书本和教鞭。我悄悄地舒了口气，我听见教室里许多出口长气的声音，胡老师肯定也听见了。她把拿起的书和教鞭重新放回到课桌上——我不想耽误大家的时间，可我不能不多说两句。我们班是一个统一的集体，我们不能容忍谁破坏这个班集体的荣誉，我们不能容忍哪一个人把他的坏毛病带进来。这是学校，是学习的地方，是规矩的地方，是培养人才的地方，不是收容所！现在我宣布一条纪律：我们要把那些不听话的同学孤立起来，直到他改掉了坏毛病，永不再犯为止。同学们，老师这样做是为了谁呀？还不是为了你们的将来！孙娟，你这个班长要负责监督！各个委员和组长，都要负起责任来！你们看着，哪一个同学还和不听话的、不学好的同学接近，你们就报告给我！哪一个再不听话，再和老师顶嘴，我们就不要理他，不和他说话！……

放学了。我们从徐明的身边经过绕过了徐明，特别是一些女同学，她们经过徐明身边时加快了脚步，并且夸张地侧过了身子——仿佛徐明的身上有一股难闻的臭味，仿佛徐明的身上带有瘟疫，靠近他就会有危险似的。徐明一个人在他的座位上坐着。他面无表情，一动不动地等我们全班的人都离开了教室。他一个人，在飘着夕阳的光和灰尘的教室里坐着，空出来的教室那么空荡，面无表情的徐明那么孤单。

——徐明真可怜。屁虫感慨了一下，他顶撞谁不行啊干吗非要顶撞胡老师呢。

我们胡老师是爱熊人，豆子为徐明有些不平，胡老师动不动就把人批一通，我不愿上她的课。

我也不愿意上。

我也不愿上。屁虫说，她一上课就让人提心吊胆。

她讲的……也不好，那么干巴巴的。徐奇小声说。他向四周看了看，这时已开始后悔了：你们可别和胡老师说，要不，非让她治死不可。你们可别和别人说这是我说的。他低声低气地看着我们。

——徐明为什么转到我们学校来呢？屁虫问我们，他是不是被开除了，别的学校不要才转到我们这里来的？胡老师说的是不是真的？

这也是我们都关心的一个问题，但我们不知道是还是不是。“我们问问他。”屁虫说，他刚说完就被豆子否定了：这可不行，让胡老师知道我们和他说话，哼，那可就惨了。

他来我们这里上学，肯定是有原因的，要不然，一个市里的孩子怎么会到我们这里来？屁虫说，我一定把原因找出来。他挺了挺胸，做了个悲壮的样子，好像他是要打入敌人内部的侦察员。

我们看见，徐明远远地走来了，与我们近了，略略的八字脚使他走得摇摇晃晃。他经过我们的身边。我们几个人都不再说话，我们闪到了一边，看着徐明面无表情地从我们身边走过去，一步，两步，三步，四步。他没有回头看我们，他把我们完全当成了陌生人。

——徐明也太犟了。屁虫在他的背后小声说。

徐明被孤立起来了，在他身边仿佛有一道墙，有一个看不见的笼子，使他和我们隔绝，我们的奔跑、欢笑甚至打闹都与他无关，他只是一个人待着，他有一个孤独的小世界。其实即使胡老师不下禁令我们也很少和徐明说话，他刚转学过来和我们不太熟悉，并且他说普通话，这和我们造成了区别。你想想，假如我们是一群鱼，一条鲫鱼会不会和一群鲢鱼融合在一起呢？我们和徐明之间就是鲫鱼和鲢鱼的关系，那时候我和豆子都这样认为。

徐明带了一只电动的青蛙。它在课桌上跳跃，并且发出很响的叫声，每次跳到课桌的边缘徐明就用一只手挡住它，把它控制在一个范围之内。尽管徐明相当小心，有一次青蛙还是跃过他的手掉到了地上。它没有被摔坏。它又开始了在课桌上的跳跃，这一次，它甭想再跳出课桌去了。

我们看着课桌上的青蛙。几个女生还发出了惊讶的赞叹，当那只青蛙跳过徐明的手向下跌落的时候，她们把赞叹改成了尖叫——胡老师规定我们不许和不听话的同学说话，可没有规定不许看他手里的东西。

这时上课铃响了，徐明收起了青蛙，而我们恋恋不舍地收回了目光。“它的肚子下面有个开关，”屁虫悄悄地对我说。在老师即将走进教室的瞬间，屁虫又忍不住了，“它叫得多响，像真的一样。”

后来徐明又带来了一辆电动小汽车，后来徐明又带来了两本画册和一些奇怪的东西。我们知道徐明是在干什么，他要干什么，可是，我们不能。我们不敢——胡老师也真是。豆子只说了这么半句，但这半句说的也是我们第一个的想法——其实，徐明并不坏。

在带来画册的那些日子里，徐明利用课间的时间临摹上面的画，有时在自习的时候他也画上几笔。他故意不把这些画收起来，故意让有的画掉在地上而不着急拾——我认定他是故意的，他是想让更多的人看见他的画画得真不错，真的不错。今年在一个酒桌上我和徐奇偶然地坐在了一起，他偶然地提到了徐明：“要不是胡老师，徐明也许能当一个画家。”他只说了这么一句就被其他人的其他话题给岔开了，我们就再没提到徐明。

不知是不是有人告密——我们班上有许多人都是胡老师的秘密侦察员——还是胡老师已经侦察多时了，在自习课上，胡老师突然地出现在我们教室里，并且径自朝着徐明的方向走去——她拉出了徐明的书包，把他的两本画册拿到手上。你们学习！她冲着我们喊了一句，然后高跟鞋嗒嗒地走出了门去。我们望着门的方向，我们不知道接下来会有什么发生。时间就那么一秒一秒地过去了，窗外的知了叫得很响。阳光从外面一波一波地涌进来，它们并不退出，而是很快地就消散了，消失得像水一样，像空气一样。

屁虫回了一下头。他似乎想和我说句什么，但没来得及说就转回了头去。我们都害怕胡老师会突然地出现。

时间就那么一秒一秒地过去。我们等待着，几乎是一种煎熬，就连咳嗽的声音、翻书的声音都那么不自然。他们和我一样支起了耳朵，他们和我一样，不时地偷偷看上徐明一眼，想从他的脸上读到什么表情。可徐明还是什么表情也没有。他只是盯着一本《语文》不停地看，目不转睛地看，眨都不眨一下。

下课的铃声终于响了。它像费力地撕开了什么一样，沙哑并且艰难地朝着我们的耳朵传来。徐明用力地把手扣在课桌上，他的响动吸引了我们。可胡老师没有像我们认为的那样出现。那节自习课她没有再来。

屁虫当上了胡老师的秘密侦察员，这是他向我们透露的，他向我们透露这些的时候翘起了尾巴。“你们别告诉别人。我和你们说也没什么关系，反正，我猜胡老师的意思主要是让我盯徐明，那我专盯徐明就行了，别的事可以睁一眼闭一眼。”

豆子说当胡老师的侦察员又有什么了不起，他还是呢，只是他一直没说罢了。“我知道……胡老师说过，”屁虫有些尴尬地收了收他的尾巴，“胡老师跟我说了很多班上的情况。”

我们都没有再说什么。屁虫的尾巴又翘了翘，他向我们详细地描述了胡老师叫他到办公室的一些细节，我知道他肯定向里面加了盐加了醋加了油，他在向我们表明，胡老师对他相当信任，对他相当器重。

豆子朝着河面丢着石块，他几乎可以丢到河的对面去了。他在屁虫说到兴奋处时突然笑了，他笑得有些冷。

——“你笑什么？”屁虫问。

“我笑我自己不行吗？”豆子向河面丢下了一个很大的石块，石块溅起了层层的水花。

屁虫当上了胡老师的秘密侦察员，这对屁虫来说是一个机会，是一件大事。他相当卖力地履行着自己的职责，可是，他没有找到徐明的把柄，在一段时间里徐明什么错都没有犯过，包括上课时做小动作，上自习时打瞌睡或者乱丢纸条这类的小毛病。他的书包里也早已不再有电动青蛙、电动汽车这类的东西出现，在他的书包里只有课本、作业本和铅笔盒。

屁虫为此很不甘心，我们看得出来。他在放学时不再和我们一起走了，而是故意落在徐明的后面——他开始对徐明进行秘密跟踪。尽管他非常投入，可在很长的时间屁虫还是一无所获，于是，在一个中午，当徐明去厕所的时候屁虫悄悄地溜到徐明的座位那里，他小心翼翼地把手伸向了徐明的书包。

——你想干什么？徐明的普通话说得并不严厉，就像平时里的一句问话，像询问屁虫需要什么帮助似的，但他的突然出现还是吓了屁虫一跳。“没、没、没什么，”屁虫用他的手和袖子擦脸上的汗，“我、我、我……我想、想找个东西，看、看你有没、没、没有。”

——那你看吧。你好好看看吧。徐明仍然并不严厉，但他拉出书包、把书包打开的动作很不友好：可能让你失望了，我这里没有你要找的东西。

是的，没有。屁虫感到尴尬，感到失望。此后有几天他无精打采的，干什么都没有力气，如果不是他还从来没有给胡老师提供过什么有价值的情报，他早就放弃那个拙劣的跟踪计划了。那天，他只是跟着，并没期待有什么发现，可那天，还真让他有所发现："刘佩振和徐明在路上说话了！他们说了很长一段时间！"

屁虫为他的发现兴奋不已，他脸上的层出不穷的痘痘因为兴奋而跳动着，闪着红红的光。

下午的最后一节自习课，刘佩振被胡老师叫到了她的办公室。那一堂自习课刘佩振的座位一直空着，直到我们放学，离开学校，刘佩振还没有从胡老师的办公室里出来。

"看谁还敢和徐明说话！"屁虫翘着他的尾巴，不停地摇着。

——我最瞧不起你这种人了。徐奇说。

"我不是……胡老师是为了咱们好，要不然，徐明会把班上的纪律带坏的，要是谁都不听老师的话了那不就乱了？……"屁虫追着我们的屁股解释，反复地解释，他追着我们的屁股。

"不管我们做什么，你都不许告老师！"

"那当然。我怎么能出卖你们呢？胡老师信任我了，要是别人说咱们的坏话我就会知道，我知道了你们也就知道了……"

——你说话得算话！

"我什么时候不算了？肯定的。"

真是一波未平，一波又起：胡老师办公室的玻璃被人打碎了。不知道为什么那天胡老师来得比平时要晚些，她赶到学校时在她办公室的外面已站了许多人，包括袁校长和其他老师。透过老师和同学们的头，胡老师看到窗子上的碎玻璃，它像张着一张大嘴的怪兽一样狰狞。

"怎么了？这是谁干的？"胡老师急急地打开她的门，办公室里更是一片狼藉，一瓶被砖头砸倒的红墨水洒满了桌子和椅子，有很多作业本也被染成了红色——更不用说纷乱的碎玻璃了。

"我每天辛辛苦苦地教你们，总怕你们不学好不成材，总怕你们学不到知识将来后悔，你们知道我付出多少？你们竟然这样对我！"胡老师哭了。班上的女生也跟着抽泣起来，后来有几个男生也加入到哭泣的行列中。"我还不是为了你们……"

胡老师用板擦敲了一下桌子：其实不用说我也知道是谁干的，我猜也猜得到。你别以为自己做得多神秘，其实你的一举一动我都清清楚楚，许多同学都向我反映了，就是你打玻璃的时候也有同学看见，他已经向我报告了。他就是不向我报告我也猜得到。胡老师说到这里停了一下，她从讲台上走下来在教室里转了一圈，她转了一圈就把教室里的空气转少了。

——现在，胡老师在我们背后：现在，我给这个同学一个认错的机会，给他一个自首的机会，坦白从宽，抗拒从严。现在你站出来，当着同学们的面承认了，我会从轻发落的，要是你的态度好永不再犯的话还可以既往不咎。你要是存在侥幸心理，以为会躲过去的话，哼，我谅你也不敢。现在我开始数数。在数到三之前你最好给我站出来！

一。

二。

胡老师放慢了速度：你还有最后的机会。三……

我们坐得直直的，坐得僵硬，坐得颤抖，但是，没有一个人站出来——我已经给你机会了。要是再不站出来的话，我可就不客气了。

还是没有谁站起来。我感到了压抑，空气本来就少得可怜，而我还不敢大口地喘气。我低着头，我感觉胡老师的眼睛里有刺，有刀子和剑。

——徐奇，是不是你！

徐奇竟然又结巴了起来，说到最后他竟然咧开嘴哭了：不、不、不、不、不是，我、我……我没、没、没有……没有啊……

坐下吧。我知道不是你。胡老师挥了挥手：赵长河。

这样一个人一个人地问下去。全班只剩下刘佩振和徐明了。只剩下徐明一个人了——你就是不承认是不是？说这话的时候胡老师并没有朝着徐明的方向，而是面对着别处：你以为你做的坏事我不知道是不是？你想错了，我告诉你，你想错了！

胡老师显出一副悲伤难抑的样子：对不起同学们，对不起大家，因为一两人耽误大家的宝贵时间，实在对不起大家。绝大多数的同学都是好的，都是听话的，上进的，懂得尊敬师长的，哪个班上没有一两个调皮捣蛋的，一两个捣蛋的调皮的也兴不起风作不了浪！我也告诫那些调皮捣蛋的不学好的，你是在自取灭亡！

好，我们继续上课。把你们的课本打开。

胡老师只给我们讲了不到十分钟的课。她再次向听话的好学生们道歉，她说她不舒服，今天的课改成自习吧。

她走出了教室。门没有关好，被风一吹，发出刺耳的吱吱的响声。胡老师走了，剩下了一群张望的学生，我们安静了一阵儿，然后叽叽喳喳一阵儿，又突然地安静下来——

直到下午放学胡老师再也没有回我们教室。说实话平日里我们最怕胡老师在面前出现了，可那天胡老师不出现我们又觉得缺少了些什么——是谁打的玻璃？你马上去向胡老师认错去！胡老师为了我们……她容易吗，你还有没有良心！班长孙娟站了起来，她的眼睛红红的，她的目光掠过我们所有的人：你去不去？我问你去不去？

没有应声。我们的眼睛都偷偷地盯着徐明。他正拿着一本《语文》用力看着。他依然是那副面无表情的样子。

徐明，你说是不是你？孙娟走到徐明的面前：你看把胡老师都气成什么样了！

——孙班长，这事和我无关，我没有打谁的玻璃，这事不是我干的。

不是你干的还会是谁干的？大家都知道是你干的！

你凭什么说是我干的？你看见了？你抓住我了？我告诉你，我从来都不说谎，我说不是我干的就不是！

你别死不承认！哼，别以为你是市里来的，就觉得自己很了不起……屁，臭美什么啊。

徐明飞快地抓住了孙娟的衣领：你他妈的再瞎说！我说不是我就不是！

在本质上孙娟是一个懦弱的人，她被徐明吓坏了，她被徐明吓得脸色苍白……不是你，不是你你早说啊，我又没有说一定是你。你们管管他。

我们谁也没动，我们才懒得管这事呢，这事让我们怎么管啊？我们早就看不惯孙娟平日里的那副神态了，像一只骄傲的母鸡似的。要不是胡老师把她当成宝贝处处护着她，要不是她动不动就打我们的小报告，我们早就想收拾她了，现在，终于有了收拾她的人，终于有了收拾她的机会，我们干吗还不让人家收拾？

你们，你们管管他。孙娟哭了起来，她的眼睛和鼻子都挤到了一处：我又不是说你，我又不是……呜呜呜，说你……

现在轮到徐明尴尬了，现在轮到徐明手足无措了，他松开了手：对、对、对不起……可我真的，没有砸玻璃。徐明看了看自己抓过孙娟的那只手，仿佛上面长出了刺——我没有想，我……

——徐明！你等着瞧！摆脱了徐明手掌的孙娟跳回了自己的位置上，她那么外强中干。我和刘世涛、徐奇、屁虫，我们几个人响亮地笑了起来，刘世涛的笑声明显有些夸张。

第二天上午有胡老师的课，可是胡老师没来，徐明的位置也是空着的。胡老师和徐明的共同缺席让我们产生了诸多猜测。

——这次，徐明也太过分了。他肯定没有好果子吃。

——可徐明说不是他。也许他真是冤的。

我和同桌徐奇说着悄悄话，回过头来的屁虫也加了进来：肯定是他，没错。胡老师不会有错的，何况，有人看见了。

要是胡老师知道是徐明干的，她早就给徐明颜色看了，她才……她肯定不知道是谁。她只是猜的。

我们交头接耳，我们的声音渐渐大了起来，这时，袁校长推开了门：安静！你们给我安静！你们还像个上课的样子吗！

袁校长的脸上像一盆冷水：有些人，现在是越来越不像话了，上课不好好听讲，总做小动作，下课了就胡打胡闹，一点规矩都没有，一点学生的样子都没有，不光和老师顶嘴，竟然还发展到打老师办公室的玻璃！你当学校是什么地方？你当老师是什么啊？老师恨铁不成钢，管得严了些，话说得重了些，你就把老师当仇人了……

袁校长说，学校要想教书育人，培养四有新人，就必须严格管理，规范管理，我们的制度不是太紧了而是太松了！以后我们的管理只能越来越严格，越来越规范。最后，袁校长环视了我们一圈：哪一个同学要是觉得我们太紧了，让你受不了，你可以提出来，我特批，你可以不听课可以不考试，但有一条，不能影响班上的纪律。要不然，你就给我转学。袁校长将“转学”两个字咬得很重。在袁校长咬着“转学”两个字的时候，我和许多同学的余光悄悄地向徐明的座位上瞄去。那里空空荡荡。

袁校长离开我们教室之后不久胡老师就来了，她说本来她身体不好已向校长请过假了，但想到同学们的学习她还是打起精神来了。这时我们的班长孙娟站了起来，她说胡老师您回去休息吧，我们可以自学。在孙娟之后我们的椅子凳子乒乒乓乓，我们三三两两地站起来：胡老师您休息吧，胡老师您休息吧。

坐，同学们坐下。我没事，看到你们我就没事了。胡老师很有些激动，她的嘴唇颤了几下：我……我……我们把书打开。

那是我听胡老师的课听得最认真的一次，也是胡老师讲得最生动的一次。下课时她一边收拾教案一边冲着我们：谁知道徐明怎么没来？我们说不知道。胡老师用鼻子哼了一声，然后将教案夹在腋下，离开了教室。

一架纸做的飞机跟在胡老师的背后飞了起来。它摇晃着撞到了教室的门上，然后坠落下去。胡老师对此毫无察觉，她走远了。

尽管事隔多年，我还清楚地记得那天下午的班会，我还清楚地记得，我们这些初二（三）班的男女同学，排着队到黑板前面看画册时的情景。那就是徐明拿到学校被胡老师没收的画册，那天下午的班会徐明就在他的座位上坐着，他是唯一没有排队去看画册的一个人。

胡老师给我们看其中的一幅画，它是一幅略略有些变形的素描，画得相当简单，上面画着一个裸体的男人和一个裸体的女人，他们的某些部位被夸张了，他们扭曲着，因此显得丑陋。后来我才知道那幅素描是一个叫毕加索的画家画的，那个毕加索是一个相当有名的画家，是一个大师级的人物。可是我不喜欢毕加索的画，甚至对这个名字都有种莫名的厌恶，我想是因为那天下午班会的缘故，那个下午埋下了厌恶的种子。即使别人再怎么说他的画如何如何，即使我强迫自己先认定他的画是优秀的，即使我强迫自己认真地看他的画，可是那种丑陋、堕落、淫荡的印象强烈地阻挡了我和毕加索的接近。

我不可能喜欢毕加索的画，永远不会。

当然这是后话。还是返回那天下午的班会吧，胡老师将几本书放在课桌上，然后以那几本书为依托，向我们翻开了有毕加索素描的那本画册。

胡老师说，这些年的改革开放是让人们富裕了起来，人民的生活是有了极大的提高，但是，一些西方资本主义的腐朽思想也随着改革开放涌了进来，这群嗡嗡叫的苍蝇飞进了窗子，就想办法到处产卵、下蛆。他们以丑为美，以恶为善，只讲个性不讲共性，腐化堕落，就是这些东西竟然也找到了市场，竟然有人喜欢！这些脏东西坏东西对青少年的毒害尤其严重。为什么呢？因为青少年涉世未深，正确的人生观世界观还没有形成，并且他们判断是非的能力还很差，所以必须要加强引导，提高他们分辨是非的能力。

老师为什么对你们严格？是不愿意你们长歪了，是怕你们走斜了，那时候再回头也就晚了。有的同学，偏偏不能理解老师的苦心，偏偏要和老师对着干，偏偏要去接受西方的腐朽思想的侵蚀，我不知道你要长成什么样！我告诉你，现在悬崖勒马还来得及。胡老师指着画册上的毕加索的素描：同学们你们看看，这美吗？这高尚吗？这对我们青少年的身心有益吗？不！它既不美，也不高尚，更对青少年的身心没有好处！大家看看，这就是西方资产阶级堕落的生活方式，它是在引诱青少年犯罪！

你们，胡老师指了指我们：你们一排一排地上来，好好看看这幅画，每人不少于一分钟！大家不接触，不比较，只听一些道听途说的宣传，还会以为西方多么文明多么高尚呢，还会以为他们的生活方式多么值得我们去学习呢……哼哼。别挤，大家一个一个地来。

看得出，徐明在“画册事件”中遭受了巨大的打击。他摇摇欲坠。眼泪在他的眼睛里打着转儿。那一堂漫长的班会对徐明绝对是一种煎熬，他都出汗了。刚下过雨的秋天已经凉了。

每一秒钟，都有无数的针插到徐明的身上。每一秒钟，都有无数的老鼠在徐明的心脏里奔跑。每一秒钟，每一秒钟都那么屈辱，那么难熬……徐明一寸寸地矮下去，那幅毕加索的画压倒了他。

——徐明，明天下午让你母亲来学校，我要和她沟通一下。

徐明不知说了一句什么，胡老师没有听清楚，我们也没有听清楚，他好像是说给自己听的。

——你说什么？徐明，你大点声。

徐明又说了一遍，这次，我们仍然没有听清。

——不想让你母亲来是不是？不想让你母亲知道你在学校里的所作所为是不是？你也知道害臊？要是早知道害臊，你为什么不好好学习，为什么不求上进呢？我知道你母亲不容易，胡老师顿了一下，提高了一下音量：她和你父亲离婚了，就带着你回乡下老家来了。你要是早点体会她的苦处，就别这样给她丢脸。

徐明一边擦着眼泪，一边说着些什么，可是他说什么我们还是听不清。

——徐明，你别以为老师总对你有意见，处处想治你，你这样想是错的。我是想让你改掉坏毛病，当老师的不能看着你一步一步地往下走而不去拉你一把。你对我理解也好不理解也好，我都不能对你的毛病坐视不管，这是我的责任。胡老师说这些的时候神采飞扬，语重心长。她还灿烂地笑了一下，只一下。

放学的铃声响了。

“徐明他妈是破鞋。”屁虫用低低的声音对我们说，他笑得有些暧昧，“所以徐明他爹才不要她的，她就只好带着徐明来我们这儿了。”屁虫关于徐明的母亲是破鞋的理由还有一条，就是，只有破鞋才会有那种黄色的画册，只有破鞋才会把那些乱七八糟的东西给自己的儿子看。

“你们知道徐明他妈和老师都说了些什么吗？她们说了一个下午。”屁虫一边用力地翘起他的尾巴一边卖着关子。我们瞧不上他这样的做派，我们都不理他。前几天徐奇说胡老师课讲得不好肯定也是屁虫告的密，这事他知道。我们都不理他，徐奇跑着去追一只飞走的蚂蚱，而豆子和我则专心地对付着榆树上的虫子，我们用小木棍子一一插入那些虫子的身体，它们发出难闻的臭味。

“徐明可惨了。”屁虫又说，我们还不理他。

“他母亲打了他，他一晚上都没睡觉。”屁虫自言自语地把话说完，就跑去和徐奇追蚂蚱去了。我和豆子偷偷地笑了，这是我们早就商量好的，屁虫越来越让我们看不惯了。我们得治治他。

考过期末考试之后很长时间徐明也没有回学校，他的位置空了出来，如果不是有把凳子还放在那里，我们都可以忘掉徐明的存在了。后来椅子也没了。屁虫说，徐明转学了，跟着他的母亲走了。很快全班同学都知道了徐明已经转学的消息。

在期末考试之前徐明还被胡老师狠狠地批了一次，事情起因是因为刘佩华在徐明的凳子上放了一枚小钉子，徐明坐下去被扎着了屁股，于是，两个人打了起来。和乡下的孩子打架，徐明肯定占不了上风。两个正打得难解难分，胡老师出现了。

他们两个人被罚在教室的后墙那里站着，由同学们每人打他们一下脸——你们不是愿意打吗，现在就让大家都来打，这样是不是更舒服些哟？看你们下次谁还敢再打架！徐明依然那么犟，依然那么不识时务，他向前走了一步：老师，是他先惹的我，他往我的凳子上放钉子！

——是吗？是真的吗？

刘佩华点了点头。

——放钉子是他不对，我不是罚他了吗，哼，他怎么不往别的同学的凳子上放钉子而偏偏往你凳子上放钉子？你们俩都是一样的东西，好的学不来，坏的不用学就会。你给我站好！我就不信我治不了你们的臭毛病！……

宣布考试成绩的那天是一个阴天，外面刮着很大的风，校园里许多碎纸片和尘土在操场上纷纷扬扬。那天徐明仍然没来。他的座位已经没有了。

徐明考了个全班第二名。胡老师念过徐明的成绩之后又对我们宣布，徐明已经转学了，所以他的成绩也就不算了，下面同学的名次提一下，第三名现在是第二名，也就是说在这次考试中第十一名也有前十名的奖状。随后胡老师停了一下，她说，同学们，我们学校要培养的是四有新人，祖国的建设需要的是四有新人，有道德守纪律比只是学习好更重要。我们不仅要把学习搞好，同时还得不断加强自己的修养，这样的孩子长大了才是对祖国有用的孩子。

门突然开了，一阵很凉的风先吹了进来，徐明出现在门外。他背着一个灰色的书包。

——你，胡老师对徐明的出现感到惊讶，你怎么来了？

我想知道我的成绩。

——你，你考得还不错。胡老师的表情有些不自然，徐明，到了新学校，可要好好学习，要听老师的话。坏毛病一定要改。

——胡老师，刚才你的话我都听到了。这一次，徐明的普通话说得依然响亮，清脆。

嗯……胡老师一时没有反应过来，是，是啊？

徐明盯着胡老师的眼睛：我还想和你说一件事。你办公室里的玻璃不是我打碎的。徐明始终没看我们一眼——那事不是我干的。

不是……不是就好，胡老师的嗓子有些沙哑，仿佛塞进了一些棉花：我……我也没有认定是你干的。

徐明冲着胡老师笑了。他的笑容慢慢僵硬起来，慢慢变得有些狰狞。我们看见，徐明的手飞快地伸向他的书包，他掏出了里面的砖头，飞快地朝着教室的玻璃砸去。

随着一声脆响，破碎的玻璃掉了下来，像一场白花花的雨，它们纷纷坠落，闪着银白色的光。有几片玻璃的碎片在那白色的光里晃了几下，像余震一样再次落了下来。寒冷的风和阴沉的天色透过没有玻璃的窗子涌进来，它让我们打着寒战。

等我们反应过来，等胡老师反应过来，徐明已经跑远了。他挥动着已经空空荡荡的书包，他的书包在空中划出一道道灰色的圆弧，显得无比轻松。他转过了大门，在我们的视线里消失不见。

给母亲的记忆找回时间

愿我的母亲安息。也请她原谅，我再次拿她病中的日子说事儿，我猜测，她如果还活着，可能不愿意把那段丑岁月示人，要知道，她……现在，我截取最后的一段时间，它的开始，距离我母亲的去世仅有半年。血液的病，血管的病，心脏的病，还有过度肥胖引起的——譬如哮喘，譬如高血压，譬如下肢的瘫痪，譬如……结果是我妻子在医院里拿到的，它和厚厚的收费单放在一起，是一种很单薄的纸片。"给你弟弟打个电话吧。"她甩了一个异样的腔调，不过后面的话，还是咽了回去。

母亲被接回家里，我们告诉她说，只是一种慢性病，会好起来的，就是过程上会慢一些，你需要耐心。我妻子给她摘了树上的桃，母亲贪婪而笨拙地吃着，竟弄得脸上、胸口上都是那种黏黏的汁液。真的像一个病人。这时我弟弟也来了，他对着我妻子，我感觉，更多是说给我父亲听的：胡燕先过不来，现在门市上缺人，一天天，累死了，忙死了，也挣不到几个钱。父亲阴着脸，他转向另一个房间，那里，体育台正在直播湖人和骑士的比赛。"妈，"弟弟看着我母亲，他伸出手，想去擦挂在她脸上的桃肉——他的眼圈飞快地红了，他的声音，也跟着在颤抖……“你这是干什么。”我妻子竟然变了脸色，“你先出去，别在咱妈面前……”

还有半年的时间。至多半年。还有另一种可能，就是——植物人，那样在时间上可能会长一些。不再具备第三种。医生是这样说的，他有些木然地把递过去的红包放进了抽屉。到大医院也是这样。就是花钱多点儿。薛院长也看过了。他特意提了一句薛院长，然后用很随意的口气，“市委王主任和你家有什么关系？”他低头翻着病历，“昨天我看到他了。”

母亲回来，突然变成了一个话多的女人，我们猜测，她也许感觉到了什么，或者从我们的话语和表情里发现了什么。不，不可能，我们得出结论是，不会的，她不应当感觉出来，要知道，她从来就不是一个细心人，何况，五年前的脑血栓已让她变得……“除了话多了点儿，你们没发现她和原来一样呆？”父亲说，她是猜测不出什么来的，她没那个脑子，再说我们这些日子有说有笑哄她开心，她也没有一点不高兴的表情，是不？要是她知道了自己的情况，怎么会……“她那么怕死。”是的，我母亲怕死。她刚刚患上脑血栓的时候我们就更清楚地知道了。

弟弟用白眼珠白了父亲一下，“不能让她知道。是不能让她知道，她会受不了的。”弟弟的眼圈又红了，“哥哥，嫂子，咱妈的日子不多了，我们当儿子儿媳的，就常来陪陪她，让她高高兴兴地……”

我和妻子都没有接他的话，由他说着。可我父亲，他应当捉到了我弟弟的白眼：“你说，从你妈病重，胡燕来过几次？你来过几次？

是你妈重要还是……”

声音大了些，可能是大了些，我们听见，在另一间屋子里的黑暗里，传来我母亲哭泣的声音。“妈，你怎么了？”我和弟弟跑过去，打开灯，“我们吵醒你了？”

不是，我母亲说，她记起了一件事儿，记得很清楚，可就是，忘了那件事是在哪天发生的。她不能不想。可就是，想不起是什么时候发生的。越想不起来，她就越想，把脑子想得都痛了，都紧了，都酥了，可还是想不起来……“看我这脑子。”母亲艰难地伸出手，捶打着自己的头，又一次哭出声来。

从医院回来的母亲，她多出了一条舌头：最初的那条舌头用来吃饭、喝水，继续眼前的家常，而多出的那条舌头，则浸泡于记忆里面。她之所以变成话多的女人就因为这条舌头，虽然那条舌头同样显得发木，不够流利，留有血栓后遗症，可这并不影响我母亲使用它。不过，问题是，我母亲总是记不起事件发生的日子，她不知道这件事是新近发生的还是已经年代久远……因为没有确切时间，它就会在我母亲的脑袋里引起混乱，因为一会儿我母亲会感觉自己还是个孩子，一会儿就老了，而另一会儿，又突然年轻起来——我这样向我妻子和弟弟解释，不然，我母亲怎么会有那么多的固执，非要找到那件事发生的时间不可，如果得不到确切的答案，她就哭，就闹，就不睡觉……“我们就顺着她吧，我们就是顺着她，还能有多长……”我说给我父亲左边的耳朵。他没作声。那时候，他右边的耳朵依旧在体育频道上，里面是李宁服装的广告。

“她早就傻了。”父亲是对着电视说的。他的手里拿着遥控器，广告时间也绝不换台，只是调小了一些音量而已。“你告诉她也没用。”

话虽如此。是的，话虽如此，为我母亲记忆里的事件找回时间成为我和我父亲在家里最重要的活儿，它的重要性甚至超过了买菜、喂我母亲饭、喂她吃药、给她换换身下污渍斑斑的床单。是的，请了一个保姆，可她过于瘦小，而我母亲有一百七十斤重，她一个人做不了移动我母亲身体的活儿。她屋子里的味道越来越重，不过我的母亲从来没抱怨过这些。

我们，想方设法为她的记忆找到时间。尽可能地准确一些。

她的日子不多了。

“是哪一年的事儿来着，”她如此开头，“看我这脑子。真没用。”可怜的母亲换出一副痛苦的表情，“我怎么想也想不起来……”她说的是发洪水，她和我姥姥、二姨冒着大雨，抱着被子向土地庙那里跑，还没跑到，就听见水来了，那声音在夜晚显得十分恐怖，传得很远。我姥姥呼喊的音调都变了，她丢下被子，一手一个把我母亲和二姨拉上了高处，水从她们脚面上涌过去，那力量大得都能把她们拽走，要不是我姥姥抓得紧的话……我父亲说，在他小的时候村上发过两次大水，一次是 1961 年一次是 1963 年，都倒了不少房子，死了几个人，不知道她说的是哪一年。“你怎么不知道？”我母亲变了脸，病中的她特别容易暴躁：“三和尚拴着绳子捞谷穗，挺着个大肚子，给淹死了……”那是 1963 年 9 月的事儿。三和尚是 1963 年死的，1961 年挨饿的时候他能挺过来，据说是偷了公社粮库里的绿豆。民兵们查了好多天，最后在三和尚的屎里发现了绿豆皮——我父亲说，三和尚被民兵捆在树上打的时候他在场，打了一天一夜，还在他脖子上挂着一兜子粪——可他就是没有承认自己偷了绿豆，当然也没从他家里搜到。最后这事不了了之，不了了之的原因一是三和尚拒不承认，二是他父亲因为这件事在大队门前上吊死了。三和尚死于1963年，不会有错。他不会游泳，却想学着别人的样子去被水淹了的地里掐谷穗，为此，他找来绳子，把自己拴在一根檩条上……可绳子开了。他就扎进一人多深的水里，直到两天后才漂上来。

“是1963年。”我母亲点点头。她有些心满意足，发出轻微的鼾。保姆来问，晚上吃什么，“是哪一年的事儿来着，”母亲睁开眼，她的嘴角垂着一条浑浊的线，“看我这脑子……”

是哪一年的事儿来着？我母亲说，你姑姑演李铁梅，两条粗辫子，人也长得好看。她一上台……1966年，随后我父亲纠正，1967年。随后，我父亲岔开话题，然而这对我母亲的舌头缺乏影响，最后，他不得不用一个桃子堵住我母亲的嘴。父亲不愿意提我早早去世的姑姑，这我知道。要不是我母亲病着，他一定变脸了，他一定……他走出去，和保姆一搭一搭地说着不咸不淡的话，我母亲坐在那里，偎着两个枕头，又睡着了。

是哪一年的事儿来着？那时我和我妻子在场，找了一整天时间的父亲悄悄溜出去，到玉祥叔叔家打牌了。是哪一年，看我这脑子……她说的是我弟弟和人打架，打破了头，被人堵在门口，都拿着木棍、铁棒、砖头……“可吓死我啦。你父亲待在屋里，我叫他出去看看能不能给人说两句好话可他就是不动……”有这回事儿？妻子盯着我，我怎么从来没听你说过？有这回事儿。我说，那时我上初中，他也在初中上学，我们刚转学到县城不久。“是哪一年的事儿来着？”母亲问，她有些焦急，不知道准确的时间可不行，她的脑子，会被这个疑问给坠坏的。我说，我得算一算，我初三，他初一……是1986年。1986年夏天。

"不对！你骗我！"母亲骤然变得恼怒，"不是那一年！我想了，不是那一年！你随口说说想混过去……"

我们怎么劝解也不行。最后，还是用三遍电话叫来了弟弟。他证实，是1986年，不过不是夏天而是秋天，他和王勇偷人家西瓜被追了三四里地，两天后，他们俩重新又回到那块西瓜地里，用木棍把所有的西瓜一一砸碎。"那时候就爱发坏。不过也没砸多少，都秋天了，瓜都卖了好几茬了。"

这才有了笑容。"那时候，王勇他爸总和你爸说，你这孩子，看这坏劲儿，要么长大了是个大人物，要么进监狱。"

弟弟接过我妻子手上的梳子，理着母亲头上的三缕乱发，"你儿子没成为大人物也没进监狱，看来还是坏得不够啊。"

她登台演出扮演李铁梅的时间也是1967年，那时，她还在生产队里担任妇女主任——我母亲的嗓子不好，扮相也不好，可是，大队排演《红灯记》，演李奶奶的赵四婶婶提出条件：大队干部得带头，我母亲必须要在其中扮演一个角色，不然她就不演，无论多么光荣多么难得她也不演。母亲说，你赵四婶婶就是想出我洋相，她恨我。我刚当妇女主任的时候，她不服，总是找碴儿，最后让我母亲寻得了机会，把她吊在大队的房梁上一天一夜，尿了一裤子。别看她嘴上服了，心里恨着呢。"可要是她不演，这出戏就排不了，别人也跟着起哄……没办法……"那是我母亲唯一一次登台演出，病中的母亲又把它想了起来。"我演李铁梅……当然，还是你姑姑演得好。"

（我知道的是另一个版本：在我母亲讲述之前，我妻子知道的，也是另一个版本，那个版本，是我姥姥活着的时候讲的。她说，我母亲一上台，就木了，就走不动路了，简直是一个木偶——不开口还好，一开口，台下边一片大笑，指指点点，我母亲再顾不上继续匆匆就跑下去，还跑丢了一只鞋。姥姥说，当时，她真恨不得有个老鼠洞钻进去，满身的鸡皮疙瘩，两天都没全下去……愿我的母亲安息。这个版本真是我姥姥提供的，她肯定没有丝毫恶意。）

中煤气的那年是 1971 年，不会有错，因为那年我只有一岁，确切地说，只有十几天。母亲说，我在她怀里就像一只瘫软的兔子，或者老鼠——当时，所有的人都以为我已经死了。尤其是我的奶奶。她骂了小半天，骂我是来骗人的害人的，留不住的，不中用的，稀屎一样的，王八羔。“我就没见过像你奶奶那么心狠的人。”说这句话的时候我母亲的舌头比平日要利落些，她的表情中还带有小小的愤恨。她说，我奶奶把我从她的怀里夺下来，一个死孩子你还护着干什么，哭什么哭，它本来就是路过的野鬼，是害人精……奶奶在我母亲面前晃来晃去，用夸张的手势驱赶看不见的鬼魂，根本不顾她的悲伤，不顾她因为煤气中毒，头就像裂开了一样。“要不是你姥姥”——要不是我姥姥，我肯定早就死了，扔到河滩上喂狗了……我四叔和果叔被我奶奶叫来，准备用旧席子把我裹了，扔得越远越好，这样，总是骗人的害人的鬼魂就不会再找到这家人。可我奶奶舍不得我身下的旧苇席，它看上去还较为完整，可是，她竟然也找不到麻绳，平日里它到处都是，塞满了各个角落。小脚的姥姥跑过来了，她盯着我，突然发现我的鼻翼动了一下，像是呼吸——“嫂子，你看，他还活着……”

“我就没见过像你奶奶那么心狠的人，”姥姥把我塞进她的裤筒，那时的棉衣都有宽大的裤腰，“那么冷的天，你奶奶，就是不让你姥姥进屋”——四叔曾说过那日的情景，确是如此，我姥姥在院子里坐了两个小时，脸都冻紫了，那么冷的正月。四叔说，你奶奶迷信，她觉得把这么小就死掉的孩子再带到屋里去会带进去晦气，那时，我们的日子过得那么穷。人越穷越怕，也越信。四叔说，你奶奶是骂了半天，其实这也可以理解，按照我们的老风俗，早夭的孩子必须要骂、要打，不然那个鬼魂还会回来，之后的孩子也留不住……“我就没见过像你奶奶那么心狠的人。”重复到第三遍，我母亲偏着头，睡着了，脸上的表情却还在抖动。她和我奶奶，疙疙瘩瘩了一辈子，明争暗斗，从不相让。说这话的时候我奶奶已经去世，而距离我母亲离开，也只有不到半年的时间。

她越来越嗜睡。我的母亲，大多数的时间都在睡眠中度过，可她还是困，还是倦，她的体内布满了瞌睡的虫子，那么多的虫子把她都快掏空了。早上叫她起来吃饭，她显得异常饥饿，仿佛一直不曾吃饱，仿佛吃过这顿饭就不会再有下一顿……可往往是，她吃着吃着，头一沉，就沉在自己的鼾声里，坐在那里摇晃。

一个上午。太阳晒或不晒，下雨还是阴天，于我的母亲都没有影响，她的眼皮很沉很重。她让自己陷在床上，偶尔，被父亲和保姆半拖半架来到沙发上，半仰着或半卧着，鼾声就起了，肥胖的母亲在鼾声中软下去，别忘了，她还有哮喘。那时候，她已不再穿裤子，只有两件由我妻子用被单改做的宽大睡衣，上面沾有斑斑点点——我说过，我母亲的气味越来越重。有时候我父亲会想办法捅醒她，喂，你看——母亲架起眼皮，这个动作木讷而迟缓，似乎很用力气：你说什么？

不等他说完。困倦会再次把我母亲按倒，让她半仰或半卧于沙发里，半张着嘴。因为哮喘的缘故，仅靠鼻孔是不够的，何况它们还得用来打鼾。那真是些丑岁月，我若是母亲，也不愿意它会被谁记下来，标明真实的时间或其他印迹。我愿意它从不存在，像从来没有这样的日子一样。

只有傍晚时分，我的母亲才会有些好精神，她才会把自己变成一个话多的女人，以“是哪一年的事儿来着，看我这脑子”开始。她的时间不多了，屈指可数，就让我们尽量拿出更多的精力、耐心、笑脸、温情，来陪她。

我弟弟也是这么说的。他总是这么说。只不过，他的门市有些忙，离不开人。

就那样，我的弟妹胡燕还说他懒、笨、呆，不说不动，天天就赖在柜台前的电脑旁打游戏，也不管进货查货，也不管招呼客人，也不管那些两面三刀、嘴勤屁股懒的服务员……

半年的时间，不算太长，的确屈指可数。但，这半年，是从五年的时间里延续下来的，伸展出来的，它和之前的日子没有明显的界线。不可否认，某种倦怠还是来了，它在我们之间传染，虽然对此，我们几个都保持着心照不宣。

我和妻子，去看母亲的时候少了，当然这个减少显得比较自然，并非是对母亲的忽略：我正在办理去石家庄的调动，来往于北京、沧州、海兴，然后石家庄。我会往家里打个电话，父亲那边声音平静：知道了。行。没事儿。只有一次，他突然提高了音调：把你妈这块废物丢给我就行了，你们都忙，忙好啊！

连夜，我从北京赶回老家。那是一个风雨交加的夜晚，车行在路上就如同船行在海上，窗外的黑暗不时会被闪电撕裂，那种短暂的明亮并不能使我们这些乘客感觉安心，恰恰相反，它增添了些许的恐惧。我想我会永远记住那个夜晚，尤其是坠在心口的那块巨大的石头。

回到家里已是黎明，妻子告诉我说，老两口打架了。

为什么打架？

因为保姆。

我当然不会是一个称职的裁判。尤其是，当我母亲哭成了一个泪人儿，她那么委屈。

在父亲那里有同样多的委屈。都什么年纪了，她还疑心这疑心那，当初我也想找个男保姆的，不是感觉她不方便吗。我急忙关上门，把我母亲和妻子的声音隔在外面，“你就让她听听，我又没做什么见不得人的事儿。”父亲还是愤愤。

不就是我对人家态度好点儿，你不能把自己当成是旧地主，把人家当成是奴隶……我不知道这么多年的教育，她都消化到哪里去了。还当过妇女主任、积极分子、破四旧的先进……在旧社会，地主也不能这么待人，你爷爷是长工，你问问当年杨家是怎么待他的。

她是有毛病，我也的确睁一眼闭一眼……她是不勤快，拿我的烟也没跟我说……找个服侍病人的保姆不容易，何况像你母亲这么胖，事儿又这么多……我不哄着，不让人家舒心点儿，人家怎么待得下去？

……“我怎么动手动脚了？我怎么动手动脚了？”父亲突然从床上弹起来，打开门，冲到我母亲的房间：“守着孩子们，你说话得有根据！”

父亲指着母亲的鼻子：“要不是你病着，要不是你这个样子……我忍了你太久了，我，我……”

要不是我弟弟和弟媳进来，我们还真不知道能如何收场。在我们的位置上，根本劝不住。见到我的弟弟，母亲哭得更厉害了。

辞退了保姆，这个插曲也就画上了休止。后来保姆找到我弟弟的门市，她说了一箩筐的坏话。我弟弟悄悄加了二百元钱，她才悻悻离开，“我还从来没遇到这么不说理这么没好心眼儿的人家。”在我母亲去世之后，一个偶然的机会，弟媳胡燕说起此事，我父亲马上拿出二百元钱给她：“这个钱，不能让你们出。不行。绝对不行。你母亲待人……唉。”

愿她安息。

辞退了保姆，照顾我母亲的责任就完全地落在我父亲的身上。他没有再雇人的打算，我母亲也没有。好在，我母亲多数时候都在睡眠，不会影响到他——父亲在家里设了个牌局，几个邻居天天过来打麻将。这样也好。

母亲的气味越来越重，当然也越来越混杂。我和妻子过去，给她清洗，但一天之后，半天之后，某种难闻的气味就又弥漫出来，好在，母亲已经没有了鼻子——准确一点儿，她的鼻子已经失去了嗅觉，至少从我们的角度看来，应是如此。她从来没对此有过任何抱怨。不只是在那半年里，三年之前，更长一点……她没有抱怨过，关于气味，来自她身体的气味。

“看她那一摊肥肉。”我父亲说，不止一次地说。

“不就是胖吗。”母亲竟然嘿嘿地笑了，露着三颗牙齿。

是哪一年的事儿来着？母亲又找不到具体的日子了，这让她很难受，它们就像一大团撕咬着她大脑的虫子，“看我这脑子……”

她说的是我爷爷的死。“我们正在地里干活，听到了锣声。当时谁也没在意，赵瘸巴家的还和刘珂开玩笑，说大队长新立的规矩吧，上级来了指示不敲鼓改成敲锣了……后来你四叔跑过来，阴着脸对我说，咱爹出事了，快去看看吧。”

在我们家，这是一个最为禁忌的话题，从很小的时候我就知道对它必须小心翼翼。我爷爷死于自杀，在此之前，他或真或假地自杀过多次，在此之前，他被风湿、胃病和关节炎所折磨，痛苦像跟随在他身后的影子。或真或假，就是最后那次自杀也应当如此：我爷爷敲响铜锣之后，再向树上的绳索伸出了脖子——他也许还想再敲，唤来众人，把他从死亡的紧扼中救下来，可是，在慌乱中他偶然地提前踢倒了脚下的凳子。

这是一个最为禁忌的话题，关于我爷爷的死，我是从邻居们、从我的同学那里听来的，我的父亲、母亲、奶奶，包括四叔、四婶，从来没谁向我谈起——我偷偷看了父亲两眼，他，竟然出乎意料地平静。

1969 年。1969 年 6 月 12 号。一向好面子的父亲竟然那样平静，“我刚从四川回来，顺便来看看你爷爷奶奶，结果我还没到家，他就……”父亲接上另一支烟，屋子里，已经满是呛人的烟味儿，“那时，我是山东省红旗造反派的宣传部长，因为你爷爷的死……政治不过关，就免了，当协调小组的小组长。靠边站了。”“咱爹的死算是救了你，”母亲抬抬眼皮，“后来，你们那一派的头头脑脑还不是都被抓了……”

我母亲说，那些人被抓起来之后，我父亲还去找人辩理，给中央写信……“你都听谁说的？”父亲竟然站起来，“胡说八道。我从来就没……”“我听你说的！你不说我怎么知道！”母亲也不退却，“是哪一年的事儿来着，你在无棣教书，校长怀疑你是 516 分子……”

母亲的右腿肿得厉害，可是不痛，不痒。一系列的检查之后也没有任何结论，只是说，保守治疗。母亲突然又想吃桃，可是，季节有些过了。父亲买来的是梨，好在，她并不挑剔，大口大口地吞下去，包括多半的梨核。如果不是我们夺下来，很可能，她也会把剩下的核一起咽下去。“看你那吃相！”父亲有些挂不住脸，另一张病床上是一个中年病人，他正悄悄朝我母亲这边看，“没人跟你抢，像八辈子没见过梨似的。上辈子一定是饿死的！”

“是哪一年的事儿来着？”父亲的话让她想起了饥饿，“我饿得啊，走到门口的力气都没有，得扶着墙慢慢走，走两步就歇一会儿，三伏天，还觉得冷，有股冷风总在你背后吹你的脖子。你小姨还一个劲儿地哼哼，娘，我饿，我饿。你姥姥能有什么办法？她就说，芬啊，别闹了，省些劲儿吧。可你小姨不听，还是哼哼。你姥姥急了，把手里的线穗朝你小姨头上砸去：饿饿饿，饿了就去吃屎！”说到这儿，母亲突然咯咯咯咯地笑起来，笑得不像她那个年纪，不像距离自己的死亡只剩下不到两个月的时间。

…………

回到家的那个下午母亲出奇地精神，她不困，没有一点儿想要睡觉的意思。“你叫小妮来伺候我两天，”她向我父亲求助，小妮，是我大伯家姐姐的小名。“爸，我看行，你看我妈这个样子……”见父亲没有表示，胡燕揉着我母亲的脚，“大姐一向耐心，我妈也一直喜欢……”“人家也是一大堆的事儿，又不是你生的你养的，凭什么叫人家来，看你多大的脸！”父亲瞪了两眼，“我伺候你还不行？有什么不满意，你也说说！”

“行。”母亲的语调也不好听。

“那是哪年的事儿来着？”我母亲问，她问我父亲，公社那个刘书记刘大烟袋，到咱们村蹲点儿，是哪一年来着？事她记得，可时间又想不起来了。“1972 年。”我父亲笑了，“我还以为你早傻了呢，没想到，还能动心眼。你是提醒我，那年，小妮当上赤脚医生然后转正成为公社干部，是你的功劳，她应当感恩，应当过来伺候你，是不是？”

“我问你是哪一年的事儿！你胡扯别的干什么！”母亲显得异常委屈，她的身子都在抖：“想不起是哪一年的事儿，你知道有多难受……我都快憋死啦！”

大伯家的姐姐还是来了。她还给我母亲做了鞋，尽管鞋小了些，母亲说，是她的脚肿。“你来看看我就行了。”母亲拉着她的手，又哭起来，“我怕再看不到你了。”她把我姐姐也给惹哭了，“婶婶，没事儿，等我忙过这些天，就天天来看你，住下不走了。婶婶，你也别多想，好好养病，会好起来的，我特别喜欢吃你做的鱼，等你好了再给我做……”

“我是好不了了。”母亲不肯松开她的手，“小妮啊，小妮啊……”

“婶婶，你在咱们家，可是有苦有劳的人啊。里里外外，都靠你啦。你可别这么想，我叔还得你……小浩小恒也都大了，你还得多享几年福呢。”

就在大姐姐来看我母亲的那个晚上，我弟弟出事儿了。他喝醉了酒，来到邻居家里——他和我弟弟是同行，竞争关系，平时交往还算正常，过得去。可那天，我弟弟喝醉了酒。

人家报了110。当着警察的面儿，我弟弟还打出了最后一拳。眉骨骨折。

“他花了钱。鉴定是假的，他们三个打我一个，我根本是正当防卫。再说，我下手也没那么重，我控制着力气呢。”在电话里，弟弟要我找一找人，特别是市委王主任，“上面的人搭话肯定管用。”

略去我在电话里所说的那些话，根本进不了他的耳朵。“哥，我不在家的这些天，你要多找找人……花钱多少我听着，我宁可多花三倍五倍在办事儿的人身上，也不能赔他家一分钱！”最后，他说，咱妈那儿，我一时不能露面……你就多走走吧。他在那端，声音里面满是水和沙子。

一波又起。我的调动也出现了问题，倒不重要，只是一些小小的细节，小小的疏漏，譬如……可它被放大了，没有余地，只好一次次返回，再一次次送达。我在炎热、烦躁和屈辱中穿行，而到达那些门口的时候，还不得不换上另一副虚假表情。真是崩溃。它出现的时机不对，我弟弟的事已经让我焦头烂额，而它又雪上加霜，让人……

在母亲那里，我们还要向她隐瞒，她肯定受不了那样的消息。我向她说，我弟弟出门了，参加一个业务培训，这对他的经营有很大好处，胡燕也是这样说的。我父亲也是这样说的。好在我的母亲并不具备疑心，她一向都粗枝大叶，何况是在持续五年的病中。她只说过一次，要我弟弟在不忙的时候来个电话，她有点想他。说到这里我的母亲眼泪汪汪，医生说，这是因为血栓后遗症的缘故，患过脑血栓的人，都容易把控不住自己的情绪。

是的，我母亲总是把控不住自己的情绪，她问的“那是哪一年的事儿来着”必须有一个确定的答案，而且还得她接受才行，如果有所敷衍、怠慢，她就会受不了，哭得一塌糊涂，三行鼻涕加两行热泪，像是受了巨大的不公，受了巨大的蒙骗。“看我不把你这摊肥肉扔到沟里去！”父亲的语调确有些生硬和凶恶，不过，说虽如此，但在寻找准确时间的问题上，他可从来没有过敷衍。

或许，我父亲也从中得到了某种的……乐趣？

在母亲酣睡的时候，我会和父亲谈一谈事情的进展，当然不完全是实话，基本按照报喜不报忧的原则。我们的声音很小，隔壁的耳朵绝不可能听见。而我的母亲，在隔壁的隔壁，在最后的那段岁月里，她没有一项器官是灵敏的。

“胡燕一天恨不得三十个电话，不出事的时候从来都不……也不知道她从哪打听到的，法院里一个副院长是我的学生。我都不记得了。再说这么多年，没个联系，说了也不起什么作用……”

我说，我一天也能接三十个电话——说着，胡燕的电话就来了。

走到外面，我回过去，她说，“你问咱爸爸，他找了他的学生没有，人家怎么说？要花多少钱？”我说，这事儿别为难咱爸了，我觉得他说也没用，要是被拒绝多没面子，再说，以咱爸的脾气……

“我就知道，他什么事儿都不想管，你没听咱妈说他吗，李恒当年打架让人家堵到门口，咱爸都像没他什么事儿似的……他要面子，他要面子，面子值几个钱，他不去找人家人家还以为咱爸瞧不上人家……反正要抓的是他的儿子，要是把李恒抓起来，看他面子多好看！”

“你能不能冷静一点儿，听我说……”

“哥，你不用说了，我也和你透个底，咱妈的日子不多了，要是到时候李恒回不来，不能参加咱妈的葬礼，我和小敬也不去！既然他不要这个儿子……”

“你说的什么话！”冲着手机，我几乎是在吼叫。

是什么时候的事儿来着？母亲探着头，一脸期待。我在坟地里站岗，脚下是刚刚挖出的三大筐银圆和金条，还有金簪子、银簪子，反正都是宝贝。天黑了也没人来接我，天黑了，鬼火就出来了，一片连着一片……可我也不敢走啊，公社的人不来，要是丢了东西我的罪可就大了！站在杨家坟地里，我越想越怕，腿都抖得立不住了……我就默念毛主席语录，端着枪，冲着鬼火喊：杨家的牛鬼蛇神们，你们这些地主恶霸，好好想一想，在你们活着的时候侵占了多少贫下中农的财产，逼迫他们卖儿卖女，无家可归……后来赶来的民兵都不敢近前，说我喊得吓人，根本不是人调……父亲想了半天，不知道是哪年的事儿。这件事，他没有参与。“你再好好想想！”母亲的情绪又有失控的危险。

就在我父亲仔细回想的空白时间里，母亲发出这样的感慨：那个年代，那么多的宝贝，谁也没想拿一件。拿一件两件、十件八件都没人知道。当时的人就是傻。

父亲插话，按你的财迷劲儿，要放在现在，你恨不得把一筐金条都偷回家来。

母亲硬硬地晃了晃她的脑袋，嘿嘿嘿地笑了。“现在也没有了。”她竟然没有再追问，这是哪一年的事儿。在我印象中，这是她唯一一次，没有因为缺少答案而发火或哭泣的一次。

是哪一年的事儿来着？她想到了另一件，这件事里有我的父亲，还有我大姨——他们两个都在大学，他们两个，分别属于不同的红卫兵组织。那年假期，他们竟然在我姥姥家遇到了一起……“你姥姥怎么劝也不管用，两个人，像斗鸡似的，也是你大姨坏，从不服软，她从锅台上拿了一把炊帚就抡你父亲，你父亲也不让，拿的是铲子还是蒲扇？反正也拿了什么东西，两个人打在一起，最后，你大姨被打哭了。事后，你大姨越想越气，就叫你成舅去告诉你父亲，说你姥姥气病了，让他过来看看……等你父亲一进门，埋伏在门后的你大姨挥起尿盆就砸过去，盆里有满满的一盆尿……”对于这件事，我父亲给予了部分否认，他承认前面的内容，两个人是吵了，是打了，但过了就过了，因为第二天他就返回学校，尿盆事件根本没机会发生。“那是哪一年的事儿？”

父亲想了一下，不是1967年就是1968年……1967年，是1967年。

“你记不得尿盆扣你脑袋上的事儿？”我母亲说，我父亲是装记不得了，这件事，太伤他面子了，他当然要记不住。“那天，我就在家里，我在窗户里都看见了。”

瞎说。我父亲坚决否认，绝没有这回事儿，不信，你打电话问问贵芬。我父亲真的拨出了大姨的号码。不过那边没人接听。

电话打来，弟弟还是被抓住了。他在保定，登记住宿，身份证上的号码泄露他是一名逃犯。“哥，你快想想办法，你救救他！”

我把妻子从单位上唤回，打发到弟弟的门市——胡燕需要安慰，尤其是在这个时候。而我，则赶往母亲那里。希望她一无所知，也希望我的父亲，同样一无所知。

可是，在我进门之前，就听到母亲的哭泣。另一个房间，电视的声音很响，大约是一场怎样的比赛正在胶着，门上的玻璃可以看见，父亲躺在床上，伸着他的腿和脚。难道……

一看到我，母亲哭得更厉害了，上气连不上下气。愿我母亲安息。那个场景真是让人心酸。我走过去，和哭泣的母亲坐在一起，妈，你怎么了，妈，你别难过了……事已至此……

是个误会，差一点儿，我还以为弟弟被抓的事情……母亲的哭泣有另外的内容，她向我告状，说，我父亲打她。“你把我接走吧。”

从另一个屋里，我父亲也过来了。怎么能算打你呢？是打吗？

“不是打是什么？你打我也不是一次两次了，你恨不得我早死，你恨不得我……”母亲哭得无法再说下去。

父亲需要解释，他必须解释。怎么算打呢？就是推了她两下。她那么多肉。

我说爸，她的肉再多，也不能打啊。我知道你辛苦，知道你累，要不，就让我妈上我那去过两天吧……那个时刻，我也控制不住自己的百感交集。

不是打，真不是打。父亲喃喃，我，我也没……你问问她，就是没完没了，问这件事是哪一年，那件事是哪一年，有的事儿我也记不清是哪一年的，再说有些她自己的事儿我也不清楚，她就急，就哭，就闹……你问问她，我们告诉她是哪一年的事儿，有什么用，她记得住吗？她有那个脑子吗？……

“我就是想，在我走之前……”

我母亲，一百七十斤的母亲，咧开嘴，就像一个弱小的孩子，“我就是想，在我走之前……”

毫无疑问，那是个多事之秋。在另一篇文字里我也用出了这个词，就是多事之秋，没有哪个词能够替代它，比它更加准确。在这个秋天的末尾，在经历了一系列的曲折之后，弟弟被释放出来，而我母亲的岁月，已经寥寥无几。

而这些寥寥无几，还被她用在睡眠中挥霍掉了。她吃得越来越少，虽然还是那种饥不择食、狼吞虎咽的样子，可往往是，吃上几口，头一斜，鼾就起来了，未经好好咀嚼的食物顺着她微张的口又一点点掉出来。对她来说，早晨和夜晚没什么不同，正午和黄昏没什么不同，春天和秋天也没什么不同，她的世界已经越来越冷，越来越暗。我们叫不醒她。推她、拍她都已不起作用，她被困倦黏住了，那是一种很固执的胶。

可我弟弟的归来……“我的儿啊！”笨拙的母亲有些夸张，她竟然伸出双臂，抱住我弟弟的头。他的头，无法掩饰。母亲抚摸着弟弟的光头，“我的儿啊……你可回来啦……”

弟弟的归来使我母亲——她的脸上有了一层特别的光，特别的润泽感，还不只如此。整整一个下午，我的母亲都没让自己沉入到困倦中去，她，又一次成了一个话多的女人。最后一次。

她说，当年，人家组织石油工人学毛选，四个老汉学毛选，自己是妇女主任，就跟在人家后面，搞了个四个老婆儿学毛选，词儿是现成的，把老汉改成老婆儿就行了，刘珂的嫂子，你姥姥，春姥姥，还有一个记不得了……结果还到县里汇报演出过，上了报纸，每人发了一个印着字的搪瓷缸。父亲提供了时间，1966 年夏，那张报纸在搬到县城之前还在，你母亲很小心地留着，“那是她最风光的时候。”不是，我母亲纠正，我还参加过全国会演呢，我还和邢燕子（上山下乡的知青典型）一起照过相呢。停顿了许久，母亲忽然感慨，也不知道她后来怎么样了。她说，当年，你爸爸想当陈世美，他在大学里又搞了一个，家里都知道了——听到这个消息，我二话没说，坐车去济南，找到你爸爸学校……我父亲急忙纠正，不是，他没有，只是朋友，一般朋友，是那个同学有意思，就给咱爹写了封信……“那是哪一年的事儿来着？”1968 年。我当时，是学校革命委员会副主任。

林彪死是哪一年？那时，她已在公社工作，下午开会，宣布林彪叛逃摔死的消息。当时，公社一个副书记，姓刘，也许是头一天没睡好觉，在会场打盹儿，一愣神，听见说林彪死了，一下子哭了起来：“敬爱的林副主席啊，毛主席最最亲密的战友啊，你怎么说走就走啦……”因为这一哭，被审查了大半年，差一点儿没被折腾死。查来查去，这个人，根本和林彪没任何关系，也从没有过反党反社会主义的言论。后来听说放出来了，不过再没回公社……

我母亲还提到炼钢，提到她去泊头学习，提到她在县供销社当采购员的日子。提到我的出生，我弟弟的出生，一家人去农场，然后搬到县城……父亲和我们，负责为她的记忆提供时间——尽可能准确。她的日子不多了。

她又忘记了我爷爷去世的时间。我父亲再次提供了一遍。关于我爷爷的自杀，父亲给出的解释是，他受不了病痛的折磨。当然，在三年自然灾害期间我两个叔叔的死也是原因之一，之前，我爷爷可是农会积极分子，生产队小队长，民兵排长。“不是因为他姑？”母亲进行反驳，“他嫌她丢了脸，让他抬不起头来。当时还有人说，他姑，其实是让爷爷给毒死的……”“一派胡言！”我父亲勃然作色，“咱娘去世的时候只有我在场，不是有人也说是我……”

完全出于偶然：我母亲，提到大伯家的二姐，她是哪一年死的？那么灵透个孩子，人长得俊，嗓子又好……是啊，她是哪一年去世的呢？被母亲如此突然地问到，父亲一时短路，他说，竟然完全没有印象。她死了，也就是三五年吧？

不，时间还长，我给父亲纠正，时间肯定还长，当时，我在中学，记得很清楚，现在，我的儿子都这么大了……“看我这脑子，”父亲也跟了这么一句话，“我就感觉，像前几天的事儿似的。就是想不起来。”

母亲又开始哭泣，看得出，她一直试图控制，可是……“你放心，妈，我们一定给你找到。”弟弟给她擦拭着眼泪，“妈，你别哭，我们这就去找。”

我们一家人，先搜索记忆里的相关事件，把它限定在一个时间段内……“我记得相册里有那个姐姐，不知道有没有注明拍摄时间……它会有用吗？”别管那么多，你先拿来再说。就在我妻子准备骑车离开的时候，弟弟追了出来：你不用去了。咱留着一手呢，咱有日历！我去拿！

经他这样一说，我也恍然：那些年，流行过一阵印有明星照片的硬纸年历，可折叠，如同旧式盒带里歌词的卡片——“我不光能找到是哪一年，有可能还能找到是哪一个月，哪一天！”

没想到她会死得那么惨……好好的一个孩子。她要是不去那里……母亲说。是啊，没想到她会死得那么惨，几乎被轧成了一摊血肉模糊的泥，我大伯大娘，几年的时间都没缓过精神——要知道，在那个年月，车辆并不像现在这么多。可她，偏偏遇上了车祸。

她要是还活着……母亲，又变成了一个多愁善感的泪人儿。

弟弟带来一个旧箱子，上面有着一些莫名的污渍，以及厚厚的尘土，他说，来的时候还擦了一下。结果还是这么脏。

里面都有些什么！锈迹斑斑的钢球儿，被虫蛀过的小人书，里面塞着众多旧邮票。毛主席纪念章，还算整齐的烟盒，老鼠屎，十几枚嘉庆通宝、光绪通宝，朱明瑛、朱晓琳的盒带，厚厚的一叠旧信封，上面贴着纪念邮票或特等邮票，有的信封上还用做作的隶书签着我的名字……“这些，多数是我当年的成果，我说后来找不到了，原来都让你弄走啦。”

“你又没问过我。你的就是我的，我的还是我的。咱哥俩，谁跟谁啊。”

母亲笑了。“从小你们就这样。弟弟总占便宜。”

“哎，妈，可不能这么说，我是总占便宜的主吗？别人给我便宜我还不占呢，占，是瞧得起他！”见到母亲的笑容，弟弟也越发得意。得意地，有些心酸。

没错儿。在这个箱子最下边，是有一些明星年历，数量还不少，然而，不知是受潮还是被胶水或者蜂蜜之类的黏液浸泡过，它们紧紧地都粘在一起，弟弟试图小心地从中扯开，结果是，所有的字迹和图片都形成一块块斑点，面目全非，不可辨认。

不用找了。过几天再找吧。看得出，母亲已经累了，她难以再支撑下去，那么厚重的眼皮。我和弟弟交换了一下眼神，这，大概是母亲最后的回光，之后的时间，任何一天，都不可能再这样。

妈，我回去了。弟弟俯在她的耳边，那样温顺，你先好好睡觉，我一定想办法给你找到……

“也不小了。别再犯傻了……”这么突兀的一句，母亲垂下头，垂在哮喘和自己的微微鼾声里。

自我、镜子与图书馆

1

关于博学的豪尔赫，由阿根廷国立图书馆编撰的《名人记》中并无任何相关记录，我知道这个名字是因为克罗齐——作为访问学者他曾在六十九岁的时候前往阿根廷，在布宜诺斯艾利斯生活了三年，《精神哲学后记》专门谈及豪尔赫对他的帮助和影响，他说假如没有与豪尔赫相遇他几乎不可能完成这部书，知识广博的豪尔赫给过他诸多的教益，“几乎没有一本他没有读到的书，反正，我所知的所有书籍竟然全被他读过，而且大部分可以背诵”。后来，豪尔赫再一次在克罗齐的文字中出现，在《诗歌集》中，他被塑造成一本移动的图书，这一形象应是从英国诗人丁尼生的《食荷花人》中移用来的，它们共同提到了“书籍的重量”，并说“它足以让世界发生沉陷”。让我产生兴趣的就是充满着夸张的这句话，但是《诗歌集》提供给我的很少，那首提到了豪尔赫的诗歌其核心在于描述玫瑰街角的黑玫瑰：

黑玫瑰，它们仿佛是用墨水和血写下的“火焰”，
在风中燃烧成一团团忧伤的灰烬；
足够久远，足够沧桑，
沉积的记忆在它们的“黑”中布满了斑纹，
只有博学的豪尔赫才能把斑纹里的秘密读懂……

几年来，我忙于诸多纷繁的事务而“遗忘”了豪尔赫，甚至遗忘了我曾给克罗齐写过一封长信，在向他求教艺术美学的有关问题时随便询问过有关豪尔赫的情况——或许因为身体的原因（我的信寄出去不到一年，克罗齐便带着悲欣交集离开了人世，他死于食道癌）克罗齐没有回复——直到前几日，一位双目失明的瘦高老人在黄昏时候敲响我的房门，他是在书信和好心人的双重帮助下才找到这里的：“是克罗齐，是他的原因我才来的。关于豪尔赫，也许尚在人世的人们当中，没有谁比我了解更多了。”

下面，即是豪尔赫的故事，它来自那位失明老人的讲述。不过，出于让故事更流畅些、更生动些的想法，我略略地添加了一些连贯性的词、一些不影响真实性的渲染——我想阅读者能够理解我的做法，我要让它符合“小说的伦理”。

2

豪尔赫的少年时代我们无从得知，当他在这篇文字中出现的时候就已经中年，我们所能知道的是他来自以博闻强记著称的赫沙家族，据说是这个家族里唯一的男丁。同样是据说，这个赫沙家族的徽标是

一枚小小的弯月，弯月下面是由难以理解的罗马文字组成的拱门——失明的老人否认了这一说法，他说根本没有弯月的存在，所谓的弯月其实是被尖刀刻上去的痕迹，就像玻璃上的裂纹，它是古老的赫沙家族兄弟失和的象征——出于自尊和虚荣，赫沙家族掩盖了真实，才将那道有力的划痕解释为弯月。“但由此，赫沙家族也遭受了诅咒，近百年里，这一家族中的兄弟在成年之后全部分道扬镳，相互不再往来，直到，豪尔赫的父母只生了一个儿子。”老人语调平静，端着咖啡的手有些略微的抖，他看不到沾着杯子滴到桌面上的咖啡。

豪尔赫出现在老人的视野中，是因为他来到名不见经传的伊雷内奥·富内斯图书馆，竞聘一个图书管理员的职位。富内斯馆长亲自接待了他，馆长对豪尔赫的到来似乎有些惊讶——我们没有张贴任何告示，没有向任何人谈起过，你怎么知道我们需要一个图书管理员？“不是您需要，有需要的是我，富内斯馆长。我听我父亲在很早之前说过，您的图书馆里，有我所需要的。虽然具体是什么我也并不清楚。”

“我们并不需要管理员。”伊雷内奥·富内斯回答，“您的需要不能成为我会将你留下来的理由。我想，您还是去别处看看吧，也许您所需要的更容易找到。在我这里，只有一些冷僻得无人问津的书。”

……豪尔赫没有获得他所需要的职位，尽管看上去他已经赢得了富内斯馆长的一些好感。在送豪尔赫离开时，富内斯馆长很是随意地问了一句：“现在是几点钟了？”这个问话属于自言自语的性质，所以馆长并没有期待回答而是问过之后继续向外面走，走在前面的豪尔赫没有停顿也没有张望，同样很随意地说出：“先生，现在是下午四点四十七分。”

“您是赫沙家族的？”

“是的，先生。我是路易斯·赫沙的儿子，我的父亲，是去年秋天的时候去世的，他死于十月三日凌晨七点二十一分。”

“愿他安息。愿藏在你们家族头脑里的时钟不会再惊扰到他。”

3

老人向我讲述了豪尔赫与富内斯的第一次相见。豪尔赫的背影消失在科尔多瓦街街角的深巷里，富内斯馆长才收回视线，他认真看了两眼刚从怀里掏出的怀表，它早停了，停在一个模糊的时间点上。这时天空突然乌云密布，南风又在推波助澜，街上树枝乱舞，仿佛是一群不安分的魂灵操控着它们。富内斯急忙转回他的图书馆，将已经到来的暴雨关在了外面。那时候，他竟有些怅然若失，心里惦记着赫沙家的豪尔赫是否躲得过暴雨，被淋湿了没有。

老人说伊雷内奥·富内斯在之后的半年里没有再见到豪尔赫，但他时常会想起那个下午四点五十一分突然聚集起来的乌云，天空黑暗得毫无征兆，随后硕大的雨点便倾泻而至，藏身于树枝间的魂灵们一定来不及躲避。半年之后，豪尔赫又一次造访了位于偏僻郊外的伊雷内奥·富内斯图书馆，看上去他比第一次到来的时候清瘦了许多，他依然试图谋求图书管理员的职位——它很可能是一本只有在您这里才能见到的书。它也许像传说中的“阿莱夫”那样包含了整个宇宙……我说不好。

根本就没有这样的一本书。伊雷内奥·富内斯先生说，没有哪本书会包含整个宇宙，任何一本伟大的书也都是有缺陷的，包含整个宇宙的书即使是传说中的穴居永生人也写不出来。何况，他的这家私人图书馆虽然也算浩瀚，但每一本藏书都是他亲自购买的，他并不记得会有这样的一本书，绝对没有，如果出于寻找这本书的目的而充当图书管理员的话，豪尔赫先生肯定会大失所望。

“倒也不是……”豪尔赫解释说，他并不清楚自己要寻找的是什么，也许并不是一本书，也许是浩瀚图书的总和，也许都不是书，它甚至连空白的纸张都不是——但豪尔赫坚信自己会在伊雷内奥·富内斯馆长的图书馆里有所得，即使这个所得没有自己所想的那样巨大。“图书管理员的职位足以让我安心，我会把其他所想的都看成是多余的非分之想。有首《天赋之诗》：天堂，应当是一座图书馆的模样……”

“博尔赫斯故弄玄虚的昏话你也信。他本身是条走火入魔的虫子，却总以为自己是悉达多那样的求知者。他可怜的命运就像一张涂满了字迹的纸片，字迹完全地遮住了他。”富内斯馆长的语气里带着嘲讽，“豪尔赫，图书会淹没你，它们就像被压缩装进袋子里的迷雾，甚至会扩展你的偏见，让你看不到真正的生活。我们……我们中的失明者已经够多了。”

“可您也建了这座图书馆。我觉得，您的博闻强记应该不逊色于任何人，包括赫沙家族。我甚至觉得您似乎和赫沙家族也有什么渊源。”谈到赫沙家族，豪尔赫的神情暗淡了下来，他说富内斯馆长应当了解，赫沙家族一直被过早到来的失明症所困扰，这份遗传似乎没放过任何一个男人。为此，他父亲一直忧虑，现在则轮到他了。“从不认错的命运对一些小小的疏忽也可能毫不留情。”豪尔赫说道，“只不过，我们家族的疏忽是上帝给的，但我们每个人都不得不担责。”

“悲剧无非是赞美的艺术。”富内斯馆长借用埃内斯特·勒南的诗句劝慰豪尔赫乐观些，相对于他人和整个人类，赫沙家族的命运也许好不到哪里去，然而也坏不到哪里去，而博闻强记无论从哪个角度来说都不能算是太坏的事。安慰归安慰，富内斯馆长始终不肯允诺图书管理员的职位——这座图书馆里已经有两个职员，虽然表现平平但也没出过什么大错，足以打理好这座古堡建成的图书馆，平常的维护和新书的购进又时常让富内斯馆长感觉资金拮据，无力再雇佣豪尔赫先生，为此他也很是遗憾。

尽管聘任的协议仍未达成，但这不妨碍两个人交谈甚欢，两个人谈论着“骄傲的拉丁文”、洛蒙德的《名人传》、基切拉特的《文选》、朱利乌斯·恺撒的评论集与普林尼的《自然史》，谈论着但丁、劳伦斯及维吉尔的《牧歌集》与荷尔德林，谈论着永恒、无限、死亡、失明和轮回……豪尔赫离开的时候已经是晚上九点二十一分，不过他们依然有勃勃的兴致，这份兴致让他们错过了平时的晚餐时间。九点十八分，豪尔赫在门外挥手，随后他马上报出了准确的数字对自己进行修正，“看来，时间真是相对的。我大脑里的时钟已经变慢。”

富内斯馆长再次向豪尔赫表示了遗憾，他抬头望了望头顶的星辰和弥漫着的凉意，“我想这次，您应当不会再遭受什么暴雨了。”

4

从不认错的命运对一些小小的疏忽也可能毫不留情。后来富内斯馆长时常会想起豪尔赫说过的这句话，他想起，它出自博尔赫斯的《南方》——老人说富内斯馆长曾和博尔赫斯有过一些交集，两个人相互都有轻视，若不是富内斯馆长购得了威尔版的《一千零一夜》，若不是他迫不及待地想察看这本书的品质、内容和插图而被敞开的玻璃窗划破了头，也许他永远也不会记起博尔赫斯曾说过这样一句话。这句话，竟然让富内斯馆长对豪尔赫也产生出一点点不那么好的看法，它是一种很潜在的阴影。

这个划伤竟然让富内斯馆长的额头流了很多血，凌晨两点三十六分他就醒了，感觉口里苦得难受，喉咙里像塞进了一团燃烧着的棉球，高烧把他折磨得死去活来，威尔版《一千零一夜》里令人恐惧的插图一次次在他的噩梦里出现。“八天过去了，长得像八个世纪。一天下午，经常来看他的大夫带了一个陌生的大夫同来，把他送到厄瓜多尔街的一家疗养院……”坐在车上，富内斯又想起博尔赫斯《南方》中的语句，自己遭遇的竟然和他小说里的境遇显得那么相似，真是令人讽刺。富内斯想，如果按照《南方》所讲述的，接下来在经历一系列的检查治疗之后自己的身体会获得好转，然后去南方疗养，然后在南方送命，遭遇所谓“充满浪漫主义的死亡”——如果真是那样，也没什么大不了的，不过预知自己之后的遭遇总是有些怪异，他不知道自己能不能摆脱那个结果。“一般而言，大家总说书籍是对生活的模仿，可在我这里将是生活模仿了书……”身体像炭一样热的富内斯馆长还偶发奇想：如果当年自己和博尔赫斯成为朋友，落在他的小说里也许会是另外的结果，至少递到自己手上的匕首会长一些……

生活从来不会完全地模仿书籍，从来不会，哪怕它在一个时段显得过于相似。从厄瓜多尔街的疗养院里出来，富内斯并没有去南方的打算，包括他的主治医生也没有提过这样的建议，他又回到了旧生活，而和博尔赫斯的故事轻易地岔开了。不过这次划伤给富内斯馆长留下了严重的后遗症，他的视力远不如前，眼前总是有几个模糊的、跟随他视线来回晃动的黑斑，书上的字迹也多出了重影，读上一段时间他的眼睛就会流出泪来，有些木木地疼。

富内斯馆长不得不大量缩短了自己每日的阅读，空出来的时间都被他填充到让他忧伤、难过、愤怒和争吵的记忆里去，他的日子随即变得备受煎熬。在煎熬中他做出决定，聘请豪尔赫先生做伊雷内奥·富内斯图书馆的管理员。这个决定也许在他被高烧折磨着的时候就已经做出了，只是他没来得及告诉自己。

然而豪尔赫没有留下过地址，确实没有，否则只要扫上一眼，富内斯馆长也会记住它的。他没给豪尔赫这样的机会，现在，轮到他为机会的错失而懊恼了。凭借记忆，他去赫沙家的旧宅，得到的消息让他失望：和《马丁·菲耶罗》的写作年代一样久远的赫沙庄园早已被拆成六块分别卖掉，新主人们都不知道豪尔赫的名字和他搬到了哪里，甚至连曾经显赫的赫沙家族都没听说过。这也可以理解，商业时代的河水当然会冲走一些旧时期的木桩、沙子或者别的什么，这条河流只会保留对它有用的遗迹。墓地——墓地是不会轻易变卖掉的，富内斯向人打探，得到的消息又一次让他失望：真不知道赫沙家的怪癖那么多，他们都是一个人来，而且从不和我打招呼，都是面具一般的表情……我怎么会问他们的住址？不可能的，先生。我甚至从没看清过任何一张脸。

告示，报纸，警察，纳税的证明……没有更好的途径，所有的途径都已用过，这个豪尔赫简直就是大海里的针，他不肯浮出到水面上，谁也无能为力。就在富内斯馆长已经决心放弃的时候，重于水流、之前不肯浮出的“针”终于出现在面前。豪尔赫告诉他，在消失的时间里他曾赴欧洲旅行，寻访公元 452 年被阿蒂拉大军摧毁的阿基莱亚城的遗迹，奥雷利亚诺说那里存在一个隐秘的“环形”教派，他们宣称历史不过是个圆圈，天下无新事，过去发生的一切将来还会发生，新建的阿基莱亚城也还将被大军再摧毁一次……然而豪尔赫却发现那里并不存在这样一个“环形”教派，当地人信奉的理念是：永恒是时间被静止住了，每个人都活在凝固的时间里，只有十岁以下的少年才能穿梭到外面去，所以他们日新月异，而其他人则不。其实说他们是利维坦教派也许更合适些……

富内斯馆长点点头，说："《利维坦》第四章第四十六节，'他们会教导我们说，永恒是目前时间的静止，也就是哲学学派所说的时间凝固'。你还发现了什么？"

没有再新的发现了。他去那里旅行多少是受了斯韦登伯格的蛊惑，他在一则随笔中谈到古老的阿基莱亚城曾存有两本书：一本是黑的，书里说明金属和护身符的功能以及日子的凶吉，还有毒药和解毒剂的配制方法；另一本则是白的，尽管上面文字清晰，但没有人看得懂它所表达的……

"这两本书，完全是想象之物，埃曼纽尔·斯韦登伯格却使用了不容置疑的语气。"豪尔赫把手摊开：我在准备离开意大利的时候发生了一件事，有人售卖一本莱恩本的《一千零一夜》，我用自己携带的全部积蓄终于换得了这本手抄的书，手稿末尾有大卫·布罗迪红色的花体签名。然而就在我迫不及待地在路上打开、阅读它的时候，额头撞在敞开一半的窗户上，流了很多血。当夜，我开始发烧，感觉口里苦得难受，喉咙里像塞进了一团燃烧着的棉球，《一千零一夜》里令人恐惧的插图一次次在梦里出现……

"那本《一千零一夜》呢？你是不是将它带了回来？"

"没有。我将它交由保尔·福特先生卖掉了，因为医药费需要支付，而我隐隐觉得这本书里似乎暗含着某种不祥。我本是想再次将它购回的，但福特先生坚持不告诉我买主是谁，我也没有更多地追问，我想交由更合适的人也好。等我身体有了好转，我就从欧洲动身……一回来，我就读到了刊在报纸上的启示。我希望这个职位是我的，富内斯院长，我认为自己能够胜任。"

伊雷内奥·富内斯忽然表现得犹豫："也许并不像您想的那样，

当然也许并不像我想的那样……豪尔赫先生，您知道您要找的是什么吗？它对您来说是不是那么必要和重要？”

富内斯的头转向窗外，“很可能，您永远也找不到您所要的，它根本就不存在。当然还有另一种可能，它要您付出您承受不了的代价，我得考虑能不能带给您那样的后果……本来我也发誓，永远不招收赫沙家族人的，倒也不是什么大不了的仇恨，而是……这里面也许存有傲慢和妒忌的双重因素，我不愿意为此思考。我想，再过七天，再给我七天的时间考虑，好吧，豪尔赫先生？”

5

豪尔赫谋得了他所想要的，那就是，让他沉陷于浩瀚的书籍的气息里，这种气息甚至比承载它们的古堡、木架和来自穆斯塔法二世时期的地毯都显得古老，它弥漫于图书馆的角角落落，以至于窗外的光线透过它之后都变得暗淡。穿行于书籍气息中的豪尔赫也相应地变得暗淡，只有他的眼睛里偶尔会闪过一丝烁亮的光，就像某个黄昏人们从猫的眼睛里注意到的那样。

无疑，豪尔赫是一个称职的管理员，工作的时候兢兢业业，专心致志，哪怕这项工作只是对桌面灰尘的擦拭。他和另外两名员工相处得也恰当得体，保持着礼貌的客气，很快，他们就把图书的顺序排列和归类码放交给了他，因为他的判断准确而让人信服。

伊雷内奥·富内斯图书馆位于科尔多瓦街与玫瑰街的交叉口向南三百四十米的右侧一边，它是科尔多瓦街上最古老的建筑，和它同样古老的建筑们或毁于久远的战火或毁于拆除重建。在富内斯先生看来，布宜诺斯艾利斯人总有一股盲目喜欢新事物的混乱的、不竭的激情，这股激情已经持续了数百年，不过他们摧毁的很多而建立起来的却很少。科尔多瓦街是一条僻静的街道，偶尔还会透露一些野蛮气息——比尔·哈里根的“沼泽天使”帮会从恶臭的下水道迷宫里钻出来，尾随一个水手或者别的什么人，当头一棒将其打晕，连内衣也扒得精光。因此，伊雷内奥·富内斯图书馆的下午少有人来，其实上午到来的人也不多，不过来自意大利的克罗齐总喜欢下午时光，比尔·哈里根的“沼泽天使”们竟然从未对他下过手，在他看来所谓的“沼泽天使”完全来自我们当地人的杜撰，用来恐吓像他那样的外地人。严谨而刻板的克罗齐先生从不肯相信他眼睛没有看到的……当然这是后话。

下午空闲起来的时光，豪尔赫会缩在一个固定角落安静地阅读，不走动也不呼吸——从远处看上去他真是不呼吸的，翻页的动作都很轻，似乎担心惊扰到居住于书本里的魂灵。那样的时刻似乎他并不存在，存在的是书，仿佛是书页自己在翻动。他的样子让富内斯馆长百感交集。

某些空闲下来的时光——伊雷内奥·富内斯馆长会招呼豪尔赫一起喝下午茶，他们的话题当然会集中于图书以及和图书相关的内容：《伊利亚特》与《埃涅阿斯纪》中都提到了雅典娜的盾牌，可它们的装饰性花纹是那么不同，它究竟证实雅典娜拥有至少两个以上的盾牌还是荷马与维吉尔想象上的分别？从伊壁鸠鲁哲学到斯多葛学派，神和自由意志，从《理想国》到《乌托邦》，再到《利维坦》，尼采的“超人”论与城邦民主……豪尔赫谈到他父亲收藏有一本1518年在瑞士巴塞尔印刷的《乌托邦》，不过因为装订的问题它不够完整，有八页是连贯的缺页，其中一页是插图。“那本书没有页码标注。我在您的图书馆里发现了同样版本的《乌托邦》，它残破的部分是在最后，不知被谁撕掉了几页。”

“我欣赏这种残破。我都想承认是我做的，虽然并不是。它或许表明人类乌托邦总有其残破之处，它本来就不具备完整性……它的上面需要幻觉的、不能完成的通气孔，任何试图将残破修缮完整的做法都会造成灾难，事实已经证明如此。”富内斯馆长说。他没有容得豪尔赫争辩便转向庞修斯·彼拉多对耶稣的审判——在西蒙·蒙蒂菲奥里眼里，这位罗马总督“是一个行事大胆但缺乏策略的人，他完全不了解犹地亚的情况”，并说他因“贪赃枉法、暴力、偷窃、殴打他人、滥用职权、大肆处决和野蛮凶残而臭名昭著”。但在米哈伊尔·阿法纳西耶维奇·布尔加科夫所著的《大师和玛格丽特》一书中，彼拉多则变得怯懦、犹疑和反复无常，他被一种吞噬着脑浆的头痛病所折磨，是撒旦操控了他。在《圣经·路加福音》中，彼拉多曾多次试图释放耶稣，但众人却宁可要求释放巴拉巴这样的杀人者也不要耶稣……“如果不是钉上十字架的耶稣只有一个，我甚至怀疑彼拉多有多个重名！他们所拥有的灵魂根本无法在同一躯体里相处。”

……几乎每过一段时间，富内斯馆长都会和豪尔赫交换一些阅读的看法，富内斯发现，豪尔赫对哲学和文学的兴趣更重，而他则对神学和历史有较强的兴趣；豪尔赫习惯具有冥想的、夸张感的文字，而富内斯则更迷恋“平实的精确”；神秘的“东方”和法兰西更让豪尔赫着迷，富内斯的趣味则接近于“西方”，具体一点儿，英格兰，除了莎士比亚和乔叟之外的英格兰都令富内斯心仪不已。当然他们有时也会互换，就像在餐厅里点餐时换上一种平时不太在意的口味。他们会有引经据典的争执，许多时候那不过是种有意的智力博弈，并不能完全地代表他们之间的分歧。之后半年，富内斯感觉自己坠落于忧伤、难过、愤怒和争吵着的记忆里去的时间少了，他甚至被激起了“少年之心”，希望自己较之清瘦的豪尔赫先生知道得更多些，希望自己在仿佛是抽签决定正方和反方的争执游戏中胜率多些……不过他的视力下降得厉害。他不得不把阅读时间一减再减，这是另一重的痛苦，有次他当着另一个职员的面，和正在擦拭椅子的豪尔赫开了个似乎并不恰当的玩笑：“我知道自己为什么不愿意聘用来自赫沙家族的人了，因为你们会把失明症也带给我。”

说过这话之后富内斯馆长有些后悔，他试图用另外的话题掩饰，但豪尔赫似乎没有过于在意，他在意的是另一个问题：“馆长先生，我在想我们图书馆里缺少什么——我感觉到了缺少却没有想到是什么，但现在我意识到了。偌大的图书馆，没有一面镜子。连类似的替代品都没有。”

“镜子是没必要的，我觉得，我们可在文字中照见更清晰的自己。”正在走下楼梯的伊雷内奥·富内斯馆长说得斩钉截铁，“在我接手这座古堡将它变成图书馆之前，这里是有镜子的，但我到来的第一件让我至今仍感到荣耀的事，就是把所有的镜子都拆毁了。‘自我，从来不存在于你可见的面孔中，它只在潜意识和无意识中才能保留’，这是荣格在《无意识心理学研究》中提到的。”

“尊敬的先生，您提到了‘自我’。我突然想，它，或许是我要在您的图书馆里寻找的。”

6

你是说，豪尔赫先生是为了寻找“自我”来到图书馆的？

与其寻找，倒不如掩藏起来。老人的表情有些凄然，长久的失明已使他的眼窝沉陷，仿佛涂有一层不经意的灰。米兰·昆德拉说，当我们雀跃着把一扇大门打开，以为自己进入了天堂，而当大门关闭起来的时候我们才发现自己是在地狱里……这样说发生在豪尔赫身上的事也许并不准确，但我一时找不到更好的表述来说出我的感觉。豪尔赫以为找到了糖果，没想到的是灾难已经尾随而至……

你是说，豪尔赫先生因为寻找“自我”而遭遇到了灾难？那，灾难是什么？是给他带来了痛苦还是要了他的命？

老人摇摇头，你还是先听我把这个故事讲完吧。它已经接近了尾声。“尾声往往是最尖利的部分，它的叙述者总是遮遮掩掩在逃避它的到来……”老人引用了博尔赫斯的诗句，他说，引用博尔赫斯是豪尔赫先生的习惯，尽管在富内斯馆长面前他多少有些收敛。

回到失明老人的故事中……豪尔赫简直像着了魔，这个“自我”像磁石那样吸住他，让他更为专注，更为废寝忘食，也更少享乐——如果真有享乐这回事的话。“先生，豪尔赫先生不能这样下去，”职员们找到富内斯馆长，他们表现得忧心忡忡，“这样会把豪尔赫先生毁掉的。”于是，他们拉着豪尔赫玩掷骰子游戏，玩施卡特牌，用塔洛牌为明天的黄昏算命，去玫瑰街上的地下餐馆，吩咐乐师们演奏探戈和米隆加舞曲……米隆加像野火一样从大厅的一头燃烧到另一头，然而只是豪尔赫没有被点燃，他微笑地看着来回的火焰，而自己却是一个绝缘的存在。令人气愤和啼笑皆非的是，在那个混乱的、喧哗的、充满着碰撞的环境中，豪尔赫竟然还带着书，他在角落里将带有自己体温的书从怀里掏出，一页一页地看下去。“这样下去会把豪尔赫先生毁掉的。”他们说。

伊雷内奥·富内斯倒觉得并没什么，他忧虑的是别的事，譬如之前看到的一句具有暗示性的箴言和自己的眼睛。医生已来看过多次，他没有良策，只有减缓的办法，这些办法更多是安慰性的。“我们家族中的男人多有中年失明的遗传，我想，这也许是赫沙家男人们所谓博闻强记的原因之一，他们试图在失明到来之前多看一点，多读一点，多记一点，反正过早的失明终是难免的。”豪尔赫说道。那是下午茶时间，伊雷内奥·富内斯在亨利·柏格森的谈话录里发现了一段关于“自我”的新颖描述，而它在豪尔赫那里却已是旧识。“富内斯馆长，我也一直有个疑问……我总觉得，您和我们赫沙家族有某种的渊源。我甚至觉得您应是这个家族中的一员，只是因为某种极为特殊的原因而让您不愿承认这层关系。”

伊雷内奥·富内斯给予了否认，他说自己不属于这一神秘而显赫的家族，他和所有赫沙们都没关联，不过他认识几位赫沙家的男人，但除了豪尔赫先生，其他的男人都没给他留下好印象，甚至是，恶劣。他不知道，豪尔赫先生为什么非要把他和赫沙家族联想到一起。在这个世界上博闻强记的人很多，他们多得像恒河里的沙子，佛陀身侧的阿难尊者便是一个，他也不会来自赫沙家族；自己的眼疾也非是遗传的缘故，而是受伤，那次受伤没有伤及性命已是万幸。

“可我发现，您的大脑里也有一块极为精准的时钟。有时您会瞄一眼自己的怀表，但那块表是不走动的。”

“的确如此。”富内斯说，他大脑里的时钟是后来被“塞”进去的，给他大脑“塞”进时钟的人也确实来自赫沙家族，当时他们在一起读书，有过时间不短的一段紧密期，几乎形影不离。那个来自赫沙家族的男人教给他精准判断时刻的种种方法，等他掌握了之后又让他一一忘掉，只凭借感觉……“说感觉只具有天生的成分是极为错误的，它也可以是训练之后的结果。”

“可我发现，您的办公室里，在珍品藏书柜的顶端有赫沙家族的徽记。虽然它是被分开的。之所以我从未向您提及是因为我想不通其原因何在。”

“的确如此。”富内斯说，书柜顶端的两块铜板装饰确实来自赫沙家族，那是他和赫沙家那位男人曾经的友谊的见证。分裂也是见证，他们之间发生了激烈的、无可弥补的争吵，年少轻狂的富内斯发誓再不与这个男人往来，并使用斧子将他赠予的徽记劈成两半。“这是全部的真实。我不为此发誓，因为发誓并不像我们以为的那么有效力。”

“那，您所认识的那个赫沙家族的人，他的名字叫什么？”

“狄德罗·胡安·伯特兰·赫沙。”

“哦，不是我父亲。”豪尔赫一副若有所思的神情：“他也许是我失散多年的叔叔，在我家庭里从没任何一个人曾提到他的名字，他的存在像是一个禁忌，我不知道父亲和他之间都发生了什么。也许狄德罗·胡安·伯特兰·赫沙来自另一个赫沙家族，它的词意本身就是‘地母’，应当有开枝散叶的增殖才对。您知道，进入到商业时代以来，赫沙家族的人丁已经越来越少……”

“也许是，那种失明的遗传阻止了赫沙家族。”富内斯说着，向自己的红茶中加进了半块冰糖。

7

豪尔赫寻找着“自我”，但在阅读中诸多属于“自我”之外的知识也依然会把他吸引过去，让他着迷，譬如数学的、逻辑的、建筑的，或者让·热内模仿叶芝的语调写下的十四行诗——豪尔赫并不急于找到所谓的“自我”或者他真的以为“自我”贮藏于一切知识之中，所有的知识碎片包括相互抵牾、相互矛盾和相互攻讦的那些，也都是“自我”的部分？记得有一次，豪尔赫对富内斯馆长说，“在天国里，对于深不可测的神来说，正统和异端，憎恨者和被憎恨者，告发者和受害者，构成的是同一个人。”富内斯知道这段话的出处又来自那个让他生厌的博尔赫斯，于是便装作自己正忙于纷杂而重复的事务，并没有听见。

克罗齐就是在那个时期来的，这位意大利的哲学家、美学家在第一次走进伊雷内奥·富内斯图书馆的时候还带着一个懂得西班牙语的当地助手，他和富内斯、豪尔赫聊天，有些心不在焉的助手便悄悄地打起了哈欠——他的举动应当被克罗齐看在了眼里，之后克罗齐到来就只有一个人了。很快，克罗齐成了图书馆的常客，要知道这座贮藏了太多陈旧知识和冷僻书籍的图书馆常客不多，因此下午到来的克罗齐受到所有人的欢迎，就连之前的两位职员也感觉到，“他带来了不一样的气息”。克罗齐也用激情的方式表达了他的欣喜，他甚至站在图书馆的中央为房间里寥寥的人吟唱了《图兰朵》中最为经典的部分：“不许睡觉！不许睡觉！公主你也是一样，要在寒冷着的闺房，焦急地观望那因为爱情和希望而闪烁的星光……”富内斯听出这位可爱的先生两次把 7 唱成了 i，出于礼貌他并没有做出纠正。

他们谈论哲学、美学，意大利和欧洲的历史，宗教冲突，东方的影响，黑塞、卡夫卡和中国的《老子》《庄子》，阿赫玛托娃和白银时代，梵尔卡莫尼卡坐地岩画，细密画的装饰性，克里姆特、康定斯基，还谈到吉约姆·阿波利奈尔关于超现实主义的奇妙比喻：“当人们想模仿走路时，便刨创了并不像腿的轮子”……他们谈得兴致勃勃，虽然其中也不乏卖弄的成分。下午的交谈主要在克罗齐和豪尔赫之间进行，有些时候伊雷内奥·富内斯也会参与其中——当时，富内斯馆长正遭受着眼疾的折磨，他看到的已经不只是飞蝇或吹不走的灰烬，而是一片片不知被什么击碎的白玻璃，它们的裂痕在不断晃动，让他无法看清眼前的人和字，随后是头痛、眼痛，那种折磨就像有几十条虫子在咬，富内斯馆长无法静下心来。他频频去医生那里，但一次也没有带回乐观的消息。

豪尔赫要找的“自我”也是一个话题，他说他发现这个问题就像圣·奥古斯丁面对时间，“假如你不问我，我是明白的；但你一旦问起，我却不知道该如何回答。”他有时觉得“自我”属于被遮蔽的灵魂，而有时觉得“自我”即是对生活的态度；他有时觉得“自我”在思想中，我思故我在，有时又觉得“自我”其实是肉体，它短暂而易于消失的部分才是。有时候他觉得“自我”就像血液，不划破一个小口你根本看不到它的颜色，有时候又觉得所谓“自我”就像空气，流动而无形，你可以说它在也可以说它不在。“良善即自我”，他欣喜于这句话但随即就推翻了它；“欲望即自我”，随即他又对它反驳：不，不仅仅是；“虚幻即自我”，这依然不能让他信服……“狮子的自我有狮子的属性，镜子的自我有镜子的属性，美的自我有美的属性——也许你想找的是这个可称为‘属性’的东西，而不仅仅是你这个个体。”离开布宜诺斯艾利斯之前，克罗齐向豪尔赫与富内斯告别，他的激情让他看上去显得矍铄，他紧紧抱住了豪尔赫，似乎试图将两个人融成一个，“豪尔赫先生，你的自我也许需要你走出去，而不是被困在图书馆里。”

这也许是一句颇有见地的忠告但也是毫无用处的忠告，富内斯馆长和豪尔赫都未将它听进耳朵，对他们这样的人来说，“外面”这个世界是充满着惊惧、危险也缺乏诱惑力，只有在图书馆里他们才会变得丰腴……而豪尔赫先生对克罗齐的“属性说”也不十分认可，他谈到有些蝴蝶会模仿枯叶，有些螳螂会模仿花瓣——它们的属性在着，可“自我”却是变化的，对人来说，更是如此。

日复一日，豪尔赫还在阅读，而富内斯馆长则被眼疾折磨，他的眼痛、头痛变得越来越频繁，视线也越来越模糊，眼前的字时常会骤然地跳动起来变成纷乱的飞蝇扰得他心烦，他感觉一根达摩克利斯之剑就悬在头上，而悬挂这根剑的绳子已经腐朽。

给他这个感觉的当然不仅是眼疾的问题，老人告诉我，富内斯馆长还有另外的一个担心：随着时间的推移，整个图书馆里未被豪尔赫阅读到的图书已经越来越少，他最终会拾级而上，读到图书馆阁楼上的最高层——在那些由拉丁语、汉语、日语、土耳其语、意第绪语和梵语组成的语言丛林之中，还埋有一部被称为“巴别塔之梦”的古老图书，它被装在一个由黑石凿成的石盒里，据说它曾和摩西在西奈山上得到的石板连在一起，曾属于同一块巨石。没有谁读过石盒里的那本书，作为馆长伊雷内奥·富内斯也从未尝试将它取出，每次想到那本书他就会想起记忆中的那句充满着不祥暗示的箴言，这句箴言的确吓住了他。他低估了豪尔赫的阅读速度也低估了豪尔赫的记忆能力，谁知道呢，这份低估里也可能包含着某种期待……期待和担心是两股力量，它们绞在一起几乎要把伊雷内奥·富内斯的心给撕碎了，在这样的时刻，富内斯就会把自己的注意力倾注到眼疾所带来的痛苦上。

一天。一天。随着时间担心则变得重了许多，富内斯甚至怂恿另外两位员工将豪尔赫拉走，到真正的生活中去，到享乐中去，他甚至暗示他们可为豪尔赫寻找有些姿色的美人，他们也确实做了。豪尔赫没有拒绝，他还表达了礼貌的感谢并为自己付费，然后又早早地出现于图书馆里。

这一日，伊雷内奥·富内斯从一个令人不安的睡梦中醒来。他睁开眼睛发现天还是黑的，只有一些细微的、仿佛浸在棉花里的光亮，它们比梦里的场景还飘忽不定。富内斯嘟囔了两句，他引用的是布瓦洛的诗，然后又再次躺倒在床上。那个不安的梦也再次袭来，他梦见豪尔赫已经读完了阁楼上的全部书籍，设置于拉丁语、汉语、日语、土耳其语、意第绪语和梵语中的阻碍都被他一一克服，当那些书籍被豪尔赫读完，埋藏着的“巴别塔之梦”便再无隐藏。豪尔赫先生认得石盒上的赫沙标记，他也应当不止一次地听说过那句吓阻的箴言。在梦里，豪尔赫有些犹豫，他甚至放弃了，将石盒重新放回原处走下阁楼，然而最终豪尔赫还是又一次返回来，这次他坚定得多。

一道炫目的、无可比拟的光从石盒里蹿出来，接着出现的是浩瀚的海洋，黎明和黄昏，美洲的人群，一座黑金字塔中心一张银光闪闪的蜘蛛网，无数的镜子，每一面镜子里都有一个无数的、无穷的事物……随即是骤然的黯淡和崩塌，整座图书馆的图书都塌落在豪尔赫的身上，仿佛他是宇宙中的黑洞或者一条大河里的涡流——他吞噬了它们，它们埋藏了他。

从光亮蹿出到陷入黑暗，它漫长得像经历了整个世纪又像只有一秒，或者不到一秒。

伊雷内奥·富内斯再次惊惧地从床上坐起来，他的全身已被凉凉的汗水所浸透。坐了好一会儿，他睁开眼睛，眼前依然是沉沉的夜晚，但他大脑里的时钟已经指向上午的九点四十一分。“我这是……”富内斯突然回过神来：他，已经彻底地失明，接下来的所有活着的时间都将是同样的黑夜。

他跌跌撞撞地摸索着，躲避着。他在十点三十八分摸到了伊雷内奥·富内斯图书馆的门。十点五十七分，他走进图书馆，古堡还在，书架和其他的一切都还在，然而摆放着图书的书架上空空荡荡，已经没有一本书还在那里。一本书，也不复存在。

就在他继续跌跌撞撞地向前的时候，在一旁不知所措的两个职员拦住他，“伊雷内奥·富内斯先生，不要向前再走啦！图书馆中心的地面上出现了一个深不见底的大坑，再往前走，你也会陷进去的！”

8

这是关于豪尔赫的故事，失明的老人说，自那之后豪尔赫再没出现，也再没他的消息，他也许和那几十万册图书一起沉入了地下的某个深处。后来，富内斯馆长给克罗齐馆长写信做了说明，当然这封信只能交给别人代笔。“它足以让世界发生沉陷”的诗句也是由那个事件得来的。

我点点头，如果我没有猜错，您，应当就是伊雷内奥·富内斯馆长。您，应当也出自赫沙家族，是豪尔赫失散的叔叔，对不对？

是的，老人捂住自己的脸，“我是豪尔赫的叔叔，让豪尔赫面临那样的境遇让我不得不面对反复的自责和羞愧。将赫沙家族的徽记断开就是错误的开始。”突然，他颤抖的手指指向我：“我之所以寻到这里来，和你说起这些旧事，是因为在克罗齐的信中说，他觉得你的身上同样有赫沙家族的影子，是另一个豪尔赫。他的信让我百感交集。”

记忆的拓片（三题）

超越死亡的死亡

我姐姐死去的那年我才八岁。

在我那样的年龄，能够记下来的事儿并不是很多。

我八岁那年，也就是我姐姐死去的那年，几乎天天都阴雨绵绵，它压得人喘不过气来，让人感觉自己都已经发霉，没有力气。然而我的父亲记下的却正好相反，他说那年大旱，他说那年三亩地只收了九百多斤麦子。不过他也确认，我姐姐病重的消息传到我们家时，那天正下着毛毛细雨。

那天的空气里散发着一股硫黄的味儿。天色那么阴沉，我感觉我姐姐每次回来天色都会那么阴沉，可这次她还没有回来，她在等着我们去接她。那天的空气里散发着一股硫黄的味儿，客观存在堵住了我的鼻子，我只得缩在一个角落的暗处，小心地吸着气，看我母亲收拾要带着的东西。

她一遍遍地把包裹包好，又一遍遍地打开。她拿起一件细花的上衣放进去，包好之后又想了想，那件细花的衣服就又被拿了出来。我父亲蹲在屋外。毛毛的细雨直接打在他的那件蓝色上衣上，湿透的那片变成了一种黑灰色。他挡住了门外的光。他不停地挪动着自己的脚，仿佛已经蹲累了，可是他一直没有变换这个蹲着的姿势。

终于，他说："你还有完没完？"他站了起来，他宽大的背影把本来微弱的光全部挡住了。

"行了行了。"我母亲说，在慌乱中她将一个空出来的罐头瓶子碰到了地上。

那个瓶子并没有摔碎。我母亲用她的衣袖擦了擦上面的土，将它放进了包裹里。这时她哭了，难看地哭了起来。

我能记下的就是这些。本来我也是要跟着他们去接我病中的姐姐的，可走到村口我父亲又改变了主意。我只好站在一棵槐树的下面，看着他们慢慢地走向远方，走向外地。他们的身影在雨中越走越小，越走越灰。等看不到他们的时候，我大声地哭了出来，我自己也不知道在我八岁的身体里竟然还贮藏了那么多的悲伤。我把自己哭得空空荡荡。

姐姐在外地。外地非常遥远，在我很难想象的远处，想要走到那么远得需要许多许多的时间。我父母在路上，我姐姐一个人待在医院里。他们马上就会见到了。

我坐在门槛上想，我看着院子里明晃晃的灰白的雨水，看着雨点打出的气泡儿。我故意把一只鞋泡在雨水中，我奶奶说别踩水、别弄脏了衣服，可我偏不。我不愿听她说话，我烦透她了。她总是没完没了地说我姐姐的坏话。她竟然不放过一个病人。她还在说。我在悄悄地握紧我的拳头，要不是我只有八岁的力气，我早就把她给杀了。那样，在我奶奶的眼里，我肯定是一个比我姐姐更坏的坏人。

要不是我只有八岁。我太愿意当一个坏人了。我在八岁的时候只能当一个不算太坏的坏人，我在奶奶说我姐姐坏话的时候大声地唱歌，把她的一只鞋子丢进院子的水里，或者用一块砖头把她养的那些脏得不像样子的鸡赶到雨中。我奶奶在我八岁那年就认定我长大了会成为一个坏人，她说，责任在我妈妈身上。她说，我妈妈根本不会管教孩子，所以我和我姐姐才一个比一个更坏。她说我姐姐给一家人都带来了耻辱，病死才好呢。

要不是我姐姐被运了回来，家里真不知道会不会发生什么事，反正我是越来越忍无可忍了。我一遍遍地用各种方法将我的奶奶杀死，然后她又若无其事地活过来，在我面前摇晃，把那些令人烦躁的话灌进我的耳朵。好在我的姐姐从外地被接回来了，这一切就结束了。我在走出奶奶家的时候暗暗发誓，我再也不进这个门了。我只有当了真正的坏人之后才回来。

从外地回来的姐姐是另一个姐姐，是我几乎认不出来的姐姐。骨瘦如柴的姐姐。被病痛折磨着的姐姐。让人看一眼就不敢再看的姐姐。我在以前天天都在盼着她回来，可现在，我对她是那么害怕，她的那间屋子又阴又冷，她的眼神也是那样。我原来的姐姐已经没有了。尽管我对原来的那个姐姐也谈不上亲切，每次回来她都和我父母悄悄地争吵，她一回来全家都会粘满那种硫黄的、发霉的气味儿，可这一次，躺在床上不停呻吟的姐姐比那个姐姐可怕一百倍、一千倍。

在村上开药店的瘸子四舅来过三次了，他的表情一次比一次难看，他的头一次比一次摇得厉害。每次送走瘸子四舅，我母亲就躲在墙角那里的石榴树下蹲一会儿，换一换表情走到屋里去。有一夜，我姐姐在她那屋不停地唱歌，她唱的是什么我不清楚，可她的声音总是凉凉地钻入我的耳朵。我钻在被子里，用手悄悄地抓住我父亲的衣角，可我还是发抖。不知道为什么，那时我就觉得我姐姐早就死了，唱歌的人已经是一个死人。

瘸子四舅来第三次的时候我奶奶也来了。她没有进我姐姐那屋，看来，她也和我一样害怕我病重的姐姐。我母亲向她描述着我姐姐的病情。她听着，这个让人厌倦的老人竟然冷冷地笑了一下，她又开始指责我的姐姐。

我母亲哭了。她哭得旁若无人，她更像是一种爆发。

奶奶几乎是被我父亲推出来的，他冲着我母亲喊："哭什么哭！你一哭人家怎么想！还有外人呢！"然后，他推着我的奶奶，"你就少说两句吧，人都这样了。"

从我父亲母亲的话语来看，我姐姐已经无药可救，只是在等待，在熬时间。她的脸都青了。她的肚子越来越大，腿也越来越粗。呼吸都困难了，她的嗓子都被她抓破了。他们总在饭桌上说这些，他们把一桌子的饭说得味同嚼蜡。他们还在饭桌上躲躲闪闪地说些别的，我的父亲一看见我注意他们的谈话，就会用筷子敲敲桌子和碗：快吃你的饭！该干吗干吗去！

在我八岁那年，就是我姐姐死去的那年，我觉得自己是一只老鼠。我奶奶也说我身上有老鼠的习性，其实早在她这么说我以前，我就觉察到了。我现在也不知道，我八岁那年为什么那么强烈地认为自己是一只老鼠。也许，是因为我每天在经过我姐姐房间的时候，我总是小心翼翼，又飞快地逃离。

就是在我姐姐死后大约两年的时间里，我在经过我姐姐那间已经空出的房间的时候，都像一只胆怯的老鼠。我总感觉那间房子有一股阴冷的气息，并且在灰尘里隐藏下了她一夜的歌声。一不小心，它就又出现了，又唱起来了。死后的姐姐依然占有她那间阴暗的房间，尽管我的母亲说过多次，她已经死了。早就死了。在死之前就死了。

我们家里的空气越来越稀薄，越来越寒冷，晴天也不能改变这些，六月的炎热也不能，因为我的姐姐越来越不行了。我的父亲母亲离开我姐姐的房间就悄悄地争吵，他们后来将争吵也带到饭桌上来，现在，他们已经完全忽视我的存在了，或者是他们认为我已经什么都知道了，就没有再隐瞒什么的必要了。

我母亲坚持让他来。我父亲说我丢不起那个人。

我母亲说人都这样了，想见最后一面就见吧。

他要是想来，我父亲的手在颤抖，他要想来他早就来了。现在他来我也不让他进门。

可能是我父亲的声音大了些，我姐姐在屋里有了动静。我听见她在唱歌，她唱的是什么我仍然听不清楚。

我的父亲母亲都不再说话。他们俩，专心地看看自己面前的饭，我母亲的脸几乎要沉到碗里去了。

外面又开始下雨。树叶先啪啪啪地响起来，然后是院子里的盆。金黄色的阳光摇晃着照在窗棂上。

那个人还是来了。当他把雨伞收起来的时候我看到了他的脸。他和我想得大不一样，甚至是完全相反。他把自己的手在宽大的灰色上衣上擦了擦，露出一副艰难的笑容来——他比我更像是一只老鼠，但我这只老鼠对他那只老鼠一点儿好感也没有。

他还拿出了烟。他的烟在手上拿了一会儿又放了回去，一支也没有点燃。他冲着我父亲点了点头，冲着我母亲和我点了点头，然后在我母亲的带领下走进了我姐姐的房间。

我父亲走到院子里。我看见他掏出烟来点燃了它。现在想起来我的记忆可能有些问题，因为那天下着很大的雨，蹲在雨中的父亲根本不可能把烟点燃。二十多年过去了，我能记下的并不是很多，我那年才八岁。那天，我父亲也许根本没有把烟点燃，他把烟从自己的兜里掏出来就淋湿了，他只是把湿烟卷儿放在了嘴上，并试图用抖动的手去点燃它。这可能属于想象。

那个男人很快就从我姐姐的房间里出来了。还是像刚才那样，他冲着我父亲的方向点了点头。我母亲背过了身子。就在他准备拿雨伞的时候我父亲从雨中站了起来，叫住了他。这时，瘸子四舅和五舅背着药箱走进了院子。

我父亲仿佛没有看见他们。我父亲只看见了眼前的那个弯着腰像老鼠的男人，他把他叫到了屋里，随后关上了门。雨在外面下着，白花花的一片。

我母亲迎过去："他四舅。"她面无表情地撩开了我姐姐那屋的门帘。

雨在外面下着，白花花的一片。

瘸子四舅朝着我父亲和那个男人的背影看了看，然后冲着我母亲很明了地点点头。

姐姐死去的那年我只有八岁。她是在那个样子很像老鼠的男人来过之后的一个月后死去的，七月的天气使她在死去之前就充满了恶臭。我母亲不得不在她的屋子里点了一屋子的香。我母亲说我姐姐早就死了，她不过是再死一次罢了。我姐姐的死使我母亲长出了口气，仿佛卸下了一个沉重的担子。

那个男人再没出现过。我不知道他和我父亲说了些什么，也不知道那天他是什么时候走的，在我八岁的年龄里不可能记下很多。他走了之后，我父亲、母亲就再也没有提到过他，他就被忘记了，一直忘记了二十多年。真的，他们再也没有提到过那个男人，即使他们偶尔说两句我的姐姐。提到我姐姐，无非是她吃饭时挑食，用什么头绳扎一条什么样的辫子，等等。对于我姐姐的其他事，他们两个共同守口如瓶。我姐姐有过两张二寸的照片，它们在搬家的时候被我父亲弄丢了，再也没有找到。

在我姐姐死去之前，有一次我一个人待在她的房间里，看着一种淡黄的液体缓缓输入她的身体，正在死去的身体。我想问问她，他们说的那些，我奶奶说的那些是不是真的，可我张了张嘴，张了张嘴，不知是恐惧她身上的气味儿还是其他的什么，使我并没有说出来。

她闭着眼，但留了一条很小的缝儿。我看着她的眼。对我八岁的年龄来说，她的眼睛里面什么也没有包含。

一家人

她被拖着头发从屋子里拖到了院子，然后被拖到大门的外面。她的哀求和呼喊根本不起作用，或者说作用相反，作用相反的可能性更大些，我们看见，杨桐的力气都用在了他的手上。尽管被拖着头发，但她一定是看见了我们，于是她试图摆脱那只抓住她头发的手朝院子里跑，然而杨桐轻而易举地就把她拉了回来。“还想跑！”杨桐的脚落在她的腰上，她哎呀了一声就摔在地上，我们看见，她的左眼早就有些发青了，颜色斑驳的衣服上满是尘土和泥，两条巨大的黏黏的鼻涕正悬挂着落下来。

——杨桐，你怎么总打你娘呢。我们中间有人忍不住了。

——我才打你娘呢。我就愿意。谁说她是我娘?

对于这个有些呆傻的人，我们只得摇着头叹着气早早走开。我们早走了，杨桐的力气也会慢慢地小下去，要不然他就没完没了。人家是一家人，我们根本制止不了什么，何况是一个间歇性的疯子。

在杨桐打他母亲的时候，杨桐的父亲从来都不出现，其实他在，我们知道他在。有一次一个好事的人悄悄溜进他的家里，看见他正蹲在灶堂一边，用一根烧透的木柴点一支粗大的烟。“你不管一管你的儿子，他在打他娘呢！”那个好事的人想把他拉起来。“他的怀里有刀。”

据好事的人讲，杨桐的父亲就是那样说的，他的怀里有刀——有刀又怎么了?好事的人表示了他的不解，真是一家人啊，都到一块儿了。

有刀又怎么了，好事人的不解多少有点假装的意思。他不可能不知道杨桐的哥哥是怎么被抓起来的，这和刀子可大有关系。杨桐的哥哥杨槐，在两年前的一个晚上，用一把刀子刺进了村主任刘珂的肚子。刘珂在医院里住了两个多月才出来，从医院出来的村主任说话和以前大不相同，以前他的嗓音宽阔而嘹亮，而现在，他说话的时候总是时断时续，而且声音很小。我父亲说他的肚子没有完全补好，一说话就会漏气——这自然是玩笑，而且这句话并不是我父亲第一个说出来的。

好了，我还是说这一家人的事儿。我说这话的时候杨槐还在监狱里关着，有人说快放出来了，也有人说他判的是无期一辈子都甭想出来。这家人啊。这也是一辈子。我母亲在送走杨桐的母亲之后总会发一阵感慨，她经常来我家串门儿，临走的时候一边哭着一边找我母亲要点这样那样的东西，我母亲早就被她来怕了。有一段时间我母亲也整天在外面串门，天快黑的时候才进家，可我母亲前脚进来她后脚也就跟进来了。那样一个人，从来都不看别人的脸色，她只管说她的、哭她的、骂她的，然后向你要些东西。我母亲会和她讨价还价，然后把一些认为用处不大的物件丢给她。

我母亲说他们家就一个好人，还留不住。我母亲指的是杨桐死去的一个哥哥，他是在十二岁的那年死的，死在村口的那条河里。我记得他。尽管我早就忘了他的样子，也忘了他的名字，我说我记得他，是记得他的一些事。我和他曾是同学，所以他是不是好人我应当比我母亲更有发言权。我不觉得他是个好人，至少在他死去之前他的好人没有长成。他总是用一种阴森的斜眼瞧人。他用图钉扎女生的屁股。我们曾打过架，就在他死之前一个月。他很少和人说话，我们帮五保户扫院子的事他也从不参加。好了，一个死人的事就不再说他了，可我不觉得他是什么好人。也许死亡会让一个人变好。

隔三岔五，杨桐就会抓着他母亲的头发把她从屋里从院子里拖出来，让她哀求和号叫。看得出杨桐对于打他的母亲越来越上瘾了，他母亲号叫的间歇也一次比一次短。那时候，我们也不出去看了，包括那些好事的人。无论什么事时间一长就渐渐平淡，缺少新鲜感和故事性了，只是这种平淡有时让人感到可怕。我母亲就是觉察出平淡中的可怕来的那个人，她说这家人，也是一辈子。这什么时候才是个头儿啊。当然我母亲的感慨并不意味她更具什么同情心，即使当着杨桐母亲的面儿，她也从不掩饰自己的疏远和厌恶。可是她依然要来。无论我们给她端出的是什么样的脸色和表情。那天她来和我母亲说她要给杨桐娶一房媳妇，她说她准备卖掉家里的那头母牛。她说这话的时候我和父亲也在，我们并没有把这事当真，谁愿意嫁到这样的人家，谁愿意嫁一个疯疯癫癫的人？

我记得当时我父亲放下手里的碗，说，你家杨桐要是娶了媳妇就用不着打你了。他打他媳妇就行了。杨桐母亲的脸上露出了一丝的尴尬来，她喃喃地说了几句什么就走了，那天，她没有张口问我们家要什么东西，包括做鞋底的破布也没要。

我们难以相信杨桐会娶上媳妇，可媳妇还真的被娶进家门了。据说那是一个四乡的女人，我们没有看见她，杨桐的父亲早早地就把门闩上了，他说新媳妇怕见人，过几天再来吧。有好事的人在外面喊总得请我们喝喜酒吧，我们可是送钱来的。杨桐的父亲还是那句话，过几天再来吧。

这一家人做事总是这样，我们其实早就见怪不怪了。有人甚至怀疑，他家是不是真的娶来了媳妇。

然而晚上的时候我们听见了女人的哭叫，那声音明显比杨桐的母亲细嫩多了。那天晚上，好事的人和其他好事的人悄悄地爬进了他们家院子，他们看见，杨桐的父母把一个很瘦小的女人按在炕上脱去了她的衣服，然后两个人又捆起了她的手和脚。据好事的人说，杨桐的父亲告诉杨桐怎样怎样可他没听明白，或者是杨桐的父亲故意没说明白，于是那个老家伙只好先脱下了自己的裤子，趴到了瘦女人的身上。当然这只是据说，好事的人在这个据说里叙述了太多的细节，那些细节写在纸上依然会不堪入目，于是删除了。这里可空出一千字也可以空出八千字。

第二天杨桐家没有开门，第三天还是没有开门。从好事的人那里得来的消息是，那个女人一直被捆绑在炕上，她赤裸着，她的衣服都被杨桐的母亲抱走了。第四天，杨桐的父母上地干活去了，他家的门上牢牢地挂着一把很大的锁。

我最终没有看见那个来自四乡的瘦女人，她在一个月后偷偷地跑了，杨桐的母亲说他们全家所有的衣服都藏起来了，都锁起来了，她总不能光着屁股跑吧，她光着屁股能跑到哪里去呢？杨桐的母亲说她值一头牛的钱，这头牛就这样跑了，往后这日子该怎么过呀。我和我父亲、母亲听着，听着，我父亲终于忍不住了，他重重地放下了手上的筷子：她跑了是她有福。要是落到你们家，还不如死了呢！

——看你怎么说话！我母亲冲着我父亲。可她满脸的笑容，她毫不掩饰地笑了起来。

我父亲说这些的时候我在场，我们一家人正在吃饭。可我没见过杨桐娶来的那个四乡媳妇，在那个月里，我去了一趟南方，回来之后她就逃跑了。

后知后觉的镇派出所终于在一天下午带走了杨桐。两天后的下午他又出现在自己家的院子里，他的头发理过了，剃成了一个光头，闪着一股更阴森的青色的光。一进自己的院子，他就伸出手去抓住了他母亲的头发，把她一步步地拖着，像拖一条麻袋那样一步步地拖出了院子。

那天她没有哀求，而是一边哭着一边大骂，老的，大的，少的，活着的和死去的，都被她骂了个遍。木头一样的杨桐的父亲也终于出来了，他抬起脚，狠狠地朝自己老婆的肚子上踢去。

这一家人是我的邻居。我们两家只隔了一栋旧房，而那栋旧房里已经没人住了。在他家院子的外面有一棵枣树。某个傍晚我从外面回来，看见一个背影正站在树下，往枣树上打药。他打药的姿势看上去很用力，仿佛带着一股重重的怨气。走过去，我发现他是杨桐的哥哥杨槐，他不知什么时候被放出来了。

——回来了？他冲我点点头。树上净是虫子。

回到家里，我把遇见杨槐的事儿告诉我母亲，她说她知道了。她说，没见过在院子外面的树上打药的，再说，树上也没什么虫子。

第二天中午，我哥哥家的孩子装了一裤兜的红枣兴冲冲地跑进了家里，他说是在外面的树上摘的，一个男人告诉他，这棵树上的枣没人要了，谁摘了就是谁的——那枣不能吃！我母亲从屋里一步蹿了出来，她脸色苍白，摇摇欲坠。

这一个狠毒的人从监狱里回来了，他回到这一家人当中了，他仍然和我们做邻居。以后的日子肯定还相当漫长。

九月的一个晚上

九月的一个晚上，就像书上写的那样，树梢上挂着一枚冰冷的月亮。就像书上写的那样，一只鸟从一棵树上飞走，在闪着白光的地上投下了影子。晚上的田野也像书上已经写过的，包括村子、通向村子的路，包括那些匆匆的行人。这样说吧，从表面上看，九月的那个晚上都已经被书上写过了，它没有什么新鲜的、特别的，它是九月的，一个晚上。

我的姥姥是在九月的那个晚上死去的。这是书上没有写到的，这件事只有我来写。如果还是从表面上看，一个人的正常死亡也没有什么新鲜的，特别的，这样的人太多了，这样的事也太多了。我是说，这样想的人肯定不会是死者。死者不会那么想。

九月的一个晚上，我姥姥离开了人世。她用了整整一个晚上。也就是说，这个离开的过程还算艰难，仿佛一只蜕壳的蝉，不过我姥姥蜕出之后就消失了，她成了死者。在这个晚上之前，也不用之前太长的时间，就在那天下午吧，那时我姥姥还没有任何死亡的征兆。据说我姥姥在下午的时候还用旧报纸剪了几个鞋样子，她还想自己做几双鞋，用这些鞋走很远的路。据说她还做好了晚饭，据说她还喝了一碗粥，吃了一小块儿馒头。这些据说来自我的小姨，我姥姥没有儿子，她在那段时间里跟着我小姨住。九月的那个晚上，月光像书上写得那么如水的晚上，露水飘在空中缓缓下落的晚上，我小姨急急地敲响了我们家的大门，她喘着气，对我母亲说，快、快点，咱娘不行了。

九月的那个晚上是一个有序的晚上，没有那天晚上也就不会有什么明天。九月的那个晚上又来得过于突然，它没能让我们充分准备。或许，在所谓的命运那里，这就是准备，它早早地就安排发生了这样的事，谁知道呢。我是说我的姥姥没有准备，若不然，她在下午还剪那些鞋样子干什么呢？我是说我的母亲也没有准备，她说她在赶往医院的路上，巨大的悲痛完全压住了她，她的双腿发颤，几乎走不动路了。

对于九月的那个晚上我能知道得太少，我只了解一些片段、侧面，道听途说，它们是不连贯的。九月的那个晚上我并不在家，我在沧州上学，我只知道那个晚上在我身边发生的事情。我只能用自己的方式来记录，只能猜测、补充，直到把这些片段和侧面弄得面目全非。我对写作的真实一直没有信心，我现在所做的，依然是面目全非的活儿。

九月的那个晚上，等我母亲赶到医院时我姥姥已经不能说话了，一直到死去，她一句话也没有说。我母亲说，我姥姥一直是清醒的，她一直清醒。她盯着来来往往的医生和护士，并对各种检查给予了配合，可是，她就是不能说话了。这让我母亲感到遗憾，她说你姥姥这一辈子太不容易了，太苦、太难了，她肯定有很多的话要说的。我母亲向我描述了当时的情景，她说她眼含泪水，俯在我姥姥的耳边对着我姥姥哭喊，娘啊，你有什么话你就说说吧，我知道你有话说啊。我母亲说，她看到我姥姥的嘴唇动了动，动了动。“她肯定是有话要说，就是说不出来了。”

我的姥姥什么也没说就走了，她带走了她要说的和不想说的，她带走了她的秘密。当然，从表面上看，我姥姥的一切都无秘密可言，她也什么都没有带走。

关于那个晚上，关于我的母亲，我还听到过另一种说法，在那种说法里我母亲表现得异常冷静。她在路上、在医院里、在抢救室的门外滔滔不绝，她认真仔细地安排了我姥姥死后的一切细节，包括遗产的分配、后事处理和所需费用的分担，包括姥姥的戒指和耳环这类物品的具体归属。在那种说法里，我母亲是被护士叫了三次才走进抢救室的，在她的哭喊里也加入了这样的话：娘啊，你的钱都放在哪儿了，这个时候了你可得说啊。我母亲不知从什么地方也听到了这个版本，为此她恨得咬牙切齿，她说这肯定是我小姨瞎诌的，我小姨为了标榜自己而对她进行了诽谤。在我姥姥死后，我母亲和我小姨在三年的时间里互不往来，这个并不可信的版本为她们埋下了怨恨的种子。在那里也提到了我的父亲，就在我姥姥死去的那个晚上他正和几个人在打麻将。他叫那个给他送信儿的人先走：“我打完这局，点完了钱再说。”

在那个晚上，我二姨接到了我姥姥病危的电报。看过了电报之后她马上就前往火车站，而她的“马上”却未能马上得到火车的理解，火车是在两小时后才上路的，我二姨在车站站了两个小时。她也整整哭了两个小时，旁若无人。私下里，我母亲说我二姨的说法肯定不可信，她过于夸张了自己的痛苦，“她从来都是一个心狠的人。”在住到我小姨家里之前我姥姥曾在我二姨家住过一段时间，回来后我姥姥多次表示过对我二姨的不满。她们在一起的时候不会是很愉快的，不过，每个人对于愉快的理解不同。

我姥姥没有等来我的二姨。在我二姨赶到医院之前，我姥姥就早早地闭上了眼睛。她没有看到这个在路上的女儿。

九月的那个晚上，我在沧州，躲在一间关闭了灯光的教室里，正在和一个小女生恋爱。我们俩趴在窗口，看着外面的灯、月亮和黑暗，用最轻的声音说话。这时，校园里出现了几束晃动的手电筒的光束，那些光束照射在草地上、墙上和玻璃上，像是在搜寻着什么。它很快就过来了，它照到我们趴着的窗口上，我感觉玻璃被击碎了，它发出了破碎的声音。我和那个可爱的女生蹲下来，躲过了照射的光，在课桌的下面我们紧紧地搂在一起，心跳连着心跳。那时，我们才开始像一对真正的恋人，虽然，我们恋爱的时间很短，在三天之后就结束了。

真的，在九月的那个晚上，我对我姥姥的死亡没有任何预感，后来仔细想想也没有。我在两岁的时候就跟姥姥生活在一起，那时我的父母都忙于工作，直到九岁时我才离开姥姥，回到父母的身边，那时我父母的想法和我们的生活都有了相当的变化。九月的那个晚上，本应感受痛苦的晚上我却感到了快乐，我和我的恋人拥抱在一起，取得了温暖。后来我才知道，那些手电的光是专门来找我的，不过它们的目的并不是要抓一个违反校规的典型，而是要给我传递我姥姥病危的消息。我故意地错过了这个消息。

九月的那个晚上，我的姥姥离开了人世。她离开了她的家、她生活了二十多年的村子，离开了她的亲人和并不是很亲的人，离开了地上的月光和草叶上的露水，离开了眼睛、鼻子和手指，离开了她的枕头、有裂痕的老花镜、没有做好的鞋，她离开了气味、颜色、她的头发、她的牙齿。我姥姥的离开相当彻底。

她离开了她的戒指，我母亲在和医院办理了相关手续后发现我姥姥手上的戒指不见了。那时又那么混乱。我小姨随后也发现了，她问我母亲，我母亲用一阵冷笑回答了她。一枚很轻的、没有任何象征的戒指成为我母亲和小姨两个人疏远和猜疑的开始。这还只是个开始。

我的舅舅们也匆匆地赶来了，他们坐在拖拉机上一路突突突突地来到了医院，他们赶到医院的过程和书上写的也基本一样。我的舅舅们匆匆地哭了两声，然后就伸出手来，拉起了我的母亲和小姨。他们当然更为冷静，他们是男人，况且他们也不是我姥姥亲生的。他们一言一语地劝着我的母亲和小姨，别太伤心，人总得有这么一天，人都是要死的，后面的事还多着呢，还有许多事需要你们处理呢。

于是一切都停止了，真实和不太真实的悲伤。死亡的姥姥被装到了一辆拖拉机上，而我的舅舅们、我的父母和小姨他们则坐上了另一辆车。据说我父亲对坐不坐拖拉机回去表现了一丝的犹豫，这多少显得和他副校长的身份有些不符，我母亲骂了他一句，他也只好坐在了颠簸的拖拉机上。他们在书上写过的露水中穿行，在空气中和月光中穿行，赶回我姥姥生活过二十多年的村庄。在路上，我的小姨哭起了她的父亲，也就是我的第三任姥爷，也就是我舅舅们的叔叔，她似乎要通过这种方式表明她和我舅舅们的亲近以及和我母亲的疏远——我母亲就是这样认为的，她的牙开始隐隐作痛。

在路上，我的舅舅们和我父亲发生了一些争吵，在这些争吵中，我的姨父和我父亲站到了一边。我母亲没有参与到争吵中，她一直默默地听着，后来终于忍无可忍，她用力地拍打着车厢：别说了，都给我别说了！还有小二呢，她还没有回来呢！

……我说过九月的那个晚上我并不在老家，我那时在沧州上学，关于这一切我所知道的都只是片段和侧面，我依靠想象和猜测将它们连贯了起来，从而也使它们变得面目全非。我发现我对于那个晚上知道得太少了，对我姥姥知道得太少了，对于那天晚上的事情知道得太少了，而在我写下这篇文章之前，我以为我熟悉它们。我以为我熟悉九月的那个夜晚，尽管我并不在我的死去的姥姥的身边。我在日记里记下了那天所发生的，可我重新拿出那个旧日记本翻到那一页，却发现那一页空空荡荡，我记下的就像书上记下的那些，它只是表面。是的，在那一页和随后的几页里，我用了许多“悲伤”“快乐”“痛苦”之类的词，可它们只是词，缺少那个晚上真正的温度。

那个晚上的温度，我姥姥比我更应当知道。

九月的那个晚上，有一个人进入了死亡，她是我的亲人，是我的姥姥。

九月的那个晚上，一个经历过战争、土改、“三反”“五反”、“大跃进”和生活困难的人，一个带着两个女儿离过两次婚的人，一个六十三岁的人，那个人——我的姥姥，她死去了。她离开了这个充满坎坷和不幸的世界。本来我写下这个题目，是想说说我姥姥的一生，说说她的生和死，说说她的命运和她的内心，可是，我只记下了一些和她内心无关的废话，面目全非的事件。我已经是第五次用到“面目全非”这个词了。

即使在最后的那个晚上，我的姥姥依然保持了可怕的沉默，虽然她始终都相当清醒。她不说。或者她觉得无话可说。或者她是真的说不出话来了。她不说，我也就只好记下表面，我所记下的缺少通向她内心的路径。其实她即使说了，我也不可能找到什么路径，一个人的生活可能没有秘密，但内心却不是。

九月的一个晚上，也就是书上反复写过的，树梢上挂着一枚冷冷的月亮的晚上，有厚厚的露水的晚上，一辆警车和我姥姥的灵车擦肩而过，我父亲和我母亲都看到了警车顶上闪烁的荧光。那天晚上，五个警察翻入了我家邻居的院子，把那些打麻将的和看打麻将的一起拉上了警车。我的父亲，刚刚从那张麻将桌前离开还不到一个小时。

九月的那个晚上，一只猫掉进水沟里淹死了，它的九条命在一夜之间就被它全部挥霍一空。那条水沟在我姥姥家的房后，第二天早晨我的一个舅舅发现了它。富于联想的亲人们，把这只猫的死和我姥姥的死联系在一起，只有从石家庄匆匆赶来的我二姨，和我父亲一起对这样的联想表示了不屑。赶回家里的我二姨，比我母亲和我小姨都哭得响亮。

九月的那个晚上，除了书上写过的，和我不知道的、不准备写的，所能记下的也就是这些。

我在海边等一本书

我在海边等一本书（一）

“你知道，你知道我为什么来这里吗？”显然，老K已经喝醉了，他挥动干枯的手臂碰倒了面前的酒杯，剩在杯子里的液体洒在了桌面上，充满了复杂的气味。

在邻桌，画家阿肯和乔健醉得更为严重：他们扭打在一起，滚倒在地上，像两块可笑的土豆。

他喝醉了。即使没有喝醉，我也对他为什么来这里没有丝毫的兴趣，半毫米也没有，半微米也没有。来到这里的原因各不相同，当然，也可以说，来到这里的原因基本相同。在这个被称为“失意者乐园”的简陋酒吧，大家的面孔太过相似，甚至显得有些荒芜。“我不听，我不想听——”在老K面前，我直接表现了我的厌倦和不屑，将脸偏向别处，喝着一杯被叫作“贝特儿”的苦酒。

可他还在纠缠，他把干枯的手伸向我，抓住我的手臂：“你不知道。你绝对不会知道。”

阿肯的鼻子破了；然而，他却笑着，和乔健紧紧拥在一起，仿佛其中涂抹了特殊的黏合剂。酒吧的店员，我们叫他“格二”，因为他有着和切·格瓦拉极为相似的鼻子。他端着打开的酒，从乔健的腿上跳了过去，头也不回：在这个失意者乐园，格二见惯了这样的戏剧。他的这一动作赢得了尖锐的口哨，口哨声是从萧干和布雅那边发出的，他们在阴暗中。

“我不是为了画画，我知道自己没那个能力。我来……”老K吐出一口浓重的酒气，他努力让后面的内容显得神秘，“我来，是为了等一本书。我在海边等一本书。”

醉后的老K更加矮小、陌生，他模仿着好莱坞电影中惯用的语调：“我知道这很……荒诞，不可思议，是不是？”我看见在他牙齿上，挂着一块扭曲的花生米皮。

他来画家村时间不久，我和他并不很熟。

诗人简史

醒来的时候已是黄昏，它让我对时间有某种小小的错觉，一瞬间，我对自己所处的位置、周围的环境和气味，包括这个自己，都有着突然的错觉，用不了多久，这份错觉便像吐出的肥皂泡一样碎裂，我被摔到所谓的“现实”当中。我的现实：狭小的房间，它是租来的，据说最初它曾是一间渔民用来贮存渔具的房子，因此空气里至今还有泛起的鱼腥，它和床下的霉味、散乱袜子的臭味、精液或什么欲望的气味混在一起，显得黏稠，有着细细的丝。堆积的书和稿纸，它们的上面有些小灰尘，不过一吹就散。乔健的画，是他在莫名的兴奋状态中给我送来的。他说，这幅画里有大麻的味道、精子和松节油的味道——乔健要我必须好好收藏，之后，它会很值钱。空酒瓶、可口可乐、风味豆豉酱、盘子里的萝卜丝……这是我的现实。我的现实是：我是居住于画家村的一个诗人。

来到此地已经三年。我没想在这里居住这么久，没有。作为诗人，我原想来此散散心，将自己从那些累积的挫败和绝望中挣脱出来，并写一组有关海洋、有关生命的诗，我的朋友、画家冉建良说可以提供相应的体验，他说来吧来吧，这里是最后有梦的地方——他说得异常真切，不由你不信。当时，他居住在这个初建的画家村，当时，这里还没有那么多的人。我在他热情的召唤下来到这里，而他，早在两年前就离开了，我则被遗留在这里。离开的时候，冉建良烧毁了自己的全部画作，谁也无法真正地劝阻他。他盯着升起的火焰和灰烬，泪流满面。“什么艺术，什么理想，什么诗歌梦想，统统都是狗屎！都是屁！没有一件是真的！什么艺术家，什么什么……你们，他妈的都是功利主义者，都是一肚子男盗女娼！你们统统都是屁，都是狗屎！……”

三年里，我“见证着”许多所谓画家的离开，“见证着”一批批新人的到来，包括这个老K。太阳下面无新事，何况是这样一个黄昏。是的，这些年来，有许多画家“复制”过冉建良的话，他们把所有艺术都统统称为狗屎，把所有过去的理想、幻想和梦都统统称为狗屎……听得多了，我也越来越倦怠，对什么事都提不起精神，包括，和那些寻找着什么的女人做爱。乔健说，所谓精神就是对生命的享受……我对这样的话也有着倦怠。

三年之前，我曾是一个诗人，尤其是在二十世纪的八十年代——那是一段我不愿再次提及的隐秘历史，此时，已没有谁还记得我，除了痛恨我的前妻和已死去的母亲。在这里，这个被称为画家村的僻远渔村，我打发着如此的一天一天，诗歌和我已经俱老。

我在黄昏暗淡的光中坐着，那一刻，竟然有种隔世感，仿佛我和我的这间小屋漂浮在海上，与这个人世渐行渐远。我把它想象成一个囚牢，我的全部时间都被囚禁在里面，包括余生和未来，包括来世……这时，囚牢的外面响起了敲门声。“是老K。”他说。

啤酒泡沫和露水

认识达芙儿是在失意者酒吧，我到达的时候老K已经在座，当时，小小的达芙儿被拥在阿波的怀里，她远比后来更为绵软。“坐坐坐。”见我到来老K马上站起来，他向达芙儿介绍，“奇磊，诗人。他很有名，还曾……坐过牢。”老K的殷勤让我小有反感，我将屁股陷在沙发中，然后把目光转向角落。那里空空荡荡，只有一些看不出颜色的污痕。

当然，酒吧并不叫“失意者酒吧”，这个名字是来往于此处的画家们起的，我们早已习惯用它来代替旧有的名字，对此，就连酒吧的老板也默认了，他也曾是一个诗人。那一夜，我并没对达芙儿有过多的注意，只是，后来她突然大叫，从阿波的怀里钻出来：“给我来一杯贝特儿，要，要加冰，加点露水儿！”——喊过之后，她又缩进阿波的怀里，咯咯咯咯地笑起来。

达芙儿，就是露水的意思。老K有些自作聪明，他频频和阿波干杯，不停夸赞阿波的绘画，然而他能够使用的词语实在贫乏，阿波并不买账。“艺术，就是让积累下来的财富消耗出去，没别的，仅此而已。艺术没有秘密，半点儿也没有，也别扯什么高下，还不如扯淡或扯姑娘的乳头。”听到这里瘦小的达芙儿发出尖叫，她的拳头砸向阿波的胸口——老K盯着面前的杯子喃喃自语，看得出他有些受挫，他的受挫当然也进入到阿波的眼里。“别跟我提什么毕加索、莫奈或达达主义，都是老掉牙的风格，在这个时代已经没有任何意义。眼球是一种经济，也左右着艺术审美，你看你们这些还住在画家村的画家，”阿波伸出一根手指，朝着酒吧里的人头一一优雅地点下去，“都过的是什么日子哟。大家为什么来这里？是淘金来的，是想出名来的，别跟我胡扯什么艺术，少在我面前装蒜。”阿波绕过老K，转向我：“是吧，诗人？”这时达芙儿又一声低低的尖叫，显然，阿波的手指弄痛了她。

“我觉得，我觉得……”老K呼吸粗重，阿波的话让他尴尬、紊乱，如同一盆冷水浇在他烧热的火苗上，形成一团模糊而纷乱的水气，“我觉得，艺术还是艺术，它，它……”

“你大点声说啊。你也让周围的人听听。你问问他们，谁还在那里执迷不悟？”阿波再进一步，他凑得更近了些，“这个时代，赚钱是硬道理。你也别给我贴金，我的画肯定狗屎不如，但，我就是能赚钱，特别是外国人的钱。外国那些傻 × 的钱就是好赚。不服你也来啊。”

老K的样子很让人同情，他似乎在寻找一条通到地下的地缝，他计划从这条缝中钻出去，永远不再出现——他显得那样手足无措，整张脸，都变了颜色。“奇磊，你，你说……”

我不想加入他们的争论，三年或更长的时间里，我参与得太多了，这很无聊、无趣，何况我也愿意教训一下这个总不知趣的老K。我盯着空空荡荡的墙壁，故意像一块木头，故意充当一个木头人，但一杯一杯喝着有回味的苦酒。

“我们的诗人好像情绪不高啊。”阿波的脸上带着一种暧昧的笑意，“忧郁的诗人更像是伟大的诗人，我发现你的确越来越像了。”他轻轻碰了一下我的酒杯，“我觉得你需要一次爱情，轰轰烈烈的爱情，那样你才能感觉自己的燃烧，不然，你只能忧郁下去，越来越呆板，无趣，也不可能写出什么好诗——要不，这样，我将我的达芙儿让给你，让这个可人儿恢复你的活力，她很会……前提是，你给我的达芙儿写一首赞美诗。”

“就写……啤酒泡沫和露水！”达芙儿从阿波的腰间直起身子，她的脸色潮红，“诗人，你写一首吧。”

“他曾给我的前女友写过，”阿波笑得更加暧昧，“赞美她的乳房、大腿和洞穴。她本来是个婊子，可在诗人眼里，她就像是狗日的天使。”

苍蝇，和老 K 的如影随形

其实只有一只苍蝇，但它有奇怪的分身术，仿佛可以在任何我不注意的时候出现，让我在对一切的厌倦中更增加一点儿。别小瞧这个小点儿，我无法忽略它的存在，嗡嗡嗡嗡，并落在我的手臂、脚趾或腿上，我无法忽略它的存在。

所以老 K 来得不是时候。当时我正对这只苍蝇表达我的愤怒，而老 K 的出现更让我愤怒。“你这时来干什么？”我故意拉了拉自己的短裤，把手伸到裆部的里边。

没脑子的老 K 还是挤了进来，他说有点儿小事儿，小事儿。他得告诉我，昨夜，就在昨夜，我们和阿波喝酒的那个时间，阿波的车被人砸了，好在并不重。

我哼了一声。把手上那本策兰的诗集丢在桌上。小小的尘土也是尘土，它们飞扬。

“阿波说他能猜到是谁干的。那个人，对他，完全是羡慕妒忌恨，因为他永远获得不了自己那样的成功，永远得待在这个破地方直到晚景凄凉……”我制止住老K：“对不起，我对这事毫无兴趣，它不是我干的。”

“我知道不是你，当时我们在一起……我想问你，你能猜到是谁吗？”

我说我没有兴趣猜，一点儿都没有，半点儿都没有，我现在的兴趣是睡觉，睡觉前把那只可恶的苍蝇消灭，让它不能来烦我。至于是谁砸了他的车，在画家村，至少有一半儿的人值得怀疑，都有作案的动机。

“我，我……”

我还得找那只苍蝇，它有奇怪的分身术，现在，它竟然消失不见了。屋子狭小，它并没有太多的去处，尤其是在这样一个炎热的正午。这时，老K又在敲门，他对我说，他的心胸太小，装不下太多的事，所以就找我来了。在画家村，只有和我，还能说得上话——对此，我用了一个很不耐烦的表示，然而老K并不在意。

这次的话题是达芙儿，老K说，看上去她年龄不大，也不知道阿波是如何将她骗到手的。阿波，根本不是真心，这点他可以肯定。老K携带着他的话跟在我的屁股后面，而我，在努力寻找那只具体的却又突然消失掉的苍蝇。老K感慨，这么好个女孩子。这下可惨了。

“屁话。”我当然生气。三年里，我和这个阿波打过不止一次交道，了解不少关于他的事儿。“他的血液里有比我多出三倍的魔鬼。”

“可他，他的画卖得那么好。有那么多的人都……说得天花乱坠，说得……他们这么说应当也是有道理的。像他那样的画，我就不敢画，想不到要画。他，怎么说也是个天才。是不是？”

那一刻，我再也控制不住自己的愤怒，瘦小的老K被我推到了外面。我告诉他："你马上走，到海边的礁石上好好倒一倒脑子里的水。今天，至少今天别再来烦我了好不好，我已经足够烦了！"

被推到门外的老 K 一脸委屈："我，我一直当你是朋友，我……"

我没有午睡，不只是老 K，也不只是苍蝇，他们简直是一个混合体，他们之间有密约或者商量过的阴谋，我被苍蝇和老 K 弄得极为疲惫，肚子里灌满了绿油油的怨恨的毒汁。傍晚时分我来到海边，在一块礁石上面坐下来的时候老 K 从后面绕了过来，似乎我之前的态度于他毫无影响："你想不到，绝对想不到！我听见达芙儿和阿波发生了争吵，现在，阿波开车离开了这里，也不知道，他会去哪里。"

继续着正午时的冷，我告诉老 K："我来画家村的时候阿波还只是一个默默无闻的小画家，他画得很一般，但却很有女人缘，很能讨女人的欢心，他能有今天的境遇，有一部分是因为他曾经的一个女友……"老 K 插话："我知道，我听他们说过。""成名之后的阿波很少再来画家村，他回来，一是拉一些画商尤其是国外的画商来看画，二是甩掉他已经厌倦的女友。你放心，下一周，至少下一周，你不会再见到阿波，剩在这里的女孩要么选择离开，要么成为某个画家的女友，住上一段时间……"老 K 再次插话："我知道，我知道。我也见过阿波的上个女友，可是，这个达芙儿……和那些女人不同，她不是那样的人。"老 K 凑向我："她还那么小，就经历，经历……"我拍拍老 K 的肩膀："你可以去安慰她，帮助她疗伤，顺便和她上床。要知道，那些画家们之所以能得到阿波丢弃的情人，就是这样做的。"

老 K，搓着自己的手，竟然显出丝丝的羞涩来："我不是那个意思，我不是那个意思。你怎么这样想，真是。"

…………

其实只有一只苍蝇，但它有奇怪的分身术，甚至会进入我的心里去，让我感觉纷乱，嗡嗡嗡嗡，我无法将它驱逐到外面、远处。我只好丢下翻了不到两页的布莱希特的作品，关上灯，把苍蝇关闭在黑暗里，赶往酒吧。我正和乔健、安秋雯几个人闲聊，那个多余的老K如影随形，他在后面拉拉我的衣襟，那么神秘，悄悄凑近我的耳朵："阿波真的走了。他没回来，到现在还没有……"安秋雯突然插到我们中间："别在我们面前提那个无赖。脏耳朵。"

"去，苍蝇！去，滚开！"我表演得相当夸张，表演得装模作样，像一个小丑对着空气挥动手臂。乔健他们，肆无忌惮地笑了起来。

梦见

我竟然梦见了达芙儿。在梦中，她只是模糊的一团儿，没有面孔，但可以呼吸。

我梦见她坐在礁石上，面朝大海。大海那边黑暗一片，像一道深渊。

从梦中醒来，我看到的依然是无边无际的黑暗：凌晨，三点二十，当我把荧光的钟表扣在床边，那些黑暗便挤走了所有的光，只剩下弥散的、浑浊的、肉体的气味。余下的时间已经无法入睡，我只得盯着黑暗的天花板，那里，混乱地悬浮着一些莫名的诗句，一些场景，一些词。悬浮着乔健的画，阿波的画，莫奈的画，康定斯基的画。悬浮着一些旧事儿。悬浮着一个牢房，飞过窗口的蝙蝠，潮湿的鱼。悬浮着旧事里那些特定的人的表情。悬浮着性爱，不同的女人，不同或者相似的欲望，挣扎与呻吟，被碰碎的玻璃。那里，也许还悬挂着一只苍蝇。它已经隐藏四天了，但应当还在，除非饥饿已将它消灭。如果是饥饿消灭了它，那可真是抱歉。饥饿可不是我的主意，我想的主意原本是：用策兰的诗集将它拍成肉酱。

在梦中，我走近了达芙儿：在坚硬的礁石上她突然消失，就像，在她名字里包含着的露水。

是不是应该写一首，关于啤酒泡沫和露水的诗？

我在海边等一本书（二）

“我在海边等一本书。真的，这是我来这个海滨渔村的首要目的，我知道自己不会是一个好画家，永远不会，我还是认识自己的。虽然对此有些不甘，但没办法，不行就是不行。我在海边等一本书，它应当从海上漂来，装在一个旧瓶子里。它在海上已经漂荡很多年，经历了许多时间，漫长的路程。”

老 K 故意滔滔不绝，岔开话题，转移着视线。他试图把蜷成一团儿的达芙儿从她的沉默里引出来，尽管脸冲着我，但我明白他所有的话都试图说给另外的耳朵。

“我希望你能将它写成诗或者别的什么。每次讲这个故事，我都会被感动，真的。我说的是真的。”老 K 说，为了这本可能出现在海边的书，他沿着海岸线已走过不少的村落，向那里的人仔细询问是否见到过这样一个漂流瓶，里面，装着一本献给乔雨娜的书。老 K 说，这个乔雨娜是他的姑姑。她已于去年死亡。等这本书，是他姑姑一直没有放下的心事，是一份遗愿。虽然，对能否等到这本书并不抱什么希望，但他还是给自己两年的时间来寻找，这本说好从海上漂来的书让姑姑整整等了一辈子。

“说来话长。”老 K 卖了个关子，他的眼，悄悄瞟了一下达芙儿的脸：她还在自己的情绪里沉浸，把自己缩成一只蜗牛的形状。“我姑姑，我姑姑……”老 K 的停顿让自己有些慌乱，显然，他并没有说书人的才能。“我姑姑，当年是 K 城有名的美人。她曾在一所基督教学校上学，那所学校后来出过不少名人。当年，我姑姑身后有不少追求者，然而没有谁能让她动心思，她显得那么高傲，所有漂亮的女人都高傲……”我打断他：“你还是抓重点来说吧。”“好好，我马上就要说到重要的了，我姑姑拒绝了众多的追求者，而看中了一个美国兵，当年，正是抗战最紧要的时期，那个美国兵曾作为战斗英雄到姑姑的学校里演讲，他，同时还是一个诗人。据说当年，于我们家来说这可是一个大事件，就在 K 城也是，她的恋爱遭到我爷爷奶奶的坚决反对，然而无济于事，姑姑总能从家里逃跑，她和那个美国兵出现在树林里、田野中、山崖边。”“这很平常，我听过太多的这样的故事。”我说。“我的姑姑，为那个美国人着了魔。她陪着他，一起搜索写诗的素材，一起推敲其中的诗句，一起……她的事，在 K 城闹得沸沸扬扬，为此我爷爷奶奶还曾把我姑姑关起来，找到美国人所在的部队——但都太晚了，根本无济于事。”

我用鼻孔重重地哼了一声。这时，达芙儿抬起她略显苍白的脸：“后来呢？”

那简直是种鼓励。老 K 的呼吸再次变得不畅，他的鼻孔上方出现了突然的光：“后来，后来……”他盯着达芙儿的眼，“我说过这是一个哀婉无比的故事，有心有肺的人肯定会被感动。后来，前方战事吃紧，美国兵奉命离开 K 城，但他一直给我姑姑写信，寄他新写的诗作。再后来，内战爆发，那个美国兵回国。他给我姑姑的最后一封信是在美国寄来的，信上说，他已经完成了那部献给我姑姑的诗集，正在筹备出版。姑姑说，信的最后一句是：假如因为战争或别的什么，这本书我无法寄给你的话，我会将它放置在一个美丽的瓶子里，小心地放进太平洋。洋流终有一天会将它推到你的国家，你会在海边得到它。”

老K站起来：“我的姑姑，为了这句话等了整整一生。”这个老K，用出和平日大大不同的表情和庄重，虽然这份庄重显得异常可笑。他竟然拍了拍达芙儿的肩膀，此时的语调几乎像是学生的背诵：“你不知道这一生有多长。你可能并不知道。”

达芙儿侧了侧身子，她毫无表情：“后来呢？你讲完啦？”

“没，没有。”老K摇头，“后面还有。在送走那个美国人后，姑姑也毕业回家，她基本就是做些针线活儿，读书，写一些从来都不示人的诗。她就像那个叫什么，叫什么的美国诗人……”“狄金森？艾米利·狄金森？”我提示给老K。“是的，就是她，这么熟悉的名字，真是。当时我们的家境还好，但经过战乱，政府军、溃败下来的兵痞、当地流氓的一次次洗劫，也越来越入不敷出，而我父亲，出于对政府的不满在十二岁的时候就参加了地下党……有一次警察来抓我父亲，而姑姑急中生智，竟然骗过警察，把他救了下来。她还救了一个叫老毕的人，当时，他是我父亲的上司，新中国成立后当了K城的警察局局长、副市长。我父亲恨死他了，‘文革’时姑姑因为和美国兵的关系被当成是国民党潜伏特务，天天挂破鞋游街，差一点儿被打死，父亲去求他为我姑姑作证，他竟然不见，还叫秘书把我父亲推走……当然，他也没得什么好下场。我姑姑……”

达芙儿突然站起来，她伸了伸腰：“真累。你们说吧，我出去走走。”

还没说完她就飘了出去，把我们——我和老K关在了房间里。老K看看我，把我当成他掩盖尴尬的一根稻草：“我说这个故事其实是……你要没别的事，你就听我讲完。”

我说：“你已经讲过了，我知道了后面的内容。你姑姑为了这个美国兵受尽了侮辱，后来她也得知这个浪漫的诗人不只有她一个女人，那些人的境况也比她好不了多少，其中有一个后来离了婚，上吊自杀了。你父亲也受到牵连，被当成是隐藏在内部的敌人，一直得不到重用甚至还曾遭受监视，为此，你父亲有很长一段时间与你姑姑互不往来。'文革'中，美国人写给你姑姑的信都被抄走了，她没能留下任何一件旧东西，在她活着的最后几年，突然想起那个美国人的承诺，会给她从海上送来一本献给她的书。""你都已经讲过了，老K，在失意者酒吧，你喝醉的时候。"我对他说，"如果没有别的事，我就回去了，你最好还是追你的露水去吧。"

"别、别、别走。"老K拉住我，他的动作生硬而笨拙。"走，我们去酒吧。"他挥挥手："我只是看她可怜。算了，爱怎样就怎样吧，又不是我的女人，又不是我对不起她。"

失意者酒吧（一）

还是那些大致相仿的人，还是那些大致相仿的曲子，还是那些大致相仿的话题，我专注于那种叫"贝特儿"的苦酒，它的颜色有些深，有些混浊。这很好。很有意味。我和前来的乔健干杯，和拉菲干杯，和移情别恋的安秋雯干杯，和老K干杯，和两个古板的陌生人干杯，我的到来甚至让他们惊惧。我喜欢这样的效果，我故意说些莫名其妙的话，故意似是而非。只有很短的时间，那两个古板的人就不见了，他们不属于这个酒吧。失意者，不是这副模样。失意者有着大致相同的气息，我的鼻子能嗅得出来。

最先喝醉的当然不会是我，是克瑞尔，这并不是他的本名，他姓肖，没有一丝的国外血统。他总是在巨大的画布上画那种艳丽而巨大的花儿，而它们，多少又会让人联想到女性的一些器官。他站到高处，拿着麦克：“女士们先生们，在这、这个美妙的、充满诱惑的夜晚，我，由我，克瑞尔给大家……朗诵一首超级棒的诗，你们，你们在听吗？”

“不听不听！”“我们要听雯雯叫床！”“下去下去！”所有人都在起哄，这，也是所谓“节目”的一部分，他早就习惯了。

我们将在钟声里寻求庇护，在摇荡的钟里

在轰隆隆的钟声里，在空气里，在嗡嗡之声的……中心（有人大喊：“中心！”然后是一波的哄笑）

我们将在钟里寻求庇护，我们将漂浮（又有人喊：“我们将漂浮，像阴茎那样！”又一波哄笑）

在地球之上，在它们沉重的外壳里（一个女声，尖锐而高亢：“球！什么球？”众男声插入：“混球！蛋球！”再起的哄笑几乎震倒了失意者酒吧）

在地球之上，在田野之上，朝向草地（啊，草地！我暧昧的爱情啊！乔健站起来，他冒充着乐队的指挥，在他后面的正万用力抛掉了他的帽子，露出他的裸露的光头）

…………

是的，这里是失意者酒吧，但天天在这里上演的戏剧并不总是失意，还有喜剧和闹剧，有聊和无聊的荒诞剧。失意是经不起表演的，失意是不能用来表演的，它过于无趣、伤神，而且传染，所以大家尽量控制它的出现，尽量在它刚刚冒出火苗的时候集体朝它的上面撒尿。对待女人要像鼻涕虫一样贴紧——这是酒吧老板的一句名言，也常常被我们挂在嘴上。

酒醉之后的朗诵本来就是克瑞尔的保留节目，他也总能搜罗到一些我们从来没有读过的诗，有时好，有时则特臭，这没关系，反正没有人仔细听诗歌的内容，包括我这个所谓的诗人。然而那天，那天出现了一个小小的意外，一个瘦小的女孩冲到他的身侧，竟然抢过了他手中的麦克。“这叫什么诗啊，这叫什么诗啊！你丢不丢人，丢不丢人！”

显然，这没有经历事先的安排，克瑞尔愣了一下，然后发疯似的抢过那个女孩的麦克，并一把推倒了她。显然，这没有经历事先的安排，在我身侧的老 K 跟着跳了过去。透过混乱的身影，我看清了那个女孩：她是达芙儿。她在地上哭得热烈。

我，也跟着跳了过去。

消息和耳朵

来自布拉格：据说，画家乔之页和他妻子——美国女画家丽达·帕斯坦的“非”观念艺术展在布拉格某画廊举行，引起巨大轰动。同样是据说，开幕式当天，扛着一块巨大空白画布的乔之页匆匆挤入画廊，“不小心”撞坏了自己的一个作品：挂着各种安全套和听诊器的圆形玻璃柜，它由一面面镜子组成。乔之页的莽撞致使镜子纷纷破碎，甚至引发了爆炸：当然这是艺术展的组成部分，它经历了设计，令人狐疑的爆炸完全由雇佣的工人控制。玻璃碎后，人们发现，在这个玻璃柜的里面有了个躺卧在可乐塑料瓶中间的裸女，也就是画家的妻子，她的腿，被碎镜子的玻璃划伤了一点儿，有一道“优美的血迹”。这个乔之页，曾是画家村最早的元老之一，他在得到丽达·帕斯坦的爱慕之后飞黄腾达。

来自《A 城晚报》：一个德国的神秘画商，用高价买走了高野鲁的一个系列:《灵 66，生命和种子》。它使用的是综合材料：高野鲁收集了玉米、大豆、黄豆及油菜花、辣椒、西红柿、草莓或一些叫不上名字的草的种子，将它们粘在画布上，看上去像一个初生的婴儿，初生的牛犊，初生的昆虫或鳄鱼。《A 城晚报》还配发了《圣艺术——以性灵的艺术唤醒世人性灵的存在》的专访，专访中，高野鲁没有透露这组作品的具体价格，只是含蓄地同时又不无得意地宣称，这是他目前所见的最大一笔钱，足以改变他之后的生活。“钱并不是重要的。重要的是，对艺术的承认。艺术当然也是生产力。”

在某个拍卖会上，鬼岛的一幅题为《洪流——红》的油画作品以七百万的价格被某境外公司买走，而他的另一幅作品《笼子、叶子和信》，则拍出了四百二十万的价格。这个鬼岛，曾是安秋雯的前夫，曾在画家村居住过半年，直到和乔之页一起离开此地。据说他傍上了一个大使，那个人购买了他大量的绘画，拍出的这两幅作品均属于那位前大使。

画家阿肯被警察带去询问，据说同时被带走的还有付劳和卡卡，他们涉嫌吸毒和诈骗；留着长发、具有艺术家气质的夏波醉酒骑车撞在树上，造成了一条腿骨折，这是他个人的说法。此外还有另一种流传更广也更为可信的说法：夏波竟然引诱一位渔民的女儿，并致使她怀孕。她的家人打上门来，打断了他的那条腿——这事并不算完，远不是最终的结局。据说，回去不久的王之浩竟然谋得了一个图书馆的差事，而刘冠华则远没有这份幸运：他在挫败和饥寒中自杀，他使用电线勒住自己的脖子，在踢倒椅子的同时还接通了电源——要知道，这一“同时”要做到非常不易，乔健说，他的这一死亡很有行为艺术的性质。

据说，费尽心思的老K终于赢得了美人：那个达芙儿，终于和他开始了同居。

尽管我很少参与什么，但种种消息还是不断灌入我的耳朵。我的耳朵，有时需要不停地水洗：用纯净的瓶装水。它也许能够做到。假如，它不是什么防不胜防的假货。

我在海边等一本书（三）

我躺在床上一边读耶利内克的《钢琴师》，一边抚摸自己的身体，它的上面有着同样的划痕，我清楚，有些划痕是完全向内的。在第八十七页时，敲门声突然打断了我的阅读，是达芙儿，我不知道她为什么会来，怎么找到了这里。“看什么书？”明显，她并不需要我的回答。

她的问题是，你怎么来到这里？为什么来到这里？

如果她不问，我想我是明白的，然而经她一问，我还真不知道如何回答。它真的成了问题。

“对了，你为什么会坐牢？”

我说你换个问题吧，这个问题我不想回答。不过我可以告诉你，答案，是你所想不到的。我不愿意回忆过去的事儿。

“那好，你就说，你为什么来这里？”

再次的沉吟之后，我郑重回答了她的问题：“我在这里，是为了等一本书。我，是一个诗人。”

我工作的房间

我工作的房间是方形的

犹如半副骰子。

一张木桌，

一幅农夫的侧面肖像，

一把松松垮垮的扶手椅，一只茶壶

噘着哈布斯堡王朝时代的嘴。

从窗口我看见几棵枯瘦的树，

几丝云彩，几个总是

快乐而喧闹的儿童……

“这是你写的诗？”我说不，不是。它是一个波兰诗人写的，我总是记不住他的名字。之所以我抄录了它，将它挂在墙上，是因为喜欢其中的句子：

我工作的房间是一只照相机的暗盒。

而我的工作是什么——

静静等待，

翻翻书本，耐心地沉思。

我缓慢地写作仿佛我会活上二百年。

我对她说，这首诗，仿佛就是我写的，写给我的，我并没有对你进行欺骗：我来海边，的确是在等一本书。虽然我不知道它什么时候能够完成。达芙儿的出现拔开了我喉咙里的一个塞子，那一刻，我完全是一个话多的男人。这个男人也让我意外，我应当照一下房间里的镜子，看它是“我”的哪一面，哪一张脸。

“这就是你工作的房间？”她来来回回，皱着眉头，夸张地用手在鼻子的前面扇动，“你闻一下，都什么气味！你看你的袜子，还有这些酒瓶，这些破布，这些乱纸！”

她突然停住脚步，盯着我的眼：“你答应过我，给我写一首关于啤酒泡沫和露水的诗。别以为我忘记了。要抓紧时间。”

她那刻的天真让我慌乱。

达芙儿，达芙儿

老K说，达芙儿很危险。虽然她现在不哭不闹仿佛毫不在意，其实，她的一只脚已经搭在悬崖的边缘。他了解这种状态，他姑姑也曾如此，外表的平静恰是因为内心波涛汹涌。

老K说，达芙儿刚刚毕业，刚刚进入社会。刚刚进入，她就遇到了阿波。她根本不了解阿波！老K有些激动，她也不了解爱情！这个他妈的爱情！老K感慨，这个世界上骗子太多了，让人无法相信。在来这里之前，他从未想过所谓的画家村是这个样子。

老K说，没有，他没有和达芙儿同居，他没和她做什么，他不能……再说，达芙儿也没有放下阿波。她之所以留在这里，是因为还心存幻想。如果她死心了，肯定会突然地离开，再不出现。老K说，虽然她不说，但他清楚她在想什么。

老K说，几乎每天夜里，达芙儿都会悄悄到海边去。在那里一坐就是半天——这是她自己说的，他并没有跟踪她，他还有许多自己的事，何况，她此时的境遇和自己没有任何关系。老K说，这个达芙儿其实也颇刁蛮、任性，口是心非，她……老K，他说——他突然停止了话题，他停止话题是因为达芙儿的出现：她穿着一件半透明的纱质长裙，上面，是一些琐碎的花。

“你们继续。”达芙儿异常平静，她坐下来，拿起一本叶玉萧的画集随手翻着。那里边玉体横陈，叶玉萧使用的几乎是原色却把画面弄得很脏。

那一刻，时间被突然拉长，它几乎凝滞……

打断僵局的是我，我递给紧张的老K一些空气：“说说你姑姑的故事吧。我觉得，她的经历足够写一部长篇小说。”我推推老K，故意轻佻：“靠，没见过美女啊，看你的色鬼模样。”

终于，老K收聚起离开身体的小魂魄，尽管他磕磕绊绊，那些小魂魄还不能完全地附体。他说，他姑姑平日里尽量让自己缩小，不在别人面前出现，无论别人怎么待她。他说，他从小就跟着这个姑姑，他几乎就是姑姑的儿子，他的父母整天忙于工作拼命表现自己，根本没时间管他，他的存在于他们来说完全是种累赘。在父母那里，他一直都是一个外人，他也这么看，自己是个外人，父母也是自己的外人……很长一段时间，他都很少跟自己的父母坐在一起吃饭，而坐在一起，于他于他们都像是煎熬。他和姑姑更为亲近，可是，也总是亲近不起来——姑姑是封闭的，她没有温度。

“在‘文革’后期，我父母才和姑姑有些来往，之前他们……他们可能根本不希望有这个姐姐，前几年，我母亲还说，如果不是有我姑姑，我父亲可能早当大官了，不至于还是这个样子。他们一直觉得，这个姐姐，不仅让他们丢人，还损害了他们的生活。”

“道貌岸然！”达芙儿丢下手里的书同时丢下这句莫名其妙的话，摔门而去。

老K大张着嘴巴，一副木讷而委屈的表情。“她，她怎么了？”

我猜测，她，可能听到了我们的对话，只是当时没有发作而已。“小心你的露水。”

夜太黑（一）

“这些天，你干什么去了？”

我没有想到达芙儿会在这么晚的时间到来，似乎还带着微微的醉意。“没什么，只是出去走走。”“哼，”她把脸凑向我的脖颈，“躲什么躲，别告诉我你没有接触过女人。”她的手，搭在我的脖子上，朝我哈着淡淡酒气。

我抱住她的柔软。本质上，她还是个孩子，本质上，她是水做的，达芙儿，会被晒化的露水。我抱着她，轻轻吻了一下她的耳垂。屋外的夜晚太黑，似乎还有风声呼啸。

“把我抱过去。”她吩咐我。

“给。”她把左腿伸过来。我帮助她褪掉那条丝袜。她扑过来，紧紧贴着我的身体，本质上，柔软的达芙儿也是欲念之火……

突然，她的手机响了起来，彩铃用的竟然是那首老歌：《夜太黑》。铃声只响有半句，达芙儿便伸出了手。

“霓虹里人影如鬼魅，这城市隐约有种堕落的美。如果谁看来颓废，他……”铃声竟然再次响起，它有些不舍，有些固执。达芙儿推开我的手，关掉了手机。“甭理它。我叫你甭理它。”达芙儿的声音竟有些沙哑。

夜太黑（二）

她在挣扎，用着全身的力气。她说“不不不”，然后突然直起了上身，手臂那么滑，全是汗水。“我在做一个梦。”她说，“没吓到你吧。”

“没有。”我抚摸着她的背，其实是在抚摸上面的汗水，“没有。你可以继续睡。”

她转过身子，蜷进我的怀里。“我怎么这样？我怎么会这样？”小小的达芙儿轻轻抽泣起来，“我毁了，我的一切都毁了。”

“对不起。”我拍拍她的肩，夜还很黑，黑暗如同有些发霉的绒布，有些闷。但风却已经安静了下来。

“能不能和我说说你的梦？”

“没什么好说的，就是一个梦。”达芙儿长长出了口气，“老K骗了你，他那个姑姑的故事是从一本书上看来的，他讲的，也远不如书上写得好。”

“无所谓。”我对达芙儿的头发说，“我倒希望自己能够相信。我现在很怕，自己不会信了，不会信了。”我的气息吹过达芙儿的头发，“老K，可能喜欢上你了。”

达芙儿那里再无声息。她没睡着，我知道。

我也无法入睡。我只得睁大眼睛盯着上面的黑暗。夜太黑，真的太黑，我看不到自己的手臂和腿，也看不到达芙儿，虽然她在。

“你为什么坐牢？”黑暗里，她问，“是为了钱，还是为了女人？”

来到这里的人都没有前史

所以你最好别问。

失意者只有现在时，他们的未来也缩小了。

他们的面容多么相似：疑惧，忐忑，怨愤，夸张，神经质——并且，努力让自己扮演一只怀有敌意的刺猬。

——安秋生：《钟的第三颗心脏——题于画家村》

毁掉

“我知道昨晚她在你那儿。”老K高昂着头，一种斗鸡的神态。他不看我。这应当是他设计过的姿势。

“你知道她……你会毁掉她的，你知不知道？”

“你就是想毁掉她，你根本不在意别人的死活，你只有自己。我算看清你这个人了。”老K咬牙切齿，但依然不朝我的方向看。

“没那么夸张，”我说，“一个人总要长大，无论是用什么样的方式，有些方式可能你不理解，不认同。但它就是那么回事儿。”我伸出手，老K突然翻过了脸：“无耻！把你的脏手拿开！”

这个瘦小的人，他点着我的鼻子：“你也毁掉了我们的友谊！”

他那副张牙舞爪的样子……不知从哪里蹿起的火气，它在我腹内成形，一下子将我变成另一只怒火燃烧的斗鸡——我的拳头，重重打向老K的下巴……

失意者酒吧（二）

“你知道，你知道我为什么来这里吗？”显然，老K已经喝醉了，他挥动干枯的手臂碰倒了面前的酒杯，剩在杯子里的液体洒在了桌面上，充满了复杂的气味。他冲我笑着，可是，他的脸上已尽是泪水。

“你是来找一本书，一本从海上漂来的书。”这句话里竟然有着复杂的意味，有着百感交集，是之前我所没有意识到的——我也跟着哭了起来。我抱住了老K。

“你知道，根本没有书，根本没有。傻瓜……才信。”老K摇晃着他的头，“你信了不是？你信了不是？”

我说我信，我信了。我哭得那么失意。老K，我信了，我信，你有一个等得很苦的姑姑，她自己也清楚……

“算了吧。你不信。我知道你不信。”老K的神色一下子转向黯然，就连达芙儿也不信。“那个傻×，那个朝三暮四的臭婊子，那个……”老K用出那么多的脏字儿，他甚至用酒瓶捶打着桌子，把众多的目光吸引过来。邻桌，布雅吹出一声响亮的口哨，他冲我抬了抬酒杯：一个干杯的表示。我看到，在他身侧，一个有些年纪的外国老人在和旁边的女孩认真交谈，女孩手上拿着一款漂亮的手机。

“她走了。跟阿波。阿波把她接走了。”

这真是个意外的结果。

“她走得，很欢乐。”

等，一本书

直到今天，我才写下这个多年之前的故事，它也许算不上是什么故事——只是一些旧事而已。我甚至找不出它有什么意义。本来，我想集中书写老K的姑姑，无论它是真实的还是老K的虚构。然而从一开始，“另外的故事”就加入了进来：在记忆里的记忆总是沉渣泛起，它们像泥沙，像枯木和落叶，像水草和潜在水中的鱼群……后来，我干脆不做剔除，于是它变成了现在的样子。

多年之后，我还在画家村过着已经很旧很旧的旧生活，天天如此，月月如此，然而仔细想想其实还是有许许多多的物是人非，或者物非人非：乔健的一个系列组画意外卖了个大价钱，他有了固定而合法的女人，开上了宝马；画家布雅被抓走了，之后再未在画家村出现，有人猜测他可能转行在做生意。有精明的画家曾试图在画家村一隅打造

“艳遇旅游”，建起了三家古色的旅馆，但最后不了了之。“失意者酒吧”的一侧有人又开了一家更大也更为豪华的新酒吧，它挤走了失意者酒吧一半以上的生意，现在，集中于旧酒吧的人就显得更加失意：这里，很少有美女，很少有外国画商，自然也就很少有意外和商机。被阿波接走的达芙儿再无消息，她真的就像是露水，后来有几次我又遇到阿波，他怀中的“小鸟儿”早就换成了新人。我没有提及达芙儿，他也没有提及，来到这里的人都没有前史。倒是有一次，他提到了老K，“那个憨豆先生又去了哪里？”

我不知道。真的不知道，在他离开后我们再无联系。不过，我记得他离开时的情景：他烧毁了自己的书和画作，虽然它们并不很多。什么艺术，什么理想，统统都是狗屎！都是屁！没有一件是真的！你们，他妈的都是婊子，都是功利主义者，都是一肚子男盗女娼！你们统统都是屁，都是狗屎！……是的，一切都是似曾相识。

多年之后，我写下这个故事，写到这里的时候已是深夜。停下来，伸一下腰，点上烟——我忽然想起达芙儿问我的一个老问题：你为什么来这里？

是为了等一本书。我在海边等一本书。

是为了等一本书吗？那，它在哪儿？

顺便说一句，那首关于啤酒泡沫和露水的诗也没有完成。尽管，我曾有过不下三十次的开头，它还少点什么，它还，无法聚在一起。也许，诗就在那里，它还没有长成，我挖掘不到，也不想过早地挖出它没有长大的根须。

我缓慢地写作，仿佛我能活上二百年——

也许，只有鬼才相信。

二十九个飞翔的故事

强大的虚构产生真实。

——豪尔赫·路易斯·博尔赫斯

如果没有虚构，我们将很难意识到能够让生活得以维持的自由的重要性。

——马里奥·巴尔加斯·略萨

第一个飞翔的故事

一个人，在一个令人不安的睡梦里梦见自己变成了一只鸟。

他拥有了鸟的羽毛、喙和爪子，总之一切都是鸟才有的，重要的是他也拥有了鸟的飞翔。他发现自己在慢慢飞起，飞到天上。

需要声明的是那是一个令人不安的梦，因此，在梦里的飞翔也是急促的与慌张的，他不断地调整和躲闪，但不知道究竟要躲闪的是什么——他变成的这只鸟一直试图躲进乌云的阴影里去，同时又在惧怕被阴影完全地盖住。

在空中他变得兴奋，但他的兴奋也就是小小地冒了一下头便被淹没在忐忑里面。那是一个令人不安的梦，一直都是。

飞着，飞着，就在他以为可以长出口气的时候，突然感觉自己的翅膀越来越麻木，越来越沉重，他的头也是，接下来是尾巴和爪子——透过视线，他发现自己翅膀的顶端已经变成了石头，它还在扩展，他的身体正在越来越多地变成石头。

他想移动自己的翅膀，把那些“石头的”甩到下面去，阻止住它的扩展，但这样的动作完全是无效的，他不能阻止。他的喙也在变成石头，他能够感觉得到，他感觉自己的舌头在变厚、变硬，变成一种他不能控制的东西——不！

他大喊，并且从那个加速坠落的睡梦中醒来：真实的处境是，他被绑在一张床上。石室里，他身边的一切都是阴冷的、潮湿的，包括那个过来看了他两眼的狱卒。在他头顶的一侧，积累的水滴一滴一滴缓缓落下，侧一下头他便可以看见已经升高了些的钟乳。他计算，这应当是他被囚禁起来的第十二个早上，不过被囚禁的时间是不同的，他大脑里的那个时钟正在慢慢失灵。

第二个飞翔的故事

……从那个石室里走出来，这个狱卒有意在阳光下面待上一会儿，他要晒掉身上的寒气和渗在衣服和头发上的水分。只有被阳光晒着的时候，他才感觉自己在复苏，自己，和那些被关在山洞里的犯人们是不同的。

午饭过后。这个微胖的狱卒坐在芭蕉树下，伸长了腿，脱掉靴子，让自己的下半身被阳光使劲儿地晒。阳光真的是好，他想，阳光真的是好。

想着想着他的头脑越来越重，里面一片混浊。好在这混浊虽然很厚但还是有缝隙的，于是他从缝隙之中挤过去，来到了石室之中。

“怎么又回到了这里？”他努力地想了一下但想不出什么，于是他把手伸向腰间，钥匙还在，发出哗哗哗的响声。哦，钥匙的声音让他略略有些安心，不过随即更大的不安就降临下来：他感觉自己站的地方发生着摇晃，水和呛人的灰尘被摇晃得簌簌下坠——“地震”！

并不是地震，而是比地震更可怕的：狱卒在经历一阵慌乱之后才明白究竟发生了什么。原来，这间狭窄的石室已经被一只鹰从地下拔起。它抓着不稳的石头房子，朝山崖上飞去。或许是因为高度的缘故，这个狱卒感觉自己和关住了自己的石室就像一个小鸟笼的大小，或者更小一些。“放我下来！”狱卒向头上的鹰发出呼喊，可它无动于衷。

就在狱卒束手无策的时候他的手上多出了一把铁钩，铁钩本来应是在审讯室而不会出现于牢房里的，然而狱卒并不多想，他把铁钩在手上晃动了两下，再次对鹰发出呼喊：“放我下来！把我放下去！”

鹰，对他没有理会。

他从石室上面的缝隙里伸出手去。一铁钩，一铁钩。

鹰的肚皮被铁钩钩破，羽毛飞散，血滴飞散，一小段肠子也露出来，狱卒的铁钩钩住这段鹰肠狠狠地下拉，然后一钩一钩，成为碎段的肠子也飞散着落向了遥远的地面。这名狱卒踮着脚，用他的铁钩砍向鹰的翅膀，又是一阵羽毛飞散，血滴飞散，可这只鹰似乎感觉不到疼痛。它只是在飞，除此之外没有别的想法。

狱卒的铁钩伸向鹰爪。鹰爪很硬，铁钩砍过去就像是砍一根大树的树干，细屑一点点落下，狱卒感觉自己就是在砍一根木头。它越来越细。

一下，两下，三下。狱卒突然意识到这只抓着石室的鹰爪就要被铁钩给砍断了，而砍断它的后果则是——

就在他意识到不能再去砍的时候已经晚了，他清晰地听到了断裂的声音，然后他和关闭住他的石头房子骤然地从高空坠下，那速度让他晕眩。

“啊……”

——你怎么睡在了这里？监狱长在路过的时候看到了这个满脸挂着惊恐的狱卒，皱了皱眉。他踢踢踏踏地走过去，并没有把狱卒叫醒。

第三个飞翔的故事

他在追赶着一只鸟。那只鸟实在太漂亮了。而且飞得并不高。

第三个飞翔故事里面的“他”还是个孩子，很小，很瘦，只有两条善于奔跑的腿。是的，他很小很瘦，有些弱不禁风的样子，仿佛一阵风就能把他从地面上吹起。

真的是这样，一阵风从他背后吹过来，这个正在追赶着鸟的孩子被吹上了天空。

“妈妈”，他在天空中挣扎着，惊恐地喊着，竟然忘了自己没有母亲。

“妈妈”，他喊着，已经顾不上飞走的鸟——在路上骑车的人，在河边打草的人，在水里捕鱼的人以及正准备从桥上向桥下的水流跳进的孩子们，都目睹了这一幕。他们看着这个没有多少重量的孩子飞在天空——他飞翔的姿势实在难看，就像是遭遇了风的绑架一样。

"呵呵呵——"他们朝着他呼喊。

但没有谁能阻止他，当然也没有人想过什么阻止。他们看着，停下了手里的一切动作。看着这个被风吹起的人，在空中挣扎着，挣扎着，叫着"妈妈"，从河流的这边吹到了河的那边。

在视线里，他一点点缩小，像一只小狗，像一只小兔，像一只鸟，像一枚鸡蛋，像一粒绿豆。

"呵呵呵……"当他消失了之后，骑车的人重新骑车离开，打草的人再次俯下了身子，捕鱼的人再次撒下了网，而嬉闹着的、赤条条的孩子们，则一排排地站在桥墩上，按照原来的顺序跳向河流。这一次，他们不自觉地，采取了更为阔展的飞翔姿势。

第四个飞翔的故事

还是一个和梦有关的故事，一个人，反复地梦见自己站在悬崖的边上，在那里来回徘徊，试图跳下。在梦中这个悬崖极为清晰，就像真的，他能看到悬崖的底部，能看到缓慢行驶的车和线一样伸展的道路，看到树木和缩小的池塘。在梦中，他反复地和自己做着斗争，可不知道是哪一个自己有所战胜。

他曾反复地做着这个梦。

关于他的梦他曾和自己的妻子说过，和自己的朋友说过，和自己的下属说过。他们用几乎一样的口吻劝他，想开些，想开些，不用太过焦虑——他告诉他们自己似乎不是焦虑也不是想不开，而是有别的什么原因或理由，反正在梦里那些原因和理由曾经说服过他。

"我觉得那就是飞翔。"

每次提到自己梦的时候他都隐瞒了自己梦中的一个细节，那就是他站在悬崖的边上向下看过去，总会看到一群黑色的鸟从空气中穿行，它们很不真实地浮在空气里，这是梦中唯一不够真实的地方。他隐瞒这个细节倒不是别的原因，大约是，它们不够真实。这些黑色的鸟在半空中没有重量地悬着，仿佛更高处有一条条看不见的线在牵引，这些黑色的鸟不过是放远了的纸鸢。

只有飞速下坠才能摆脱那种被牵引的状态。也许。

这是一个和梦有关的故事但我说的不是梦，是这个人，在现实中的境况是，他一个人来到了一栋大楼的顶上。他站在边缘处向下看，这时他再次想起了自己的那些梦，以及梦里不够真实的纸鸢们。

现实是，他从楼顶上望下去，看到的是小如火柴盒的汽车，它们拥挤而缓慢；车水马龙的道路一直延伸到很远；变小了的长江，有汽笛的长江绕过了他所站着的高楼，被两座桥遮挡了视线。

现实是，他从楼顶上望下去，没有看到任何的一只鸟，黑色的、白色的或褐色的，一只也没有。

第五个飞翔的故事

每次来到郊外，僻静处，他就会化身为蜻蜓。他极为享受那种“蜻蜓的”飞翔姿态，这也是他每隔一段时间就会驱车很远来到郊外的原因。

第五个飞翔故事，我想把它讲得真实而不是过于幻美，所以我必须提到：他所来到的郊外和时下一切城市的郊外一样，杂草和枯掉的树枝混在一起，不远处堆满着黑色的、红色的、白纸的塑料袋，农夫山泉或娃哈哈的矿泉水瓶，泡在污水中的特仑苏纸盒，不知是从什么瓶子上拧下的瓶盖……蚊虫嗡嗡，苍蝇乱飞，河面上散发着一股潮湿的、溽热的、朽腐的气息，夹杂其中的还有一些不可名状、难以分辨的臭味儿。不过他并不在意。一直以来他都是那种随遇而安的人，他把随遇而安当作自己的美德。

他变成蜻蜓，一般而言会停在某一株靠近水面的芦苇上面，然后一待一个上午。他就是待着，不飞也不动，他的大脑也是如此，他习惯让自己空空荡荡。偶尔，他觉得自己必须要想些什么才行的时候，他就朝着水里面的自己看——水面混浊，有着一种咖啡一样的颜色，但也恰恰因为这层“咖啡质”的添加更使得水面有了镜子的效果。他看见自己的翅膀、复眼、胸和细细的腿——倒影中的他就是一只蜻蜓，具有蜻蜓的一切性质。

来到郊外、变身为蜻蜓的感觉很好，于他而言是一种特别的享受，当然也是他最有迷人之处的秘密。自从有了这个秘密，他感觉之前所不可忍受的一些事也可以忍受了，何况还真没什么不可忍受的。变身为蜻蜓，他还获得了在水面上和草丛中飞翔的能力，只是他并不太喜欢这一能力。飞翔时常会让他眩晕，远不如抓住什么更让他感觉牢固，舒服：所以他总是在变身之后飞快地选择一株芦苇或者更坚实的树枝停下来，然后在上面一动不动地发呆。

不过天气越来越冷。

这天早上，他早早地从床上爬起，乘着黎明的薄幕再次赶往郊外。车停下来，下车，他在走出车外的那刻甚至连打了三四个寒战，回头，车窗玻璃上竟有一层淡淡的露水。四处，没有一个人，当然之前他也没有遇到过什么人，谁会来到一条荒凉的臭水渠旁边呢，谁会想到，一个人会在这条水渠的旁边变身，变成一只蜻蜓？

那个早上他再次变成了蜻蜓。空气寒冷，那股潮湿的、溽热的、朽腐的气息似乎也凝结住了，它们在变厚。变成蜻蜓的那个人朝着水面上飞过去，他看到对岸那里有一根断掉的芦苇：它是合适的。然而，当他飞到水渠上空，一股更冷的凉风从水面上吹起——前面我已经提到，当他变为蜻蜓的时候就会具有蜻蜓的一切性质。一切，这里面也包含着“冷血”的性质。

凉风吹过，他感觉自己的血液也跟着骤然变冷，变得凝固起来。突然降下的温度冻住了他的血，他根本无法控制自己的翅膀和身体——他的大脑里还有未曾冻住的血，他在恍惚中感觉，自己飘忽着在朝水面坠落。这感觉，完全是蜻蜓性质的，他坠落得不快。

河水很厚，也更凉，他的翅膀落在水中之后迅速地变成了湿淋淋的木头，再也无法抬起来。水很厚，有一股更厚一些的腐烂的气息扑进他的鼻孔。在水中，他略略地想了一下便放弃了挣扎，他身上那种随遇而安的品性再一次发挥着作用：没什么不可以接受的，这样其实也挺好。

是的，在冷掉的血完全地渗入到他的大脑之前，在他的思维完全地停止转动之前，他感觉很不错，竟然有种小小的惬意。

第六个飞翔的故事

终于轮到讲述我的故事了。

我的故事是：很久很久以前——很久很久以前，我和父亲受命为可恶的、暴虐的国王建造一座巨大的迷宫。当时他告诉我父亲的是：他要把自己那头习惯伤人的怪兽关在里面，让它永远都不要出来。“我已经不能容忍它了。”国王说，“它总是乘我不备的时候出来伤人，无论那个人是我的朋友还是敌人。这当然不好，可我制止不了，人总有不备的时候。”国王说，“我知道所有人都把账记到了我的身上，其实许多事都不是出自我的意愿。没办法，我只能把它关在迷宫里。不、不、不，它不能死，再说我也没听说过杀死它的办法，我们把它关住就够了。”

然而关住的并不是怪兽，而是我和我的父亲。在迷宫建好之后，这个可恶的、狡诈的国王取走图纸，却悄悄地命人改变了其中的几处，还封住了大门。这时我和我父亲才开始恍然：原来国王真正想关住的并不是怪兽而是我的父亲，因为他是个过于聪明的人，他懂得建造。

经过几个昼夜的冥想我父亲终于想出了办法，他叫我和他一起收集从天上落下的羽毛——这并不困难，经过迷宫上空的鸟实在太多了，而它们总有羽毛要落下。困难的是找到它们，好在我们有的是时间。搜集好羽毛之后，父亲又找来树枝、树棍，然后熬好了树胶。像旧书上写的那样，我父亲为他和我建造了一大一小两副翅膀，他使用大的，而我使用小的。没有什么能够难得住他。

像旧书里写的那样，我们一前一后，从迷宫里飞上了天空。开始的时候我还特别谨慎，后来慢慢地，我享受起那种飞翔的快感和轻度的“危险”，加快了速度，朝着太阳的方向飞过去。

接下来的部分则和旧书里写下的完全不同，我并没有试图飞到太阳上面去，我也没有试图追赶什么阿波罗的马车。我只是享受着飞翔，我知道我的父亲也是这样，飞到这样高的高度，也是他一生当中的第一次。

我们飞越迷宫，为了不被国王的看守发现，我们有意迎着阳光，这样，假设他们偶尔地抬头，只会看到太阳的光晕中有两个移动的黑点，而不会猜到那两个黑点是我和我的父亲。不过在远走高飞的这个过程中，我和父亲都没有预料到下面发生的事，没有预料到它的后果：

当我们越向上面飞，自我就越小，而等我们飞到云层的上面，飞到那个高度的时候，我发现属于我的自我变得更小，或者是破碎。在那里，“我”被分裂成一只又一只的鸟，而更小的部分则被分裂成蜻蜓或蝉，或者苍蝇，或者更小的、不知名的飞虫——反正，“我”没有了。

旧书当中说我因为不可遏制的傲慢自不量力地飞向太阳，炽热的阳光晒化了粘接羽毛的胶水，羽毛脱落而我也从高空中坠落下来，落进了大海——它说的当然不对。不过“我”被分裂成无数的碎片倒是真的，在空中，在那样的高度之上，我发现“我”被分裂成许多个别的事物，有大有小，纷纷扬扬，但那种属于“我”的性质却也在分裂之中变得不复存在。

“我”没有了，而我父亲却在飞过云层之前收拢了翅膀，他朝着下面扎过去——这样，他得以幸免，在自己的身体里保留住了一小点儿的“自我”。不过他的小一点儿“自我”在为另一位国王效命的时候也被磨成了碎片。

这，才是我的故事。

第七个飞翔的故事

一个猎人，一个和别人打赌说自己能够轻而易举爬到树上抓住猴子的猎人爬到树上。他要捕捉一只猴子，当时他的境遇是，他不得不爬到树上去捕捉猴子。

毫无疑问他缺乏猴子的机敏，同时也不像猴子那样熟悉树的习性。守在树上，他能等来猴子却始终抓不住它们。

他想了一个办法，这个办法就是他把自己伪装起来：于是，他成了高高的橡树上唯一结出的香蕉，他把自己缩在挂满的香蕉里面，就连手臂也挂上了香蕉。作为高高的橡树上唯一结出的香蕉，他当然吸引了猴子们的注意。猴子们围住他，却不敢真正地靠近。

也不知道过了多长时间。树上的猎人感到饥饿。他决定暂时不管围绕在自己身边的猴子，而先吃个香蕉再说。他抖动着自己，将自己手臂上的一个香蕉剥开了皮——

猴子们一阵骚动，它们发出威胁的尖叫：很明显，在这个僵持的过程中猴子们已经把所有的香蕉都看作了自己的财产，现在这个财产很可能会被伪装的猎人给吞下去，这，是它们不能接受的。猎人并不想理会，或者说他原来想要的就是这个效果。他剥开了香蕉。一只小一些的猴子一边尖叫着一边朝他的香蕉扑过来，它试图把香蕉从猎人的手里夺走。

猎人缺乏猴子的机敏，但并不意味他就完全没有机敏。就在猴子的前爪抓住香蕉的刹那，猎人也伸出手一把把猴子抓在自己的怀里。

然而让他意想不到的是，另一只体形硕大的猴子趁他不备，飞快地扑到他的身后，从后面猛地推了他一把——毫无防备的他从高高的树上摔下去，竟然一直坠向了山谷。

那种下坠的过程在猎人看来，就像是在飞翔一样。

和他一起向下飞翔的还有他所携带的香蕉，以及一只仍在抓紧香蕉的猴子。

第八个飞翔的故事

当一个人具有了飞翔的能力之后他就不想再掩饰自己——就是这样，在这个故事里提到的这个人就是。当他父亲说，把挂在树上的柿子摘下来，他哦了一声，提起篮子就飞到树梢那里，很快，柿子装满了篮子。当他母亲说，去，把这袋米送去山后的磨坊，他将米袋背到肩上就飞过了河——如果非要走村外的桥，他就需要多绕五六里的山路，可飞翔让这一切变得简便。

有时，他会背上鱼叉，沿着流水的方向或逆着流水的方向来来回回。在高处，那些隐藏在水草里的鱼的脊背逃不过他的眼睛。他早早地掌握了悬在空中甩出鱼叉的技巧。

可是，他的飞翔能力却让他的父母感到不安。“你怎么能飞呢？太吓人啦。你不该这样。”他的飞翔能力让他的父母非常不安，“想想看，别人会怎样看我们，看我们这家人啊？”

于是，他们先是劝阻，在劝阻没有效果之后他们使用了别的手段，譬如把他关在屋子里不让出来，如果出来也一定先在他的腿上拴住绳子，绳子的另一头拴在树上或者院子里的重物上。譬如他们会为他背上很重很重的什么重物，这样他根本无法再飞。譬如……这样吧，能够想到的办法他们都想到了，甚至，他们还听从一个道士的胡言乱语，给自己的儿子喂下了一种据说能消除飞翔能力的、难吃无比的药。

但，这没起什么作用。

他具有飞翔能力的消息不胫而走，很快，邻居们就开始用异样的眼光看他，躲避着他，就像躲避一头有攻击性的怪物。这个说法很可能并不确切，因为当他飞起来摘柿子的时候、去偏房上面晾晒小米或玉米的时候、沿着河流的上空准备捕鱼的时候，他家的邻居们以及周围的一些人就会拿出弹弓来打他，或者朝他的身上丢石块儿或土块儿，有几次他被击中直接掉在河水里面。左边的一个邻居，前几天还专门找他让他飞起来帮助自己去摘树上未被打净的枣，却不妨碍这个邻居在他飞到河面上去的时候掏出弹弓。在他飞起来的时候没有谁会在乎他有没有攻击性，但一旦他在地面上从谁的面前走过，那种异样和躲避也就跟着来了。

在他具有了飞翔的能力之后，那些平日里见他和善、冲着他不断地摇尾巴的小土狗们竟然也变了脸，似乎得到了什么统一的口径，一看到他就冲着他不停地狂吠，就像怀有深仇大恨的样子。这，当然还不是最难忍受的。

更难忍受的还在后面。他的那些小伙伴们一一成了陌路，他们不再和他一起打草抓鱼，不再一起去学校上学，在路上，他的存在变成了空气。那个总爱和他说话、给他递水和几瓣橘子的邻桌同学也疏远了他，虽然他这时感觉她那颗突出的门牙和脖子上的痣已不那么难看。下课的时候，他匆匆出门不小心碰到了她的手，她仿佛被一块烧红的铁块烫到了一样跳起来，并发出尖叫——这让他很没面子，后面的两节课都没听进去。

当一个人具有了飞翔的能力之后他就不想再掩饰自己——但经历了一系列的波折和委屈之后，他决定自己“破坏”掉自己的这个能力。也只有他知道自己从哪个地方下手才会有效地破坏。

在他的背上。透过镜子和它的反光，他使用着刀和锯子：割断那双隐形的翅膀并不容易，他很疼，那种疼痛几次都让他停下手来，不过这个坚韧的孩子并没有因此放弃。终于，他割断了自己的翅膀。

然后是一阵眩晕，他陷入黑暗的昏迷中。

一周之后他才离开医院，医生们很是尽心，但他们缝合伤口的针脚不能恭维。现在，他已经是一个普普通通的正常人了，没有了翅膀也不再有飞翔。

可是，小土狗们在遇到他的时候还是要狂吠，他走出家门，呼啸的小石子还会落到他空空荡荡的背上。邻居们还在躲避着他，仿佛他是一头有攻击性的怪兽，只是还没有进行过攻击而已。他的父亲母亲，也依然是愁眉苦脸，依然会把他关在屋里或者坠上重物才让他出门。有突出门牙、脖子上长着难看的痣的女同桌依然与他疏远，现在，她用刻刀在桌面上画出一道深深的线，并在这条线上涂上了墨水。只有他的那些小伙伴，又重新接纳了他——

他们接纳的方式是，让他爬到高高的桥上向下跳，但不能用飞翔的姿态，只能全身团成一团才行。他们接纳的方式是，几个孩子，抓住他的手和脚把他按在水中，非要看他扇动翅膀的样子，他们要把他的翅膀“灌出来”。

沉在水中，他的眼泪不断地涌出，这时他才明白：自己割掉了翅膀是没用的，不再会飞翔也是没用的。他的命运因为“飞翔”已经改变，却并不能因为舍弃而变回原来。

第九个飞翔的故事

很久很久以前，有一位红脸的神仙遭受到雷公的击打而跌落到我们那里，据我爷爷的爷爷的爷爷说他在天上是一个铁匠。他为什么得罪了雷公和我们要讲的故事无关，所以不会再提，我估计我爷爷的爷爷的爷爷也并不知道。一位神仙跌下来跌到了凡尘，当然会引人注目，许多许多的人都会不远万里地骑马、骑牛、骑驴、骑骆驼或者是骑鹿，风尘仆仆地前来——跌落在我们村庄的神仙让他们失望。他不过个子高大一些，脸红一些，别的似乎和普通人没什么两样。他不会让人长生的咒语也不会撒豆成兵，唯一擅长的就是打铁。不远万里骑马、骑牛、骑驴和骑骆驼而来的人并不想见一个木讷的铁匠，面前的这个神仙一点儿也不符合他们关于神仙的标准——他们在赶过来之前，心里早早地就有了标准的神仙的样子。“还不如关羽呢。”

只有骑鹿前来的那个人在离开的时候依旧兴致勃勃，因为这位神仙铁匠为他的鹿打了一对保护鹿角的铁套，这样他就再也不用担心那些偷盗鹿茸的盗贼伤害到他的鹿啦。

神仙在我们那里住下来，一住就是三年，当然天上的时间和地上的时间完全不同，我在这里说的是地上的时间，我们所运用的时间。开始的时候这位神仙天天想的是如何回到天上，后来他就不那样想了。据我爷爷的爷爷的爷爷说，当地人用他们的粮食和水果，用他们的善良、热情和怯懦，用他们的……这么说吧，他们用三年的时间终于把那个看上去憨厚、木讷而朴实的神仙给惯坏了，把他培养成一个专横跋扈、颐指气使、胡作非为的暴君，虽然他并没有提供任何的神迹以帮助到当地人。他做了不少坏事、错事，而且绝对容不下批评，也容不下辩解，那些敢于批评他的人都被他用铁锤击打过头、胸或者脚趾，凡是被他的铁锤打过的地方就会留下永远的伤口，至死也不会愈合。据我爷爷的爷爷的爷爷说，他们已经不堪其扰。在我之前写过的那篇题为《跌落到我们村庄里的神仙》小说中，我曾原原本本地记下了他的暴行和愚蠢，以及他又是如何变成那个样子的；我也曾原原本本地记下了我们村庄的祖先如何密谋、设计捕杀了这位神仙，不过关于结局，按照小说的设计原则我进行了虚构。现在，我终于有机会实话实说，那位神仙的结局并不像我在小说里说的那样：

我爷爷的爷爷的爷爷的父亲和叔叔，以及整个村庄的人都参与了谋杀计划，他们终于趁着这位神仙酒醉的时候杀死了他——他的身上布满了刀子的划痕，可他并没有因此真正地死亡。他身上的刀口一一裂开，我的祖先们看见从那些刀口处蹿出一只只红兔子，好在他们早有防备。所有的红兔子都被集中在一张大网里，村里人想出办法，将这些兔子投入井中，然后投下石头，铺上石灰，盖上刻有符纹的井盖。

他们以为这样足够了，那个神仙不会再次复活，他也永远不会再回到天上去——可是我爷爷的爷爷的爷爷说，他们想错了。

第二年，井的一旁长出了一棵奇怪的树，树干是红色的，树叶的筋脉也是红色的，它生长得很快。第三年，这棵树就长成了一棵非常高大的大树，树上开始结出一种暗红色的果——不好，那个神仙还活着！这棵树就应是他的化身，是从他身体里长出来的！据我爷爷的爷爷的爷爷说，所有人都听说了这样的话，他们不敢不信但也不想相信。于是，村里人又开始集中起来商量，如何将这个死掉的神仙再杀死一次。有人提议用火来烧但马上遭到否决：这个神仙铁匠天天和火打交道是不会怕火的。有人提议，我们用斧头吧，说这话的人话一出口便遭到了自己的否决：这个神仙是铁匠，他怎么会怕铁器呢？不会。最后的办法是，先用木钩把树上的那些果子钩下来，然后泡在混合了女人经血的冷水里去。

木钩很容易就钩到了果子，很容易地便把那些果子拉了下来。令我爷爷的爷爷的爷爷的父亲和叔叔他们惊讶的是，这些果子落到半空的时候就一个一个地炸开，在里面飞出了一只只红色的小鸟。它们一飞出来，就像一团团燃烧的火焰那样，闪烁着、飘忽着，飞快地向着天空中蹿上去。

根本拦不住它们。

第十个飞翔的故事

“那个把天空看作是故乡的人是有福的。他必然会融进天空的怀抱里去，和星辰、云朵与光融在一起。这，才是他应有的命运。”

当时，坐在他身侧的那个女孩并没注意到他写下了什么，只是看到他把一句话写到了纸上。她提醒他，能不能把一侧的遮光板拉下一些，飞机已经升至了万米高空，机翼折射出的阳光太过强烈，而他却笑了笑：“你不觉得外面这景色实在太美了吗？这可是在地面上看不到的。”随后，他又补上一句，“美得简直让人能够融化。”

美是美，可她没有兴趣，那时她的全部想法只是睡上一觉。老土，她在心里暗暗地鄙夷，没坐过飞机吧。现在，谁还用圆珠笔写字。

一个自私的人。那个女孩又一次暗暗地断定，她把自己的头侧向左侧，又侧向右侧，再次侧向了左：机窗外的阳光实在晃眼，它强烈得让人难受。本来，她如果不曾提醒身边的这个人也许会让自己好受一些，也许不会那么仔细地注意到阳光，但现在，她不能忽略。

请你把遮光板拉下来吧。这样，我睡不着。女孩说，她用了一点儿加重的口气。那个正朝着窗外看的脸回过来，女孩看见，他的眼睛里布满了厚厚的血丝。“哦，好吧。对不起。”

遮光板拉下来，女孩却没感觉客舱里的光线有多大的变化。不过她也没有再说什么，而是闭上眼睛，仿佛要努力睡着的样子，然而她已经没有了半分的困倦。飞机有一阵气流的颠簸，她睁开眼，然后调整了一下自己的姿势，这样她就不会再注意到窗边旅客的表情，而那位旅客也看不到她的。

她在想自己的这场旅行。迎接自己的会是什么？她，真的要在这座城市待下去吗？她所遇到的，会不会一帆风顺，会不会能有想要的幸福？

事后她说她真的没长想事儿的脑子，只要一静下来想点什么很快就会睡过去，那天也是。她只想了一些问题的开头便头一歪，进入到梦乡。她做了一个又一个混沌的梦，但当她被叫醒的时候那些梦竟然像空气消失于空气中那样，没有半点遗迹。“请问，你身侧的那位先生……”

她的身侧没人，而遮光板，不知道什么时候被重新打开，外面的白云就像铺陈的海面，平静而又喧闹。“他去洗手间了。”女孩说，她说得异常笃定，“你不会是怀疑，飞机飞到了高空，你的一位乘客突然消失了吧？”女孩看了空姐两眼，她的眼睛很细，长得不算漂亮，“这也太幽默了。”

“卫生间里没人。他，似乎也没有离开过座位。”

靠近过道的胖子也向空姐证实，窗口的那个人根本没有去卫生间，没有。否则自己不可能不知道，即使是在他睡着的时候。“我是看着他消失的，”胖子说，“不过当时我觉得自己是眼花的，或者睡着了。”后排的乘客提供了同样的证据，她说她正在看机舱屏幕里播放的电影，靠窗的那个人则伸着头朝窗外看。一阵灿烂得让人恍惚的阳光扫过来然后消失，随着这片光消失的还有靠窗的那个男人，“也就是四十多岁。有点儿秃顶。”

空姐倒是极为淡定，似乎这样的事她并不是第一次遇到，没有什么可慌乱的，真的，不用慌乱。她叫女孩将小桌板上的纸拿给她，在把那张纸递到空姐手上之前她飞快地扫了一眼，记住了上面的话。“真够酸的。还是个文艺青年，不，文艺中年。”

“那个把天空看作是故乡的人是有福的。他必然会融进天空的怀抱里去，和星辰、云朵与光融在一起。这，才是他应有的命运。”过道处的胖子将纸上的字念了一遍，他的声音不算太小，前后两排的人应当都能听得见。“这是什么意思？是不是说，他是有预谋的，他就是要到天上……”

“现在，我们还不好轻易地下判断。”那张纸终于传到了空姐的手上，前排的几位空姐和身穿白色衬衣的两个男人，正朝着这个方向走来。

是什么意思嘛。他也不能说走就走吧。胖男人使劲地摇着头，一脸不解。“他，不会是什么外星人吧？”

第十一个飞翔的故事

“那个把天空看作是故乡的人是有福的。他必然会融进天空的怀抱里去，和星辰、云朵与光融在一起。这，才是他应有的命运。”多年之后那个女孩还会不时地回忆起让她记忆深刻的那次空中飞行，一个人，竟然可以毫无征兆地从她眼前消失，“融化”在天上，而且没对飞行造成任何影响……

真是不可思议。

不可思议的旅程改变了女孩的命运甚至改变了她的性格，至少在她自己看来如此，假如不是那次旅程她的选择不会像现在这样，她不会有现在的生活，无论这生活在别人看来是幸运的、幸福的还是糟糕透顶的。“那个把天空看作是故乡的人是有福的……”那张纸片上的句子印进了她的脑海，从来，没有一件事能在她的记忆里有这么深的刻痕。

她迷恋上了飞行。每次飞机飞至万米高空，在平稳中巡航的时候她就把目光探向窗外。她试图再次找到那个消失的人，也许他正坐在某个云朵上，惊愕地望着飞机从一侧极速飞过，携带着那种震耳欲聋的轰鸣……有时，她觉得那个从飞机上消失的人会飞过来凑近玻璃，朝着窗子里面看。当然他也可能重新坐回飞机里，和另外的乘客们一样摇晃着打盹儿，听着音乐，或掏出一本薄薄的书来……在那个时候，她都会把随身准备的小纸片拿出来，在上面抄录下“那个把天空看作是故乡的人是有福的。他必然会融进天空的怀抱里去，和星辰、云朵与光融在一起。这，才是他应有的命运”。有两次，她在抄录完这段句子之后又在旁边添加了一个词：矫情。第二次抄录的时候，她在矫情的后面又添了一朵花，不过因为飞行颠簸的缘故那朵花画得并不好看。

不止一次，她把自己所遭遇的不可思议讲给自己的闺蜜、同事、男友——一个人就那样从她身侧消失了，唯一的痕迹就是他留在小桌板上的纸片和上面的字。据说背后还有几个字但当时她和小眼睛的空姐都没注意到，下飞机的时候，她听到另外两个空姐在窃窃私语，说的是纸片背面。“怎么会？”无论是闺蜜、同事还是后来的男友都表示不解，不信，他们说没有在报纸上、网络上读到相关的消息，也从来没有经历过类似的事件——你不是在做梦？好吧好吧我相信你，只是这样的事别和别人说了。你说了人家不但不会相信，还会怀疑你。是的是啊。真是不可思议。像是鬼故事。哈哈，要是外星人就有意思啦。

只有一个同事，一个刚入职不久、戴着大耳环的小女孩，听完她讲的这个不可思议的故事之后，用力地把吸管里的可乐吸完，然后斜着脸问她：“你和那个男人是什么关系？”

她愣了一下，从来没有人问这样的问题。没有关系啊。一起坐飞机的乘客。她甚至记忆起了他的模样，没有特别的印象。她只记住了这张纸片和上面的字。

“可你就是放不下他，不是吗？”

是啊，她放不下。几年的时间过去了可她还总是想起来，她甚至想了解那个“融化”在天空中的男人过得怎样，他是怎样做到的……前几日，她去医院例行体检，做 CT 的时候两位护士费了不短的时间，她们还叫来一位中年医生。经过几次反复地磋商后，她们决定告诉她：

她的心脏上方有一个极为特别的小洞。可她的所有指标都是正常的，那个小洞对她的健康没有影响，至少现在看起来是这样。为了保险起见，她们建议最好留下来手术。

“没事的，”她想现在她应当想清楚了，“这个小洞，其实是为了让一个消失的人能够在中间穿行。”

第十二个飞翔的故事

如果冬夜，一个旅人……他骑在一个空荡荡的煤桶上。我们把这个没有重量的人称为“煤桶骑士”，有时候我们会遇见很多，有时候却只会在漫长的冬天里遇见一个。

“请往上看看，你们就能发现我了。我想求你们给我一铲煤。如果肯给我两铲，那我可就太感激啦。”煤桶骑士骑在煤桶上，他轻轻地敲着玻璃，外面的寒气把他的眼泪都冻住了。“如果能听到煤劈劈啪啪倒入桶里的声音该多好啊！”

在我们城市，一般而言煤桶骑士遭遇的结局会有两个：一个是他获得了煤，我们城市里的好心人实在很多，不过在这时煤桶骑士的贪婪就开始发酵，他会再次请求：“好心人啊，请你再给我加上一铲吧，当然如果能加上两铲就更好啦。”这样的贪得无厌实在让人讨厌，假设好心人也并不在意多一铲煤的损失，他就会怀着怒气向骑士的煤桶里加煤，一铲一铲——“啊！”煤太重了，煤桶骑士连同他的煤桶一起朝楼下坠落，好心人能够听到他摔到雪堆里的响声。另外一个结局则完全相反，打开了窗户的女人不肯向骑士的煤桶里装煤，不仅如此，她还解下自己的围裙朝着煤桶骑士用力地挥动——煤桶没有什么抵抗力，骑士也没有，他和他的煤桶会在围裙掀起的风中呼啸着飞远……

偶尔，在哪个冬夜，你会听到风声的呼号，听到树梢上煤桶撞击树干所发出的叮叮当当的响声，就知道又一个煤桶骑士被风卷走了。

第十三个飞翔的故事

我们小镇最美的俏姑娘飞走了——有本书上是这样说的，这个女孩在晾晒床单的时候忽然被一阵大风吹起，她紧紧地抓着床单随着大风飞向高处，“她离开了大丽花和金龟子的那个空间，最终消失在下午四点钟的那个时刻，飞向了就连飞得最高的鸟也不能到达的那样的高处。”说实话我不觉得这是真的，我无法相信，虽然我一次次试图说服自己相信。

许多人都不肯相信，他们猜度俏姑娘也许遭遇了怎样的意外，他们猜度镇上最美的姑娘也许，也许……好啦不再纠缠那些无聊的猜测，它们只会把事实引向歧途，最终把事实完整地、一点痕迹也不留地掩埋起来。趁着事实还有一个小小的尾巴露在外面，我想我还是先把它抓住：事实是，俏姑娘已经“离开”了这个小镇，无论是飞走的也好、逃走的也好、被掠走的也好、遭遇了什么不便和邻居们说出的意外也好，她都不见了，很可能再也不会回到我们的小镇。

我们之所以不肯相信俏姑娘已经离开了我们，是因为谁也无法接受这样的事实，小镇上的所有人都觉得小镇可不能没有她的存在，那些和我同龄的年轻人们当然更是。“俏姑娘飞走了？不会吧？”“是不是她被藏在了一个什么地方……只要能找到她……”“飞走了？那，她还会回来吧？”

我们当然期盼她能回来。一时间，我们整个小镇都患上了统一的“疾病”，就是无论做着什么、和什么人在说着话，脸一定是抬着的，每隔不到十秒就会转过头去看看后面的天——我们很希望能看到俏姑娘的归来，她乘着那个旧床单从天上姗姗落下，她，只是出门走了一趟亲戚，路途遥遥她不得不采取飞翔的方式。

期盼一次次落空，我们不得不慢慢地接受她已经离开并且可能永远不再回来的事实，这一事实自身就弥漫了让人阴郁的气息。一时间，酒吧里坐满了失意的、痛苦的酒徒，我之所以这样说是因为他们把明显的失意和痛苦都写在了脸上，根本不可能看不出来。至于酒吧里的话题，这么说吧，无论认识的和不认识的，新来的还是老顾客，他们的话题无论是从山峰还是河流开始，是从头发还是从关于海伦的战争开始，绕来绕去最终都会绕到俏姑娘和她的消失上来：我们谈着她，谈着那个认识的和不认识的她，关于她的那些闪烁着光的碎片。我看见邻桌的一个小伙子因为不同意另外一张桌子上的判断，在他眼里的俏姑娘不是那个样子的——于是他冲上去争吵，进而和正在喝着啤酒的两个少年殴打在一起。我们先是看着，然后将他们拉开。没想到的是这三个刚才还在怒火冲天的小伙子竟然像多年的兄弟，哭泣着，拥抱在了一起。

俏姑娘的离开，让我们感觉……自己的生活就好像突然地少了一块儿，那一块儿别的什么东西还填充不起来……说这话的并不是我，而是我的一个朋友，他说这也是他的转述，他是听他的母亲说的。没错儿，俏姑娘离开了我们，让我们这个本来正常的小镇一下子空空荡荡。所有人都感觉了这一点，包括那些已经做了母亲的人。我们想过她会被哪个幸运到天上去的男人娶走，但没想过她会消失，飞离我们的生活，我们的小镇。我们怎么能缺少她的存在呢？

可她，就是缺少了。

刚才我在叙述中谈到酒吧里的争吵和打架，谈到三个怒火冲天的小伙子在打过一架之后哭泣着拥抱在一起——接下来的事情就变了样，他们还会哭泣但绝不肯再次拥抱。事情是这样的：

镇上的悲观主义者散布起一种悲观的流言，他们说，这个太过纯洁、纯洁得不知道什么是爱情的俏姑娘本是个天使，然而她怀着失望离开了我们，重新回到了属于她的世界。她把我们留在这个已被谎言、罪恶、仇恨以及充满了苦杏仁般淫荡的气息所笼罩的世界上，再也不会回来了。她放弃了对我们的救赎，没有人能改变什么，只有接受它的堕落并且与它一起堕落——“我不接受这样的说法！”在赌场里刚刚赢得一笔小钱、兴致勃勃的我的叔叔于勒不肯接受，他随口说了一句，“说不定她是魔鬼呢！要不然她怎么会那么漂亮，就连女人们都会心动、都会妒忌她呢？”于勒叔叔说得无意，但令他没有想到的是和镇上的悲观主义者对应，他的这一说法经过变化之后成为“魔鬼派”的说辞。在“魔鬼派”那里，俏姑娘依然具有天使的性质，不过在她成年之后魔鬼便找上她，让自己附在她的体内，吸引小镇上的男人们让他们神魂颠倒，丧失勇气、能力和希望。最后，仁慈的上帝不得不把她收回到天上去……

“她怎么会被魔鬼控制？不，这种判断充满了恶毒，说这话的人才是魔鬼！”“我们没有一个人在她身上看到过魔鬼的影子！”“说这话的人不仅是对俏姑娘的侮辱，也是对我们的情感的侮辱！他们在污染我们的天使！”

很快，小镇分成了各执一词的两派，为了表明自己的态度，他们甚至把自己的房子涂成了鲜明的蓝色或黄色，悲观主义者们组成联盟，他们坚决反对“魔鬼派”的说法，而所谓的“魔鬼派”也是如此。他们不仅在酒吧里争吵，而且把战火引到了大街上、斗鸡场和餐桌上。一家人也可能分别是悲观主义者派和魔鬼派的拥趸，所以有的房子会按比例涂有蓝或黄，它能清楚地标明这家人拥护悲观主义的多些还是拥护魔鬼派的多些。再后来，争执慢慢地升级，它甚至波及邻近的几个小镇，为了显示自己的正确和力量，两派的人张贴了标语，并且各自组织了声势浩大的游行……最后，两股力量就像是来自不同区域的寒流和暖流，不可避免地冲撞在一起。那次骚乱实在刻骨铭心，我的叔叔于勒和我的一个哥哥就是在那场骚乱中去世的。需要说明的是我的叔叔于勒在说过那样的话后就后悔了，所以在涂刷房子的时候他把属于自己的那一块儿涂成了黄色。但在骚乱开始的那一天，我叔叔又觉得既然是自己最先说了那样的话那就应当对它有所捍卫，于是他又跑到了“魔鬼派”的阵营中，并充当了走在前面的人。愿他安息，愿他在进入天堂的时候不会再那么混乱。

多年之后，小镇的分裂还是坚固的存在，被称为悲观主义者和被称为魔鬼派的人依然互不来往，他们的儿子和女儿也传染了这一疾病。大家似乎已经忘记了那个飞走的俏姑娘而只记得仇恨，大家似乎也忘记了那场曾经旷日持久的冲突是因为爱过一位飞走的俏姑娘而引起的。是的，小镇上所有的男人，都曾程度不同地爱上过俏姑娘，包括我在内。

第十四个飞翔的故事

第十四个飞翔的故事将关于亲情、遥远、疾病和即将到来的死亡——在我们小镇上，一个瘫痪在床的老人气息奄奄，将不久于人世。镇上的每个人谈起他来都会先叹口气，“这个好人啊。”“这个可怜的好人啊。”

是的，这个老人在年轻的时候就是一个憨厚的、乐于助人的人，而随着年龄的增长他的助人之心似乎还在增长。为在曲曲弯弯的山路上迷路的人们指路，他往往会放下手里的活，一路陪同走下四五里，直到人家重新找到了路径；偶尔路过的人上他的房里讨口水喝，他不仅会让你喝到水而且还会把新摘的瓜或野果送给你品尝。周围的人，无论是谁，家里有盖房的事、耕田的事、播种的事，需要劳力帮忙，他总会早早地到场根本不用上门去请……这个善良的老人即将走向生命的尽头，我们都知道，他还有一个未了的愿望。至少一个，瘫痪在床的老人之所以还在呼吸，多半是因为这个愿望牵住了他。

他有三个女儿。两个，就嫁在我们小镇上，常来常往，但他最最喜欢、最最宝贝的小女儿，却嫁到了一个据说很远的地方——那个很远的地方超过了老人所能想象的长度，也超过了我们想象的长度，要知道我们小镇上的人很少有人离开过小镇，我们对距离的计算时常是"十里八村"，它算一个很大的界线，在山区，我们对十里八村以外的世界只能是想象。老人当然从没有离开过小镇，他决定把小女儿嫁到那么遥远去的时候自己先哭了一场。

据说，据镇上认识老人女儿的人说，老人非常牵挂着这个女儿，而她走了之后就再没有回来，不知道是不是因为路途的缘故。据说，据镇上认识老人女儿的人说，他的两个女儿出嫁时都是被马车接走的，而这个他最最喜欢、最最宝贝的小女儿，却是坐在一辆驴车上被接走的，不止一次，老人和回来探望自己的女儿们说，"驴真瘦。我就没见过那么瘦的驴。"每次提到拉车的瘦驴，老人的声音都会变化，但他从来都是只谈瘦驴，他的女儿们也知道他想说的可不是瘦驴。

"怎么能帮到这个可怜的好人呢？"

"我们不能让他寒心吧？我们，能不能想想办法？"

需要承认帮助到老人、给他小女儿传递信息成了小镇上所有人的心事，没有一个人不想帮助这个即将离开人世的老人满足心愿，就连十几岁的孩子们也这样想。可我们没有任何一个人曾去过那么远的地方，何况，到那里去我们至少需要跨越一条凶险而宽阔的河，跨越三座凶险而高大的山——“时间已经不多了。我们怎样才能帮到这个好人？”

就在我们一筹莫展之际，一位仙人一样的道士来到了山上。他说，他在山下的时候就听说了老人的故事，也正是因为老人的故事他才赶到山上来的。“我先去看看老人吧。”

也不知道他们究竟谈了什么——只见那位瘦瘦的道士冲着老人点点头，然后打开自己带来的包裹，从里面拿出一个绸面的卷辐。他把卷辐打开，我们看见画心处只是一张白纸，上面没有画也没有字。道士念动我们听不清楚的咒语，然后将这个卷辐从高处覆盖下来覆盖到老人的身上，然后用手一指——瘫痪在床上、蜷缩在被子里的老人不见了，而那个卷辐的画心处多出了一个老人，他坐着，似乎正在闭目养神。

“看！是他！”

我们都能看得清楚，画心处那个盘腿而坐的老人就是刚刚在床上消失的老人，他的脸我们认得。道士并不理会我们的惊讶，而是慢慢地卷起卷辐，从床上走下，推开房门。

我们听见门外一声长啸。

等我们和老人的两个女儿也跟到门外的时候，老人和道士都已不见，没有了踪影。我们能看到的是一只白鹤飞在天上，正在穿越一道在阳光的照射下极为灿烂的云。

“看！是他！”

第十五个飞翔的故事

某天早晨，他从一个令人不安的睡梦中醒来，发现自己变成了一只巨大的甲虫。“啊，我怎么会这样！我怎么会遭遇这样的不幸！我还有那么多的工作要做，如果今天我不能按时到达办公室，如果因为我的不幸影响到今天的销售成绩……我可怎么办啊！”

他极为艰难地翻动着身子，多出来的腿根本不听他的使唤，它们简直是种累赘的装饰，而这装饰又那么难看。“天啊，我选了个多么累人的职业啊，日复一日地奔波，那么多的烦心事……”他终于从床上翻过身子，“我可不能迟到，否则老板会骂我的。他肯定想我是有意的懈怠……”

他看了看柜子上嘀嘀嗒嗒响着的闹钟。已经是——

他急忙跃起，飞速地朝房门跑去——或许是过于急躁的缘故，他竟然飞了起来，但这一发现并没有带给他安慰，而是惊恐：就在他惊恐自己怎么突然会飞的时候一头撞在了墙上。“哎呀头真疼。我怎么就会撞到墙上？一定是太急了，唉，为什么闹钟没有响？是不是它已经响过了，而自己却睡得太沉太死而忽略它了呢？不，没有道理啊，我睡得并不安宁，我时时都在想着上班的事就是在梦里也是这样……”

他再次跳起来，不，而是再次飞起来，他感觉自己在跳的时候其实是在飞。这一次，他又撞到了墙。“老天啊！”

这一次他感觉自己的头更加昏沉，“难道这四面的墙也会跟我作对？你们就不能放过我吗，我已经很急很累啦！”想着，他第三次第四次撞在墙上。“难道，你们还会凑上来给我制造不幸吗？”他试图揉揉有了肿块的额头，但哪一条黑黝黝的腿也指挥不动，它们和他想得很不一样。“我得走啦！下一班火车七点就要开，我只能用最快的速度才有可能赶上！”

一次，又一次，他还是反复地撞到墙，而且似乎是他心里想的“难道”真起了作用，四面的墙正在慢慢地聚拢，留给他的空间正在吱吱嘎嘎地变小。

一次，又一次。他听见外面有人敲门：是什么东西掉在地上了？

“不是东西。爸爸。是我，是我的头撞到了墙。我马上去上班，昨天的时候我已经想好了让新客户接受我的推销的思路……”他说着，不过他的声音听起来实在奇怪，就连他自己也听不清自己说的是什么。“我马上——哎哟！”

大约是撞得最狠的一次，他的头就像裂开了一般，耳朵里却是巨大的轰鸣声。慢慢收拢到一起的墙已经碰到了他的屁股，他感觉现在转身都有些困难。起来，开门！敲门声变得更急促也更不耐烦，你们老板打来了电话，询问你的情况。我不知道有什么理由能为你开脱……

“就好吧，爸爸。”

门，被从外面打开了，父亲惊讶地发现这扇门的里面紧紧地贴着一堵墙，房子和它的空间都消失得无影无踪。更奇怪的是他的儿子也不见了，他能看到的只是一只甲虫的形象被固定在门后的墙上，它似乎在飞，也似乎想钻到墙的里面去。

第十六个飞翔的故事

诗人的真实传记，如同鸟儿的传记，几乎都是相同的——我引用布罗茨基的句子是因为它让我联想起一个诗人的故事，一个属于传说的故事。

很久很久以前，爆发过一次意大利人和土耳其人的战争，战争旷日持久，以至于后来参战的士兵们早早出现了懈怠，仿佛那种旷日持久一直跟随着他们似的，仿佛他们经历过太多战场上的一切都了无新意。只有这个诗人不同。

只有这个诗人不同，他保持着惊讶和兴致勃勃。

上尉当然也注意到了这点，当诗人兴致勃勃地挖完一段新战壕，正准备将前面一个弹坑里的一截枯掉的树枝捞上来时，上尉叫住了他。“下士，是什么东西藏在了你的体内，让你一直这样兴致勃勃，难道你从来都不诅咒这场该死的、没完没了的战争？”

“尊敬的先生，这场战争，我早在心里、在我的诗行中诅咒过一万次啦！我相信上帝也读过其中的三四首吧。不瞒您说，我偶尔会感觉我的体内住着一只鸟，它要我记录下来，不肯让我错过什么。”

“一只鸟？这是你们诗人习惯的比喻吧？不管怎么说，我们部队里实在缺少你这样的人啦！你来当我的勤务兵如何？之前的那个，在昨天遭遇了冷枪。我允许你在休息的时候写诗，不过你的诗要拿给我看，特别是上帝也看过的那三四首。”

“好吧，听从先生的吩咐。”

勤务兵是一个悠闲的差事，至少在那段时间里如此，两支队伍在充满敌意和懈怠的氛围里对峙，只发生些零星的、不那么光明正大的战斗，这样的战斗多数不需要上尉和勤务兵的参与。空闲的时候，诗人写诗，上尉找过来阅读。

“你的身体里是住着一只鸟，”上尉说道，“难道，你不恐惧它的存在？你看看，你的这些诗中反复地提到黑色的羽毛，而这首诗，包括这一首《石头里面的死亡》，你竟然说从乌鸦的角度——你身体里住着的是只乌鸦吗？”

“我不知道。我只觉得类似，我感觉它是黑色的，尤其是在狂风起来的时候，那种感觉更为明显。”

“你不惧怕它吗？我是说，它的身上似乎带有一些……不祥的性质。我们的谚语里是这么说的。”

“相对于战争来说，还是它更容易接受些，是不是？”诗人回答，“诗人看到乌云，但并不招来乌云。诗人咏叹死亡但也并不会招来死亡。我们，更多地是保持了好奇的观察者而已。其他都是大自然的。”

上尉直了直身子：“我听不太明白，但基本理解了你的意思。好吧，无论你身体里住着的是怎样的鸟，总比空空荡荡有趣得多，尤其是在这个该死的雨天。它让我的骨头爬满了蚂蚁。这种时候，我就想不管不顾带着我的队伍冲到对面去，无论是怎样的结果……你得帮助我遏制这个念头。”

……在那场旷日持久的战争结束之后，上尉回到家乡，除了自己的平时日用他还带回了一大沓的诗稿。他说这是一位诗人写的，他要替这个诗人将它们发表。至于那位诗人——他死啦。我是亲眼看见了他的死亡，因为他是我的勤务兵一直离我很近，当子弹打中他的时候我甚至听到了穿过身体的“砰”！子弹穿过的是他胸口的位置，那里被打开了一个洞。我亲眼看见，一只乌鸦从他胸口的洞里钻出来，抖抖羽毛，朝着很远很远的地方飞去——有一支步枪不断地朝它射击却没有打到它。

上尉在报馆里发誓他所说的都是真的，没有一句谎言，但没有哪个编辑会真正地相信。他们认为上尉就是诗人，诗人就是上尉，持久的战争让上尉产生了幻觉，他将自己分成了两半——一半是军人，是上尉，而另一半则是一个身体里住进了乌鸦的诗人。

对于编辑们的猜测，上尉极为愤怒："你们不了解那个诗人，因此，你们也不配发表他的诗！我宁可将它们撕碎，也不会留给你们！"说着，狂怒的上尉竟然真的那么做了。

写有诗行的纸被撕成碎片。

就在愤怒的上尉将它们撒向高处的时候，它们突然变作羽毛，纷纷扬扬。

第十七个飞翔的故事

第十七个飞翔的故事将涉及一个被囚禁的国王，他被自己的儿子囚禁于一个四面环水、戒备森严的小岛上，每隔三两日的时间，陆地上的侍卫和太监会划船过来送上食物和纸张，再由岛上的士兵们送进去。

这一日，士兵们为囚禁的国王送来了食物、纸张和一双旧鞋子，同时送来的还有一只鸽子——而当士兵们退下，这只鸽子跳落到地上，翻滚了一下：地上的鸽子骤然消失不见，多出来的是一个道士。他正在解开绑住自己腿的绳索。

"你是谁？"

道士告诉国王，你不要怕，我不是来害你的，绝对不是。我是被派来救你的人，至于被谁派来……你仔细看看这双旧鞋子就知道了。他在南方等着你，只要你一到，他和他的部队就会护卫着你杀回京城。

"你看看现在的情况……我根本不可能出去。"

道士笑了笑，从怀里掏出一粒药丸。他告诉国王，如果直接从大门里走出离开这座小岛当然不可能，这一点派他来这的人当然早想到了。但不是没有办法。办法是，国王含住这粒药丸，不出片刻，就会变成一只鸽子——道士就是变成鸽子才进来的。国王变成一只鸽子，就可以轻而易举地飞离这个小岛，没有谁会注意到他的存在，何况，侍卫和太监里有我们的人，他们都希望老国王能重新掌管这个被他苦心经营的王国。只有他，这个王国才会避免深重的灾难。

“可我……在这半年里，我仔细地回想我的所作所为，”囚禁的国王摇摇头，“不说这个啦。我觉得我自己很失败。也许我的儿子比我会好一些。”

不会的，你不知道外面发生了什么，你不知道，你的儿子都做了什么。这样，你出去之后再做定夺吧，我只负责我的这部分，就是把你救出去。你总不会甘愿被囚禁在这个荒凉的岛上，这样耗尽你的一生吧？

“当然不。”国王伸出手，抓住道士放在桌面上的药丸。它有种苍翠感，里面仿佛有一道深不见底的深渊。被囚禁的国王张开嘴，但他在将药丸放在口中的那一刻出现了犹豫，他，缩回手来，继续盯着药丸仔细地看。

这时，埋伏于院墙之外的弓箭手们都在屏住呼吸，朝着上方紧张地张望。他们接到的命令是，绝不能让任何一只鸟飞离岛上的天空。

第十八个飞翔的故事

你姑姑是一只飞在天上的鸟——我父亲这样说他的妹妹，用着那种包含复杂的语气。我父亲的意思是，姑姑总在过着一种“飘在空中”的生活，她不肯落地，也不肯安闲。父亲的语气里有不屑也有羡慕，甚至还有骨肉相连的同情，我以为。

在十九岁的时候姑姑就成了一只鸟，她刚刚毕业，从学校回家，在汽车的颠簸中她迅速地发展了自己飞鸟的性质，爱上了那个和自己搭讪并将自己的座位让给她的男人。她和家人说出自己的决定——可以想见的是她必将遭受全家人的围攻，没有人能接受她跟着一个只认识了十几个小时、基本一无所知的男人结婚，这实在是匪夷所思，尤其是我们那样要脸要面的传统家庭。但没有人说服得了我的姑姑，她那么瘦小却又那么坚毅，一个念头生出来就仿佛是在木头里钉入一颗钉子，单凭手的力量实在难以将它拔出。没办法，爷爷只好将她锁在偏房里，试图让她的想法慢慢生锈、变弱，至少可以让等不到她的男人消失……可是我的这个姑姑却“突然地变成了小鸟，飞走了”。

姑姑并不能变成真正的鸟儿，她也不曾飞走，她是被那个寻她而来的男人从偏房里救走的——后来她的来信中证实了这一点。她说她过得挺好的，尽管那个男人家里很穷，还有一个瘫痪的父亲。“我们已经结婚。如果你们真的像你们说的那样为我好的话，能不能给我寄点钱来。”

关于给不给她寄钱家里爆发了激烈的争执，争来争去也没有结果，然而在姑姑的第二封信中表示她收到了家里的钱，虽然少了些。“山上有许多的鸟儿，它们太吵了。不止一次，我看到蛇张大它的嘴去吞下鸟蛋。苍蝇根本不怕人，它们会叮在衣服上，你伸出手指来赶它们也不走。”第二封信只谈了鸟儿、一种紫色的野果、蛇和苍蝇，没有提到她嫁的男人，也没有提他的父亲。“她是不是和他吵架啦？是不是受了气？是不是想回来？”奶奶很是焦急，她不断地埋怨我的爷爷、父亲和四叔，越说越来气，直到我爷爷把她按在墙角用床柜撞她的头才停下。姑姑的第三封信来了，她说她挺好，一家人都挺好，她正准备要一个孩子，“山里的孩子太皮了。他们的脸色都那么黑，赤着脚跑，好远就能听到他们跑来跑去的声音。”

我们以为她会安顿下来，我们以为，她会生一个或几个孩子，从此成为遥远的山里人，我们以为她会在孩子一两岁的时候返回来探望一下自己的父亲母亲，她在信里也是这么说的。可是，她总没有孩子。也总不回来。我父亲给她写信说要去看看她，已经做出了计划，她却表示“你们不要来，谁也不要来。我这里挺好的，但日子有些寒酸。我不希望你们看见”。接着，她在信里再次谈到山上的鸟儿，吞鸟蛋的蛇和苍蝇们，还提到一种生活在树枝上的蛙。“它们的颜色和树叶一模一样，但它们的眼睛太大了。如果不是大眼睛，你根本发现不了它们。”

我们以为她已经安顿下来，爷爷和奶奶也已经接受她那样的生活，虽然牵挂着，不断地牵挂着，这牵挂让他们的身体都生出了漫长的根须——然而姑姑突然就回来了。她一个人。

没有人知道她遭遇了什么，为什么有了这样的“变故”。她倒是坦然，她说她在那个山村里过得挺好，挺不错，就是累了些，那个男人对她也很好，“我只是对他没有了感觉。没有了感觉，你知道吗，就像你天天和一块木头睡在一起。我受不了自己的下半生交给一块木头。”

离了？

离了。

也就有两三天的疙疙瘩瘩，爷爷和奶奶接受了这样的结果，也不错，要不然她会一直穷下去的，而且也没有孩子。挺好的，就这样吧。奶奶开始为姑姑谋划之后的生活：找一个怎样的工作，嫁一个什么样的人……我父亲真的为姑姑找到了一份乡村教师的工作，虽然是临时的。成为乡村教师的姑姑焕然一新，完全不再是她刚刚回来时的模样。看得出，爷爷和奶奶，还有我的父亲，都为她的变化高兴。不久，她的爱情也来了。

这一次，她爱上的是一个理发师——在我们的小镇，那时还没有所谓的“理发师”这一称谓，我们只叫他们剃头师傅或剃头匠，十几年后我爷爷提及那个男人还称他为“剃头匠”：我的姑姑爱上了那个男人。姑姑的爱从来都具有一种燃烧的性质，之前如此，之后还是如此，几乎没有谁能够抵抗这样的燃烧，何况她的身上还有一些更灼人的东西。这是据我所知我姑姑的第二场轰轰烈烈的恋爱，她再次遭到了全家的反对，原因是，这个剃头匠有自己的妻子并有一个孩子。“你这是做什么！”奶奶用她的手用力地捶打着姑姑的后背，她的背那么坚硬。

说它轰轰烈烈并不过分，剃头匠的妻子来找过我的爷爷奶奶，带着她和剃头匠的儿子，这样的事件在小镇里并不多见，它本身就足以沸沸扬扬，何况，我的爷爷还带着我父亲和四叔，以及诸多本姓的人砸毁了剃头匠的理发馆。这，又是一个沸沸扬扬的事件，就连我都能感受到它沸沸扬扬的热度，那一年我才八岁。

不过，种种的沸沸扬扬却仿佛与我的姑姑毫无关联，她用一种特别的、“恬不知耻”的方式搬出家门，和剃头匠同居了。“恬不知耻”是我父亲用给她的词，他一口气说了七遍，但我的姑姑还是恬不知耻地搬走了她的物品。没有什么能阻止她的决心，天塌下来不能，地陷下去不能，就是所有的大山都沉没于海洋也不能。“以后，你再也不要进这个家门。”奶奶哭着追出来，她把一双没做好的鞋依次摔向姑姑的后背。“以后，你可别后悔！”

五个月后我的姑姑不辞而别，一时间没人知道她的去向。剃头匠跪在门前，他哭成了一个泪人儿：她走啦，你们能不能找到她，我不能没有她，我已经什么都没有啦。我为她做了一切事，可她说对我已经没感觉……我要找到她，求求你们，给我她的消息吧。

我父亲训斥他，四叔跳出来狠狠地踢他，爷爷甚至挥动了鞭子——但那个剃头匠只是一个劲儿地哭泣，似乎感觉不到疼痛。奶奶出来，她推开我的爷爷，推开我的四叔，竟然拉着那个剃头匠的手哭出声来，但没有人听得清楚她说的是什么。“我这个姐姐，”四叔使劲跺了一下脚，“真拿她没办法。”

我们没有姑姑的消息，很长时间都没有。这个剃头匠后来还来过几次，我四叔成了他的朋友。“要是有了她的消息，我一定会给你的。不过你也不要再想着她了，她……她落不下来，她的满脑子都是些什么东西啊。”剃头匠告诉我四叔，为了我的姑姑，他离了婚，抛弃了原来的生活，和自己的父母断绝了关系，重新在县城里租下房子，可是她突然就走了。“我不怪她，无论如何我都不怪她。我没有怪她的理由。”

剃头匠自杀过一次，好在他有了我四叔这个朋友，是我四叔发现的他，将他送到医院。“真是作孽。”饭桌上，四叔斜着眼睛看着我的奶奶，当时他正因为一点家务事与奶奶闹着别扭。“她怎么成了这样一个害人精。”

后来的来信中姑姑辩解，她没有想到这样的后果，也不愿意去想什么后果，她说自己和剃头匠说得清清楚楚，两个人好着的时候、爱着的时候她会奋不顾身，现在她觉得她被耗尽了，于是就选择离开，她不离开，自己就会崩溃掉，那样对剃头匠也不好。没有任何的好处。最好的解决方法就是，两个人在还有感情的时候分开，偶尔有点牵挂和念想，总比成为仇人要好得多。“我和那个人，就成了仇人。现在想起来真是后悔。”姑姑在信中告知我的父亲和四叔，她现在又有了新的感情，这个人是个商人，她和他是在酒吧里认识的。“他坐在一个角落里，坐得很深，灯光完全打不到他的身上。但就是那时，我注意到了他。他一个人坐着的样子让我心动。”

不会超过半年。我父亲断言，他说我的姑姑就是一种感觉动物，更像是……没头的苍蝇。她根本不考虑以后会怎样，只求一时的痛快。你姑姑是一只飞在天上的鸟——父亲就是在那个时候对我说的，他的语气包含复杂。我知道，那时候他和我母亲正在吵架，他甚至在酝酿是否搬出去住。“你们一家人，都是一路的货。”我母亲丢过来一句，她的语气同样包含复杂。

事情并不像我父亲想的那样，姑姑的恋爱超过了半年，她试图拥有一个自己的孩子，在信中，她向我母亲询问育儿的秘诀——那时候，电脑和网络在乡镇里也已普及，然而姑姑非要写信，她不肯用网络电话也不肯用 QQ。在信中，我父亲可能对姑姑说过他的“不超过半年”的预测，所以在半年之后姑姑的来信中第一句就是：我们在一起已经七个月了，一切都好，一切都像刚刚开始那么新鲜。“她是，看上了人家的钱。”父亲有了第二个断语，“要是他没有钱，哼。”然而事情再次表明，我父亲的想法是错误的——

一年之后，姑姑中止了和商人的关系，她从商人的房子里搬了出来，并没带走他的任何东西，她并不在意那些财富——至少在信中她是这样说的，“我不能容忍我的身边睡着的是一块木头，我不能接受这样的生活。”

……现在，我的这个姑姑已经五十一岁，她依然过着那种飞鸟一般的生活，从这一点飞到另一点，从这一座城市飞到另一座城市。我们不知道她的归宿，尽管她在慢慢地变老。

第十九个飞翔的故事

一个喝醉了酒的父亲在追打他的儿子。儿子一边跑还一边惊恐地回头。

“妈妈”，他喊了一声——他没有妈妈了，他妈妈早在半年前离开了他们去了南方——醉醺醺的父亲当然听到了儿子的呼喊，这让他更为愤怒。

他抄起一块石子砸在儿子的后背上。然后，加快了速度。

儿子在前面跑，他的呼吸里满是惶恐的气息，池塘边的路人、晒得发干的柳树以及被惊起的小虫都能闻得到。“妈妈，妈妈”，他几乎是在哭。

他的声音更让父亲变了脸色，父亲的脚步也挣脱了酒精的纠困，他又拾起了一条小木棍。

池塘。前面依然是池塘，这个孩子已经没有了路。他回头，醉醺醺的父亲带着明显的阴影追上来。“妈妈——”

儿子喊了一声，跳进水池。父亲跑过来时他正在挣扎，正在用力——“回来，你快给我回来！”父亲用了自己最大的气力。

可儿子并没有回头，而是挣扎着朝向更远处：他慌乱的动作就像是一只被狗赶到水里面的鸭子。是的，他在水中变成了一只鸭子，扑腾着扑腾着，仿佛水里面有无数的钩子在拉扯它让它难以飞起。

开始的时候，儿子的叫声还是“妈妈，妈妈”，但随着腾空，他的叫声就是“嘎嘎，嘎嘎”——父亲看着他，一只鸭子，朝着远处飞去。

“你……”这时轮到父亲悲伤了。他在池塘边蹲下来，望着远处，突然抽动着肩膀大声地哭泣，那时刻，他就像是个孩子，刚刚被追赶的、走投无路的孩子。

第二十个飞翔的故事

一个幼小的神灵运行于水波之上。他急匆匆地赶路，看得出，他对飞翔的技巧还不够熟悉。这时，水流骤然变得湍急，一阵美妙的歌声从礁石的背面传来。

幼小的神灵抵挡不住，他只好默默地跟着水流朝歌声传来的方向飞去。看到他，塞壬们停止了歌唱。“你是谁，你来做什么？”这个幼小的神低下头，向塞壬们行礼，“我是刚刚成为神的一个……我原来的名字叫……”塞壬们用笑声制止了他，“我们不关心你是谁，没关系，来到我们这里的神仙和英雄实在太多了，他们都流连着不肯再走。我想，你也留下来吧，让我们慢慢地了解，这里可是一处让人心醉的福地……”

“不，我必须走，我还有事要做。我接受命运的旨意去帮助特洛伊的居民，让他们少受些苦。”“可你还这么弱……要知道，参与到战争中的都是奥林匹斯山的大神，你改变不了任何一件事。”

“我知道自己很弱，”幼小的神灵咬了咬自己的嘴唇，“但我必须完成我的使命。哪怕它根本改变不了什么事。”

“你不会走的。”一个塞壬弹起了竖琴，而另一个，则跃到高处跳起曼妙的舞，第三个塞壬则让自己的声音变成另一把竖琴，这个幼小的神闭上眼，伸出两根手指堵住耳朵：“请求你们放过我吧。我承认自己很想留下来，但有个声音告诉我不能。”

他继续在海上飞翔，就像是一只海鸥那样，他加入到海鸥的队伍中，似乎海鸥们也把他当成是队伍里的一员，把各种飞翔的技能演示给他。突然，一只金色的天鹅挡住了海鸥的路。

“你是谁？你要去哪里？”

气喘吁吁的神灵低下头，向已经现出真形的、高大的神灵说道："尊敬的大神，我是一个刚刚成为神灵的……我原来的名字是……"

"算了，"高大的神灵挥了挥手，一排海浪朝着他的胸前涌过来，"我知道了，虽然我没兴趣知道。我还知道你要去特洛伊，是吧？是我的姐姐派你和我作对的，是吧？"

在海浪的压迫下，那个幼小的神灵显得更为幼小，他的声音变得尖细："尊敬的大神，您是伟大的阿波罗？不，我不是受到您姐姐的遣使，不是。伟大的雅典娜女神可瞧不上我这个小神。我只是……"

"只是什么？"巨大的海浪已经将幼小的神整个罩在了里面，"你根本没有力量和我对抗，我完全可以把你撕成海面上的浪花。我劝你还是回去吧。当然，我也不会让你就这样回去，我会送你一项你求之不得的神力，并且可以享受凡人们敬奉我的某些供品……"

"受人尊敬的伟大的神，您开出的条件实在太优厚了，我几乎拒绝不得。您知道，我的心正在交战。可是，可是……我不能那么眼睁睁地看着特洛伊的居民受苦，虽然我在之前也并不是特洛伊的居民。我，我……"

海浪翻滚着，在小神的面前形成一堵旋转的墙。"最好你接受我的条件。不然，你再向前一步，我就会让你成为瞎子，我不会让你眼睁睁地看见特洛伊城和他的居民的，但你听得见他们的哀号。"

……瞎掉的、幼小的神灵继续运行于海上，他听从自己内心的指引朝着特洛伊的方向飞去，在他周围，是一群沉默的海鸥。突然间，海鸥们尖叫起来。

"你，停下。"小神听见有个洪亮而威严的声音在他前面呼喊。他停下来，低下头向声音传来的方向鞠躬，"尊敬的大神，向您的力量表达我的敬意。我的眼睛已经瞎了，所以我很冒昧地问您，您是哪一个？”

“海神。”那个声音激起了一排冷冷的海浪，幼小的神灵不禁打了几个冷战。“你马上离开这里，我不会让你到达特洛伊的。在这里，我的命令就是最高命令，我的话就是命令。否则会有你好看。”

幼小的神虽然眼睛瞎了，但从他的眼眶里还是涌出了泪水。“尊敬的、伟大的海神，我知道您的法力，我在还是一个人的时候就已清楚地知道。您的命令让我的身体和心都跟着发抖，您知道我从一个普普通通的人成为这样一个小神是多么地不易……但我内心里还有一个声音，在说……”

他看不到怒不可遏的海神。只见海神用力地挥动他的三叉戟，幼小的神的话语被打断了，他被海神的力量击成小小的碎片。

这些碎片，就像是落下的羽毛，或者比羽毛更轻。

海鸥们驮着它们，没有重量的它们，朝着特洛伊的方向飞去。这时，它们已经能够听到来自特洛伊的哭喊，以及燃烧的烟。

第二十一个飞翔的故事

尤利安做过一个奇怪而清晰的梦，他梦见自己飞行于水上然后一直升过了山顶，在那里阳光灿烂得让人睁不开眼睛，但他感到的却是“舒适感”，一种从未有过的舒适瞬间笼罩了他的全身。这时，光芒中的众神之神宙斯向他现身，并把自己的手放在了尤利安的头部——激动不已的尤利安哭泣起来，他百感交集。

从这个奇怪而清晰的梦中醒来，正在行军中的尤利安决定接受君士坦提乌斯使臣的加冕，也就是在那个时刻，尤利安将军才正式成为尤利安王。也就是在那之后，尤利安王出奇地“爱上了飞翔”。

他在自己的王宫里建立了一座巨大的“鸟巢”，有三座宫殿的面积。尤利安王叫人从西波斯、马其顿、巴比伦以及卡普里岛购买各种鸟蛋，由七个犹太人负责为他孵化——他们当然尽心竭力，即使如此还是会有一些鸟蛋无法从中变出一只鸟来。不过，能够被孵出的鸟已经足够奇观，它们携带着刚刚长成的五彩的羽毛围着犹太人的食槽争食，一旦被人惊扰，它们就会色彩斑斓地飞起来，看上去就像一片片急促的云——充当惊扰者的往往是尤利安王，他每次到来总是先躲在一旁，然后令人向食槽内倒入食物……

他还命令大臣们、侍卫们为他推荐能工巧匠，为他建造“能够飞翔的器械”：无论是木质的、羽毛的、钢铁的都行，只要能飞起来就行。“你们，都听说过伟大的匠人代达罗斯吧？他被困在国王的迷宫，却用鸟的羽毛、蜡和树枝造出了翅膀……我相信，我们的工匠也能。”

先后有数千名工匠被招至尤利安王的城堡，负责为他建造“飞翔的用具”。他们制造了有翅膀的车辆，据说是按照阿波罗的太阳车设计的，可是这辆非常非常漂亮的车却始终未能飞离地面，最后它不得不被安置在底格里斯河一侧的阿波罗神庙里，和阿波罗的神像放置在一起。他们还制造了一种有长长的背鳍、能够钻入水中的“飞鱼船”，它的灵感来自海里的飞鱼同时也来自尤利安王的梦，因为他曾梦见自己飞行于水面上——然而这条蓝色的飞鱼却在下海的三分钟内便沉入了水底，同时沉入水底的还有四名负责建造“飞鱼船”的工匠。工匠们还设计了一种巨大的投射器，制造了翅膀并粘有羽毛的鸟形飞车作为投射的“石弹”投向远处——可以想见，承受着那么大的惯性和冲力的鸟形飞车在落向地面的时候会是怎样一种粉身碎骨：目睹了此景的尤利安王异常愤怒，他决定处死负责工程事务的大臣，同时处死的还有十一名工匠，因为他们也参与了这一制造。

他们制造了木质的飞龙，他们制造了用鳄鱼的骨制成的“咬鸟”，他们制造了有旋转的桨叶的“胖子甲壳虫”，他们制造了……然而结果都让人懊丧：没有一种“工具”能够自己飞起来，更不用说飞行于水上了。

多年之后。终于，有七个工匠合力“发明”了一种能够飞起来的“工具”，它的原理很接近时下使用的那种“热气球”，不过它没有可以控制上升与下降的“加热器”：它的加热装置是装在铁桶里的木炭，只能一次性使用——

它，完成了尤利安王任务的前一半，这个名叫“加利加利”的飞行装置是真的能够飞起来的；但它无法做到尤利安王任务的后一半，这个飞行装置没有平安着陆的可能，迎接它的只能是飘到一个不可预知的高处，然后坠毁。这个飞行装置当然不能使尤利安王满意，但是它却有着用处——很快，尤利安王就爱上了这个用处。

它的用处是：凡是尤利安王所不喜的大臣，帝国的叛徒，名声显赫的被俘者，让尤利安王感觉愤怒的、不贞的王妃或者是什么人，都可以用“加利加利”将他送到一个陌生的或莫名的去处——没有人知道它会飘出多远，最终在一个什么地方坠落。尤利安王迷恋的是不确定性，他觉得这种惩罚远比把某个人绑在什么地方杀死、用石头砸死、钉在十字架上晒死，然后再将尸体埋藏起来更有威慑力一些，也更不确定一些。“也许，伟大的宙斯会在你飘到天空中的时候为你松绑，那样，我会接受他的安排，解除对你的所有惩罚，并重新安置好你的去处。后面的事，就交给伟大的宙斯来确定吧！”

是的，尤利安王迷恋上了这种不确定的惩罚，这种飞在天空之上的惩罚：他命令他的工匠们全力以赴地赶制“加利加利”，他需要它们，他需要更多的它们。一个有偏见的基督教作家在他的笔记中说，

“这个有着奇怪的歪脖子，身体前倾，时不时抖动双肩，眼神粗野，走路摇摇晃晃，说话结结巴巴”的大个子国王，真的迷恋上了“加利加利惩罚”，自从有了“加利加利”之后，尤利安王变得残暴起来，他每天都在使用“加利加利”，每天都在催促：“快，还有那么多人需要交给加利加利，你们的懈怠已经影响到我的判决……”一时间，尤利安王身边的大臣、王妃、侍卫和工匠们无不提心吊胆，他们不知道哪一个“加利加利”会带走自己，飘移到什么地方才能落下。

公元363年4月。尤利安王开始一场规模并不大的征讨，他带领自己的兵马进入到波斯。按照他的预计这样的征讨最多用时三个月而且能一直打到一个他所陌生的“远处”——然而事与愿违，战事并不顺利，尽管他有充足的兵力和粮草，却在底格里斯河的右岸陷入了困境。“加利加利”也无法恐吓住毫无斗志的将领，他们不得不败下阵来，于6月份退回到犹太人控制着的耶路撒冷。在萨马拉，尤利安又做了一个奇怪而清晰的梦，他梦见自己飞行于水上然后一直升过了山顶，在那里阴云密布电闪雷鸣，让他感觉自己在不停地战栗。这时，阴云散开，众神之神宙斯向他现身，并把自己的手放在了尤利安的头部——激动不已的尤利安哭泣起来。他百感交集。他忽然想起自己五岁的时候，君士坦提乌斯命人杀死了自己的父亲母亲——那个场景，竟然在梦中出现，竟然是那样地清晰、真切：要知道，杀人的时候他并不在现场，而是被君士坦提乌斯接进了王宫，可梦中，他仿佛是一个在场者，只是宙斯阻挡了别人对他的发现。

尤利安百感交集。他叫人从河里打来冷水，洗去他眼睛里的眼泪，正准备吃掉刚准备好的早餐的时候忽然有士兵来报，说附近的树林里发现一小股行踪可疑的敌人，不知道是阿拉伯士兵还是反对他的基督徒。“走，我们去看看。”尤利安王走出房间后又返回来，他看了一眼自己的早餐又走出了房间。

只是一次很小的冲突，而尤利安王的部队占有明显的优势。尤利安王冲过去，奇怪的是他的军士们竟然给自己的国王让出了一条通道，让他径直冲到了敌人的面前：慌乱中，他们谁也没想到要为国王抵挡。

一个士兵的长矛轻易地刺进了国王的身体。据说尤利安王试图将长矛拔出来，但他却因此扯断了自己的手筋。据说，同样是那位有着强烈偏见的基督教作家写道，尤利安王的最后遗言是：你征服我了，加利加利人。

这句遗言并不可信，它本身即带有偏见的性质。有时，偏见会……我们不谈偏见的问题。

好吧，接下来继续说尤利安王。在他失血过多、陷入昏迷之前，他的卫队长下令将最后的“加利加利”运送到国王的身边，点燃了木炭：尤利安王是最后一个被“加利加利”这种飞行装置带到空中去的人，他消失在不确定之中，慢慢地缩成了一个微小的点。

第二十二个飞翔的故事

“从那些有过濒死经验的人的叙述中我们可以看到，似乎确有一个灵魂的存在，它会在人进入到死亡（有时是种‘假死’）时从自己的身体中飞出来，慢慢上升，一般而言它只会上升到房间的天花板的位置，看到明晃晃的灯。

“它会看到医生和护士的忙碌，看到家人们悲戚的面容。它也会看到自己，那个自己其实已经是尸体般的存在。有些灵魂会走得更远，这个远既是距离上的也是时间上的：它会走到一条由光铺就的道路上去——越走越远，但却没有尽头。这时，如果不是某种的‘意外’，灵魂也许会一去不返。

“而所谓的‘意外’，就我所搜集到的资料，往往是‘被呼唤’，被家人或者医生喊出名字，而灵魂听到了。在我所搜集的三百四十份资料中，75% 的有过濒死经验的人这样叙述。而另外的‘意外’，则出于牵挂、重击或者灵魂自己感觉到悲痛。而这其中感觉遭受重击的人不足 2%。

“由此可见，医生或者家人的‘呼唤’是把某些濒死的人从死亡中重新拉回的重要原因。再加上出于对家人或某些事物的牵挂……似乎可以部分地认为，当灵魂感觉自己仍被需要的时候，它们才更有重新回到人世间的可能。”

麻醉师简方明在他的记事本中平静地写下，在写到“呼唤”的时候，他突然感觉自己的胸口仿佛被什么东西按了一下，并不重，并且飞快地松开了。“灵魂”？他笑了笑。说实话他并不信什么灵魂说，而之所以做这项“研究”完全是出于……“无聊。减压。让自己从工作中小有解脱。胡思乱想的需要。游戏的需要。不那么正经地完成些什么的需要。以及……”这样一想，原因其实挺复杂的。简方明使用删除键将自己刚刚敲上去的原因一一删除，然后，重新回到他原来的记述之中。“重击，属于外力，物理性的，有这类经验的往往是患有心脏疾病或心脏机能受损的病人，电击或者人力的按压可以使他的心脏恢复工作，而非心脏类疾病濒死的人则没有这样的经验。

“几乎所有的有过濒死经验的人都在灵魂出离身体飞到高处的时候见到了夺目的强光。他们会上升，融进那种强烈的、白色的光里去。还没有一个人说他进入的是黑暗，即使他的濒死时刻是在深夜。为什么是光？这光从何而来？这是一个需要细细追问的问题。灵魂所看见的这种光应当不是自然界的可见光，吉尔福德对此的论断经不起推敲，有些例证明显在他谈及的范围之外。这种光，从自觉的角度它似乎是灵魂的自带，不过它能用多久会慢慢暗淡、消失则不得而知。所有濒死的，又回到生命的人都不会把光耗尽，这种光在什么时间耗完只能由已经死亡的灵魂做出解答——可它们是不会说的。

“我还注意到一点：所有‘飞翔在空中’的灵魂都没有谈及过疼痛、窒息或者什么的，哪怕它们的身体在前一刻还在经受这些。它们没有痛感和属于肉体的种种不适。多数的（91% 左右）有过濒死经验的人谈道，他在上升到房间屋顶的高度的时候，望着下面的忙碌和亲人们的悲戚，完全没有悲痛感和恐惧感，12% 的人甚至有某种欣喜。他完全像是在看一件与己毫无关联的事件。

“在灵魂出窍、独立于肉体的那一刻，它的情感因质似乎经历了截然的斩断。这种斩断使得灵魂不背负重量，才得以上升和飞翔。它似乎是在提示，牵挂、疼痛、悲哀等等情感是‘灵魂的负重’，它会把灵魂下拉，而欣喜则不是。欣喜是灵魂在出窍的时分‘自己’的感受，它不属于从身体中带出的。好吧，它似乎是在提示，出窍之后的灵魂是一个全新的状态，它一旦离开就会蜕掉旧壳。之所以‘呼唤’和牵挂会起作用，是因为灵魂没有完全地蜕掉旧壳。所以，旧壳又重新拉回了它。”

写到这里，麻醉师简方明又一次感觉自己的胸口仿佛被什么东西按了一下，并不重，并且飞快地松开了。他望着窗外。明媚的阳光显得极为夺目，两只鸽子飞过了医院办公楼的屋顶，朝着远处飞去。

他想起，三个月前，他拉着妻子的手。看着她，平静地走进自己的死亡。她是否有过类似的濒死经验？如果自己呼唤一声，两声，结果会是如何？

第二十三个飞翔的故事

他说，我梦见你了。我梦见，你刚从一栋看不清高度的大楼里出来，努力显得坚强、高傲，但我能看出你的摇晃。你伸手打车。突然间，就下起了雨。

他说，你打不到车。没有车也没有人。只有雨，越来越厚，越来越暗。

他说，我也不知道怎么就梦到了这样一个情景……我竟然还很着急。可我被阻隔在雨的那边，没有翅膀飞不过去。

他说，我怎么会做这样的梦呢？醒来后我就想，可我想不清楚。你知道吗，你在梦里显得太……太无助了。我不知道怎样能帮到你，我心里那个急啊。

他说，现在，我也不知道怎样才能帮到你。我无能。我一直感觉自己是个无用的人，一直是。我其实是知道的，可是……我觉得我给不了你什么，所以。

他说，在更早之前，我还梦见过你一次。是一个酒会。你处在核心。是的，你处在核心。可是，我梦见的却是你在哭泣，所有的人，都在旁观着你的哭泣。

他说，我梦见我就在酒会上。我想推开那些旁观的人，走近你，可是他们根本推不开，就像流水一样，我推开的缝隙马上就会合拢。我想叫你，可是我发不出任何的声音来。是的，就是这样的梦。

他说，我在这段时间里梦见过你两次。就这两次，都是这样的……梦。

他说，我也不知道为什么。我从来没有想到过你会——真的，我很仔细地往回想，我发现我从来没有设想过你会在众人面前哭泣，也从来没有设想过你会淋雨，打不到车……我没这样设想过。

他说，我觉得你应当好，应当过得好。我可不想你有什么倒霉的……

他说，要知道你会遭遇到这事儿，会这样……我应该早回来的。我宁愿这样的事发生在我的身上。我会让自己插上翅膀飞回来，把你推开——

她终于醒来。她一醒来，就看见了站在床边的他。

她说，我梦见你了。我梦见，我从一栋看不清高度的大楼里走出来，外面下起了雨。

她说，雨很大。但我不想回去，我不知道在梦里自己怎么会那么决绝。我对自己说，就是感冒了，就是发烧我也不回去，绝不！仿佛那栋大楼里住着魔鬼似的。可我想不起发生了什么，自己是怎么从那里出来的。

她说，我很无助。没有一辆车在雨中停下，我伸着手，自己都觉得可笑。就在这时，我梦见你了。我梦见，你像超人那样，披着一件灰色的风衣，从远处飞了过来。见到你飞过来的那一刻，你知道我有多欣喜吗？我冲着你招手，呼喊着，可你似乎并没有听见。

她说，我梦见，你朝着另外的方向飞去了。就在我绝望的时候，你回了一下头。

她说，你看见我了吗？我不知道，因为，梦在这个时候醒了。

她说，我还梦见过你。我梦见，我非常非常地伤心、懊恼，具体的原因是什么记不清了，但伤心的感觉我却记得清楚。而且，我觉得自己很丢脸。

因为，我是在一个酒会上，旁若无人地哭泣起来的。

她说，我真想找个地缝钻下去，真的，我不想在众人面前那样，可是我控制不住。我哭着，突然发现你也在，用一种奇怪的表情看着我，就像看一个陌生人一样。你这么看我，我就哭得更伤心了。

她说，就在刚才，我还梦见了你一次。我梦见自己的身体莫名其妙地飞起来，我自己也不知道它会飘到哪里去——它飘飘荡荡，完全不受我的控制。我被自己吓到了。好在，这时，你抓住了我的手。

她说，就像刚才那样。

她说，我的心，才算落回到肚子里。

第二十四个飞翔的故事

一个很古老的故事。因为年代久远的缘故，我只好依靠故纸堆中的只言片语来复原它，需要声明的是，因为记述的相关文字太少，我写下的这些可能和事实小有出入。故事发生在汉代，元狩四年，也就是公元前 119 年——那一年，爆发了一场汉人与匈奴人的惨烈战争。

这里要说的是，霍去病的一支三百人的部队。他们随着大军出代郡，一路奔袭，行走了大约两千公里的路程——在漠北的一场战斗中，他们被冲散，等这些大汉的军人在几天后赶到集合地点，三百人仅剩下一百余人，以及七十几匹马。粮草的问题还不是大问题，最大的问题是：他们和主力部队失去了联系。

主力部队去了哪儿？战士们众说纷纭，他们指出了七八个方向，第二天，这七八个方向则又变成了十几个，二十几个。几位将领协商了许久，他们决定继续向狼居胥山的方向进军，在出发前霍去病将军曾反复地提醒，他们要尽可能地打到那里去——对，去狼居胥山！

这一去，就是一个多月的时间。问题是，一路上他们没有打听到任何关于汉军的消息；问题是，他们走出了一个多月，竟然依然没有走近狼居胥山——或许，他们在草原上就迷路了；或许，他们在进入到沙漠的时候迷路，越走越远。

没有了粮食。没有了草料——尽管已是初夏，但他们到达的地方竟然异常寒冷，只有零星的草芽冒出，远看似有近却无……他们宰杀了累倒的或病倒的马，然而这完全是杯水车薪。一些将士病倒，病死，将军命令要想尽一切办法将他们的尸骨带回：这并不是一件容易的事但他们做到了。战士中有一位懂些巫术的医师，他使用一种草药，涂在尸体的身上，并念动咒语：那些干瘪的尸体慢慢缩小，变得只有西瓜的大小，它们垂在马背上，有时会在颠簸中相互碰撞，发出铜器的声响。

路上，他们也曾遭遇到一小股的匈奴人，或者别的什么人：这使他们获得一些短暂的补充，依然是杯水车薪，一个多月的时间里他们一直被饥饿感折磨着，一个多月的时间，他们已经失去了旧日的体形，而变得骨瘦如柴，只有眼睛似乎变得更大。夏日来临，他们的境遇好了一点点，但这个时候将士们的怨声越来越重，这是自然的事：他们既没有走到狼居胥山，也没有再与大部队相遇。偶尔，某位将军会宣布大汉军队战胜匈奴的消息，但他根本说不出消息的来源。后来他们也不再重复这样的话题：没有人信，他们自己也不信。尽管历史上确实是那样写的，汉军大胜，此战之后匈奴失去了漠北的王庭——但这支部队并不知道。如果在那个时候某个人将这个真实的消息告知他们，他们也一定认为这不过是个谎言，自欺欺人而已。

夏日。这支部队还有七十余人，十几匹马——本来还有更多的马，包括他们从匈奴人手上抢到的，然而饥饿首先波及的是马匹的生存。

将领们最终商定，不再向狼居胥山的方向奔波，而是返回，无论返回之后迎接他们的是什么。活着的将领，要首先承担决策的责任。这个命令在宣布的时候引起一片沸腾，短暂的沸腾之后便是长久的抽泣之声——他们盼这个命令盼得太久了。

也许，只有这支深入到大漠中停留了数十天的部队明白所谓“归心似箭”的真切含义，他们每个人都是如此，每个人，包括那些忐忑的将领们。这个命令，甚至为病中的几位老兵也注入了活力，他们有的站了起来，而有一个本已病入膏肓的战士，竟然在返回的途中获得痊愈，他主动承担了牵着挂有尸体的马的工作，要知道这是一件累人的活儿。回家，这个念头简直就像一团团的火焰。

他们走过山谷。走过幽暗的树林。走过一望无际的沙海，远远望去，他们就像沙漠中轻微移动的沙子。

他们走在日出和日落之间。他们在寒冷的夜晚点起小小的火堆，守夜的士兵一点儿也不敢大意。期间，一支匈奴的部队包围过他们，也不知是怎样的力量竟然使他们获得了突围，付出的却是极小的代价。他们走着，用大脑、心脏和脚趾来猜测：距离代郡还有几天的路程，距离长安还有几天的路程……然而。

他们的猜测或者说计算其实是错误的。代郡，长安，远比他们想象得遥远。故纸中没有谁谈及他们是不是又一次迷路，但我猜测，是的。他们被自己的感觉和幻觉所欺骗，又一次失掉了方向。走着走着，他们又来到了一个沙海的边缘，这个沙海，似乎比他们走出去的那个沙海更大，更加无边无际。

只有四十余人。三匹马。而这三匹马，在踏到沙海边缘的那一刻，竟然一起倒在了地上。

将军命令，杀掉这三匹马，还算健壮的将士们背起尸体，他自己，要背两具。“我们不能丢下他们。我们要让每一个出生入死的将士的骸骨，返回到他的家乡——如果我们有机会活着回去的话。”

那一天，他们吃上了马肉，并且没有人对食物的量进行限制。然而他们都吃得很少。然而，他们在吃马肉的时候没有一点兴奋与欢乐，多数的战士吃得泪水涟涟。

……他们在沙漠中走了多久没有记载，那个时候，只有他们知道自己的存在，就像沙漠里的沙子那样。不知道过了多长的时间——是的，不知道。他们一个个倒下，他们其实在进入到沙漠的那日就已清楚没有了返回家乡的机会，但那个念头在着，在着，他们就跟着那个念头一路走着。直到……将军找到那个医师，当着所有人的面，提出了他的要求：我要求，在我们还有一口气的时候吃下你的药，涂上你的药，把我们缩小了吧，但愿，大风能把我们的尸体给吹回去。

他们涂上了药剂，他们吃掉了药剂。是的，我们猜得到结果。那个医师是最后一个，他念动着咒语，眼看着自己的身体在慢慢变小，却感觉不到一点儿的疼痛。

数日之后——书上的记载采取的就是这样的模糊性，双重的模糊性——“数日之后”是模糊的，死亡时间也是模糊的。数日之后，这些在沙漠中被阳光灼热得发黑的尸体们，一个个像西瓜那样大小，也像西瓜那样的形状的尸体们，竟然一一裂开：从里面钻出的是一只只暗黑色的鸟。它们通身黝黑，只有眼睛是红色的。

这些鸟，叫着“回家”，一起飞上了天空。

在一本没有作者名字、称为《旧史稗存》的古书中写道，这些鸟名叫“归寒”，形体有些像乌鸦。它们是秋天里最后一批飞向南方的鸟，一路上，它们叫着“回家，回家”，声音极为凄切。许多老人，女人，听见归寒的叫声就会禁不住落下泪来——他们会不自禁地想起自己的儿子、丈夫或者兄弟。这么多年了，他们还是音信皆无，不知道是活着还是已经死去。

第二十五个飞翔的故事

我们记得非常清楚：那个下午，世纪酒楼的大钟指向四点二十，一群咕咕咕咕的鸽子飞过之后，天使出现了。

它从城市的东南方缓缓飘来。在我印象中，它和白色的云朵混在了一起，是渐渐清晰起来的。若不是一个电业工人的发现，我们也许会忽略掉它的存在，只会将它的经过当成是一朵穿裤子的云，仅此而已。毕竟那个时间我们都满腹心事，昏昏欲睡，我们更多地将注意力放在了脚上、鞋子上、红绿灯上、对面的美人身上、房价和股市上——"啊，啊啊！"那个电业工人大声地叫起来，他蹲在路灯高高的电线杆上，手努力伸着，就像是一只受到惊吓的乌鸦。顺着他手指的方向，四十五度，以及一段后来被报纸弄得扑朔迷离的距离，天使出现了。

《飞过上空的天使》。在我的一篇旧小说中曾这样写道。我向你保证，我说的是真的，它在我的城市里确确实实地发生过。

天使的飞过引发了一系列的轰动和骚乱，即使在天使飞过之后也是如此，甚至可以说，天使飞过之后的轰动和骚乱才是真正的轰动和骚乱：他们争论天使的存在、飞天的存在、菩萨的存在，当日云朵的存在和天空中几种颜色的存在，并上升到真理的高度和民族情感的高度；天使的出现使 A 城成为全世界瞩目的地方，一时间，坐落于 A 城大大小小的寺庙、教堂、祠堂甚至会馆都香火极盛，虔诚的和不虔诚的人们络绎不绝，人们的呼吸和点燃的香火使 A 城的气温与历史同期相比高了十二度，升高的气温带动了饮料产业、冰柜冰箱产业、空调电扇产业，带动了遮阳伞产业、防晒霜产业、饮食业。要知道A城的旅游因为缺少景点一直显得低迷，市旅游局一直租房办公，常为买个电扇买瓶墨水打十几份报告，而天使出现之后，市旅游局在半年内即盖起了A城最高的办公大楼，据说里面是清一色的德国设备……当然，天使的出现也使A城一时间流言四起，越来越耸人听闻，地震说、火灾说、世界末日说、见龙在田说、文曲星升天说……A城政府的那位女发言人不得不频频出现，出来辟谣。然而她的所说并没特别的效果，流言还在，甚至有时会愈演愈烈，直到它被事实击破或者另一个流言开始如火如荼，人们才会把它忘却。

许多A城居民，许多头和眼睛，许多玻璃和玻璃后面的脸，许多望远镜、近视镜、老花镜、夜视镜、墨镜，许多摄影机、照相机、手机都看见了天使飞过。我们从各自的角度出发，向他人、向媒体、向各大研究机构和考察团诉说我们所看见的天使，越来越多出现的混乱让我们都感到惊讶。就以天使的翅膀为例，有人说它是白色的，也有人说它金黄、暗褐、大红、淡蓝，并有各自的照片为证，即使没有拍到照片的也信誓旦旦，说自己在维护“良知”和“真相”，其他的均是在篡改，有人以照片为证，说天使的翅膀像天鹅的翅膀，另一些人则依据另外的照片判定天使的翅膀像秃鹫的翅膀，在经过一系列的争吵之后，A城、C城分别成立了“天鹅派”和“秃鹫派”，两派制订了各自的行动纲领、服装要求和不同徽章，如果不是政府行动及时，两派很可能会发展壮大，引发暴力事件。这并非耸人听闻，多年之后，“天鹅”和“秃鹫”之争蔓延到Q国，强硬的“秃鹫派”，Q国陆军总司令发动军事政变，囚禁了属于“天鹅派”的Q国总统，“天鹅派”的支持者在游行示威中和军方发生激烈冲突，造成上千人的死伤。栖息于Q国的几十只天鹅也先后遭到了屠杀。后来发动政变的Q国陆军总司令的弟弟和女儿在一次集会中被枪杀，凶手供认，他属于“天鹅派”。

多年之后，那个爬到路灯杆上维修路灯的电工也成了英雄，是他第一个发现了天使并指给了我们。（当然，据说在他之前有一个中年女人和一个在街上遛弯儿的老头也看见了天使，三个人的名誉权官司也打了几年，最高法院最终裁定，老头和中年女人证据不足，不予采信。然而民间的、网络上的论争远未结束。）

……在这里，我要说的不是这些，而是我的朋友、发明家夏冈，以及他的悲惨生活：在我写下《飞过上空的天使》的时候，他就已经住进了疯人院，而现在距离那个时间又有了七个年头。他住在疯人院，大脑里那些疯狂的“发明”的想法却还在不断地折磨着他，而他的发明一旦付诸实施……好在疯人院里不只是他一个人，其他的病人时不时会靠近他，把他辛辛苦苦的发明破坏掉——尽管多数的时候那些人是出于“好心”，是想为他提供帮助。每次，我的朋友、发明家夏冈的“发明”被破坏掉，他就会变得极为暴躁，用头去撞一切阻挡在他面前的事物：门，墙，站在前面的人或者柱子，刚刚放进了金鱼的鱼缸——没有人能阻止他在那一时刻的疯狂，药物不能，绳索不能，木棍不能，甚至上帝也不能。

至于天使和夏冈的关系……我在《飞过上空的天使》中已经交代，这个“天使”就是夏冈的一次发明，不那么疯狂的发明，是的，他的其他发明都比这个发明疯狂得多！我还先后写过两篇《夏冈的发明》，你看看那里的他和他的疯狂！夏冈，是一个天才，魔鬼式的天才，我们这样叫他多了，他就想“创造”一个天使给我们看，于是，便有了“飞过上空的天使”。

那时，他还没有住进疯人院。

去年的这个时候我和夏冈的那些朋友们前去探望他，他已经认不出我们来，而说实话我们也没有能够认出他。他完全地……变了一个样子。在他面前，我们回忆起我们一起玩耍的旧日子，宽叶蓉甚至从她的皮包里掏出了夏冈在发明的图纸上使用的图钉——“你还记得它吧？你说，你有一个疯狂的庞大的计划……”夏冈面无表情。诗人南岛背诵了一首他多年之前写给夏冈的诗，终于获得了升迁的麦雷则回忆起他在南岛居住的地下室里做过的傻事儿……夏冈依然无动于衷。他似乎把过去忘得一干二净。

只有，当我们叫他“魔鬼”，谈起他所发明的天使的时候他的眼珠儿才开始活动。当我们谈论起“天使飞过”在A城所造成的轰动和骚乱，夏冈突然地跳起来，他“啊啊啊”地叫着，从床下的一个隐秘角落里掏出一个遥控器，使劲地按着，然后指向窗外——我们转过身去，八只眼睛一起在天空中搜索，然而天使并没有再次出现。

“啊啊啊，啊啊啊……”夏冈使劲地跳着，他的脸色通红：我看到，他手里的旧式遥控器早就遭到了损坏，应该放入电池的部位敞开着，里面根本没有电池。可就在这时，疯狂的夏冈竟然飞了起来，他的头重重地撞在天花板上。

第二十六个飞翔的故事

有一个人，从很小的时候就迷恋上了飞翔。他热爱一切和飞翔相关的事物，譬如鸟的羽毛，昆虫的翅膀，巫师的扫把，阿拉伯的飞毯，某条龙的鳞片（向他兜售那两片透明鳞片的人信誓旦旦，他将信将疑，但最终还是买了下来），或者某些绘有翅膀、云朵、行驶在天空中的太阳车、天马等图案的器物——只要有机会，有能力，他一定会将它们买下来，放置在自己的家中。于是，在他房间里、院子里的每个角落，都被“飞翔”所充满，你每前进一步都会与“飞翔”发生触碰，即使你躲过了头顶也躲不开脚下：院子里的石阶、石板路均是由鸟或古代昆虫的化石构成，仅有两块石阶有所不同，它是鱼的化石，被铺在通向水池的地方：但如果你仔细观察就会发现，那两条鱼，极像海里面能够跃出水面很久的“飞鱼”——是的，它们是飞鱼的祖先，也有同样的“飞翔”本领。屋子里面则更不用说了，地板或地毯上，尽是云朵和飞翔的图案，且不说堆在角落里的鸟的标本。

他喜欢各类的飞翔，包括马戏团里空中飞人的表演，包括童话里、小说中的飞翔故事……如果和他交谈，只要三句，他一定会兴致勃勃地将话题引向“飞翔”并且一直兴致勃勃地言说下去。就连一向纵容他的母亲都说，他一张嘴，说出的话简直就是一张织不完的飞毯，你好不容易才岔开话题，不出三两句，这张飞毯又会兜头盖脸地罩下来，让你再也扯不开。“他，也许是鸟儿转世来的。也怪我，在怀着他的时候吃过三只大雁。”

没有人怀疑他的身体里住着一只鸟儿，没有人怀疑，他的前生或许就是一只大雁。为了让自己能够飞翔，他先后为自己制造过不计其数的翅膀，当然在这不计其数中没有一次能够让他真正地飞起来；为了让自己能够飞翔，他曾把马戏团里表演“空中飞人”的演员请进自己的家里，向他们请教“飞人”的空中技巧，并将它们一下记在笔记本上。为了让自己能够飞翔，他甚至四处向人打探，能够驱动扫把、飞毯和羽毛的咒语是什么，只要能让他飞起来，哪怕只有一次，他也会为此不惜代价。

但是没有。没有人出售这样的咒语。不过，因为他的打探，一些江湖术士纷纷找上门来，于是他获得了许许多多写在黄纸上的“符咒”——按照术士们的要求，他在午夜时分将符咒拿出，点燃，喷上两口黄酒：就像他的那些不计其数的翅膀一样，黄纸上的“符咒”也没有让他实现自己的飞翔梦。

这一日。他在灯下阅读一本名为《遁甲术要》的书，突然灯光闪了三下，然后陷入黑暗。正在他惊异的时候灯再次亮起来，他的面前出现了一个白胡须的道士。

“你的事，我早听说了。”道士用他的拂尘扫了一下，角落里，一只黄雀的标本突然活了起来，它扑扇着翅膀飞到桌子上，然后飞到道士的手上。“你，真的是想飞起来？”

“是是是，当然，”那个人的眼睛都是绿的，他几乎要给道士跪下去，“我想，当然想，天天都在想。请法师帮我……”

道士伸直了他的手，那只黄雀叫了两声，飞回到角落里。它又是一个标本了，不过，它的眼睛却是一闪一闪。“你想好了吗？我怀疑，你是另一个叶公，并不喜欢真正的龙。”

“不不不，我和他不一样，我向你发誓！我自己清楚，我绝对不会是叶公。”

“好吧。不过，你的飞翔只能有这一次；而且你不能和任何人说出有过这样的经历。你先要答应我。而且，你在飞翔的时候不能反悔——反悔是没有用处的，那时候我也帮不到你什么。你必须要想好了。”“不用想，不用想”，那个人头摇得飞快：“我从很小的时候就想好了，我知道我要的是什么。大师，你快点帮我吧！我想最好能让我飞得时间长一点儿……”

那个人真的飞上了天空。

风很大，很凉，他试图抓住身侧的树，但在他伸出手去的时候树已经被甩在了很远的下面；他试图抓住身侧的云朵，但那些云朵一抓就散。上升还在继续，那个人感觉自己的骨头几乎都在裂开，咯咯咯咯地响着，脚下的山峦、河流都在变小——而它们还在继续地小下去。“不，”那个人只好闭上眼，他感觉自己就如同一粒被风吹起的沙子，被风里面的其他沙子反复蹂躏，“不。”他咬着牙，用仅有的力气来提醒自己你不能反悔反悔也是没用的你不能反悔一定一定，可是，他的双腿和心脏早已不听使唤……

“我不是叶公，”那个人对自己说着，他的眼睛里竟然满是泪水。“我是真的喜欢飞翔……可是，那个可恶的道士，竟然用这种的方式来摧毁我……我只要和鸟飞得一样高就好，可是他……”

第二十七个飞翔的故事

1953年，在休斯敦长大的唐纳德·巴塞尔姆（Donald Barthelme）当时还不是一个作家，“作家”的那部分因子还处在一种休眠状态中，“就像被放在冰水中的一些绿豆，”唐纳德·巴塞尔姆说道，“还是一种浑浊的冰水，你甚至看不到有绿豆的存在。”他试图成为一名建筑师，就像他父亲那样；他也短暂地担任过《休斯敦邮报》的记者。但当时他是一个军人，在准备着战争的部队服役。

他当时是一个军人，练习着……唐纳德·巴塞尔姆似乎不想告诉我们他在那段时间里经历了什么，在采访中他自己谈及那段时光时用出的属于修饰的词是“匮乏”。“你大约不会理解那种匮乏……匮乏到你都怀疑自己的手指、自己的鼻子是否属于自己，嗯，是本质论意义上的匮乏。你觉得自己只是一些可以移动的、怎么也组合不到一起的碎片。是的，碎片。我注定要与混合物、杂七杂八打交道，它们排除悲剧，悲剧需要纯净的文字。”

没错儿，他在准备着战争的部队服役，这一点唐纳德·巴塞尔姆是明白的，新闻纸上反复着战争的消息，每一条消息都在指向它物理性质的表面，而作为军人唐纳德·巴塞尔姆自以为知道得更深一些。这一日，唐纳德·巴塞尔姆接到命令：他所在的部队要在两天后出发，前往遥远的朝鲜。那里，现在是战场。

……略过唐纳德·巴塞尔姆得知这一消息时的内心，在访谈和有关他的传记中唐纳德·巴塞尔姆没有提供。同时也略过他和家人的告别，以及他为此的准备，这没什么可说的，“减少、简单、集中，一直是我父亲的信条。我也是。”唐纳德·巴塞尔姆谈道。好吧，那就让我们减少、简单、集中，把故事集中在他乘上飞机离开美国，飞越至太平洋的那些时间里。

颠簸。空气一直都有抖动，然而并不跟着抖动的是一股从军用胶鞋里散发出来的、黏稠着的浑浊气味，它直接塞进了每一个人的鼻孔。唐纳德·巴塞尔姆觉得自己的鼻子只有一小半儿是通的，另外的部分似乎正在感冒，有一些火辣辣的感觉。在他左侧，吉米·克罗斯一直在翻看一位叫马莎的姑娘的来信，需要说明的是它并不是情书，不过吉米·克罗斯一直把它当作情书来看。他把这些信小心地折好，用塑料布包上，大约是想将它放在自己的背包里——然而在放进背包之前吉米·克罗斯就会改变主意，他会再次将塑料纸打开，将信纸打开……如此反反复复，以致坐在对面的大个头亨利·多宾斯变得焦躁而愤怒。他用重重的鼻音表示着自己的情绪，吉米·克罗斯没注意到，不过他还是折叠了信，闭起了眼睛。亨利·多宾斯携带着一枚泡在福尔马林中的鹰爪，据说它能带来幸运和勇气：战场上当然需要这些，没什么可说的，唐纳德·巴塞尔姆自己也携带了一件他以为的幸运物，始终贴在他心脏的位置上。拉文德在飞机的抖动中打起了鼾，不过很快他就从自己的尖叫中把自己吓醒：没有人知道他梦到了什么，也没有人想知道。米切尔·桑德斯在摆弄他的钢盔，他用军用的小刀试图刻上一行怎样的字，但飞机的颠簸总在改变他的动作：钢盔上出现的只是一些杂乱的线条，而他却依然锲而不舍。

极为漫长的旅行，而它奔向的是——空气一直都有抖动，然而并不跟着抖动的是一股从军用胶鞋里散发出来的、黏稠的浑浊气味，它直接塞进了每一个人的鼻孔。没有谁抱怨，他们各自有着更重的心事，事实上，是的。在一个短暂的睡眠中，唐纳德·巴塞尔姆梦见自己是一只白色的鸟，穿梭在一片厚厚的乌云中，他还梦到了战场。

先后有三次计划中的降落、加油和补充物资，第三次降落是在关岛，当飞机停在跑道上的时候唐纳德·巴塞尔姆突然心头一紧，他悄悄地抓紧了身侧的扶手，而吉米·克罗斯的表情也异常凝重，就连大个头的亨利·多宾斯也重重地出了口气：等飞机重新起飞，再降落的时候就将是朝鲜，几天的飞行中他们不知道这几天里朝鲜曾经发生了什么，正在发生着什么。在某种程度上，所有未知都会让人恐惧，而战争大约尤其如此。因此，当飞机停下来加油和补充物资的时候，机舱里的所有人都不说话，只是大口大口地喘着气，仿佛少吸一点儿就会造成很大的不划算似的。

哐当哐当。飞机因为装入了什么而不断地晃动。白色的云，它毫无表情地悬在那里，仿佛里面没有什么水汽，而是些碎掉的棉絮，一呼吸到它就能堵塞住鼻孔。亨利·多宾斯试图脱掉他的一只靴子，他只脱到了一半儿便又穿回去，然后从他的背包里取出装有鹰腿的玻璃瓶——他说过，那是他父亲的战利品，现在归属他了。一辆墨绿色的吉普绕着飞机奔驰，它的轰鸣声甚至大过了飞机的轰鸣，一个军官在朝着机舱里喊叫，但唐纳德·巴塞尔姆并没有听清他说的是什么，多重的轰鸣盖过了他。后来，那位军官登上了飞机。

你们知道这架飞机飞向哪儿吗？知道，你们当然知道。我知道你们不愿意提那个词，那个词就像是一个可怕的炸弹，砰！一旦不小心把它咬到了它就会在你们的舌头边上爆炸，你们这些人肯定是这样想的！你们以为，不谈它它就不存在了吗？现在，你们要做的是面对它，说出它，咬碎它！快快快，跟我把它说出来，朝鲜，朝鲜，朝鲜！张大你们的嘴巴！让我能看到你们的牙齿，别让我把它想办法敲掉！快快快！都给我大声念出来！

不知道是出于怎样的原因，唐纳德·巴塞尔姆感觉飞机颠簸得更加厉害，而那个新上来的奎斯格德中校则滔滔不绝，他的声音里像是塞满了沙子。你们惧怕，我知道，你们当然会惧怕。但战争没什么了不起的，只有惧怕才是。你们听清楚了吧，我说惧怕才是了不起的，我说的不对吗？站起来告诉我，我说的不对吗？站起来，你这个胆小鬼，你是在飞机上它不会把你甩下去的快点站起来回答我！说，你惧怕，为什么还要来到这个该死的地方？

滔滔不绝的奎斯格德中校简直是一挺后坐力很大的机关枪，他几乎让唐纳德·巴塞尔姆生出一种错觉：这挺机关枪在不断地扫射，机舱里布满了闪烁的火光，而他们这些系着安全带的战士们无路可逃，纷纷被奎斯格德中校射出的子弹炸成了碎片。朝鲜。中国人。山上的雪和结冰的河流。轰炸。汽车的坟场。你随手可以拾到的手指、脚趾，它们是新鲜的，苍白的。可恶的偷袭，他们只能这样，意识形态只产生冻在血地里的骨头，去他妈的战争。被吓破了胆的人，他们会顺着山阴走到沟里去，一路上不停地咳，直到把胆汁和碎裂的苦胆都吐出来为止。你得好好和恐惧亲近，和它抱得紧一些，就像是孩子抱住他的布娃娃那样，你得学会听它的话，和它商量……是的，这样一点儿也减少不了敌人的可恶，他们就像是一群蝗虫，蝗虫，懂吗？

天天都有碎片，树木的碎片，石头的碎片，冰块的碎片，身体的碎片，见多了你就会习以为常，你知道这才是真的。不，你们不要想什么完整性，不是那么回事儿，没那么回事儿。这个混蛋的世界，你别想什么完整，那是傻瓜和骗子们才想有的。刚才我说到哪儿啦？恐惧，你得和恐惧亲近，但恐惧也有它的牙齿，你得随时提防它来咬你，你得提防它，它就像你在家里养着的猫……那些蝗虫会打扮成你的猫来咬你，你可是要小心！在它要咬到你的时候你要先把它撕碎！这样，就多了一些新的碎片，碎片，懂吗？告诉我，你听明白了没有？等你们下了飞机马上就会明白的，可我还是得告诉你们，以免你们这些新兵去向你们的长官告我说我没有做到提醒。不、不、不，恐惧可不是坏事儿，你们只有懂得了恐惧才能不被死亡抓到，仅仅靠运气可是不行的……

唐纳德·巴塞尔姆闭上了眼睛，他的脑袋完全是木的，已经有十几个小时没有好好地睡一觉了，疲劳让他感觉自己的身体布满了各种各样的空洞，只有奎斯格德中校的没完没了才能敲出一点点的回响。他再次把眼睛睁开，脸转向机舱的外面：外面一片黑暗什么也看不到。不知道，又过了多久。

唐纳德·巴塞尔姆再次发现自己是一只白色的鸟，只是上面写满了密密麻麻的字，这让他看上去并不像是真正的鸟而只是一只鸟的拼图。还没有成为作家，也没有想过要成为作家的唐纳德·巴塞尔姆凑近了晃晃悠悠的拼图，上面写下的单词是：蝗虫。碎片。咬到手指的猫。阵营。意识形态。托马斯主义者。989—7277。经济。骨骼。恐惧……他发现拼图的尾巴上写着更多的字，但这只鸟越飞越快他根本无法看清楚。这只鸟越飞越快。它颤抖得厉害，而恐惧那个词则突然突了出来，不，唐纳德·巴塞尔姆想把写有那个词的拼图用力地按回原处，而就在他的手指即将碰到鸟的身体的时候，这些拼图骤然地散开了……

“唐纳德，你梦到了什么？”

唐纳德·巴塞尔姆擦了擦嘴巴，他告诉吉米·克罗斯，自己梦到的是碎片，飞在空中的碎片。这时，飞机猛然地晃动起来，然后是……

它颠簸着降落在跑道上。

等心事重重、怀着某种不祥的预感的唐纳德·巴塞尔姆们走下飞机，迎接他们的是一阵阵让他们一时摸不到头脑的欢呼，但没有人扑向他们。后来，迎接这批新兵的奎斯格德中校打听到，这片土地上已经没有了战争，就在他们飞翔在空中将要降落的前十分钟，停战协定已经签署，他们不会再遭遇炮火、恐惧、死亡和敌人——至少现在是这样。

“可我，在空中已经分裂成了碎片。”唐纳德·巴塞尔姆喃喃自语，他的手拍打着把他运到朝鲜来的运输机，“我再也不可能相信完整性。任何的。”就在那个凌晨，一直被封在冰水里的绿豆们开始发芽。

第二十八个飞翔的故事

它发生在二十世纪，但我保证它是真的。故事是我四爷爷讲述的，他讲述的是他的五叔——李玉升的故事。

晚年的李玉升瘫痪在炕上，不会动，什么也做不了，除了流泪。他总是用一双泪眼看着你，看得你心酸——哪怕你是兴高采烈地到来也不行。不过他还是挺能吃的，四爷爷说，他一顿能吃半个窝头，“还想多吃呢！”

其实也不是什么都做不了，真不是——深夜的时候，李玉升的“魂儿”就会从他的身体里飞出来，从门框的缝隙里钻出去，然后背上院子里的粪筐，拿起木叉，然后又飞过院子、飞过村庄，到围子墙外的子牙河里去捕鱼。

第二天早上，李玉升的妻子、儿子早早地起来，就会发现在屋檐下粪筐里的鱼，它们已经被寒冷给冻住了，一个个还张着渴望的嘴巴。李玉升的儿子，我们叫哑巴柱爷的男人就背着这些被冻住的、弓着背、甩着尾的鱼到集市上去卖，有时需要走上三四十里路。大鱼三分，小鱼一分。有时哑巴柱爷会在天黑时分才回来，他的脸总是红得发紫，有一块儿一块儿的冻疮。

日复一日。粪筐里的鱼有时多有时少。但总是有。

它是真的，真的是李玉升的魂儿飞出去做的——证据就是，早晨起来，李玉升的双腿总是凉凉的，有时还会带有一些水渍或者几片水草的叶，有时腿上、脚上会莫名其妙地出现一道两道不算浅的划痕或伤口。四爷爷发誓，他看到过，他没说一句假话。“他那么能吃，也是因为累。”

有一天哑巴柱爷很晚才回来，而他的粪筐里还有几条没能卖出的鱼。李玉升的妻子看着可惜，于是便用水洗了鱼，去掉了鱼鳞和苦胆，放上盐，两片腌了很久的白菜，然后把它们煮在了水中。鱼快熟的时候，她想了想又用筷子蘸了两滴香油滴在汤里。

哑巴柱爷把鱼汤端在父亲的面前。李玉升的眼里流着泪，而他的脸色竟然也变了，似乎有拒绝、愤怒、恐惧或者别的什么……可他不能说话，而哑巴柱爷本来就不会说。他们是两个哑巴。哑巴柱爷没有理会父亲李玉升做出的表情，他把筷子凑近了父亲的嘴。

不知哪来的力气。一直不能动只有眼泪的李玉升突然伸出了手，推开了哑巴柱爷的筷子。但一滴鱼汤还是沾上了他的嘴唇。

四爷爷说，他是不能沾鱼汤的，他不能吃自己捕来的鱼。沾了鱼汤，他的魂儿就再也飞不出去，再也不能捕鱼了。之后，李玉升家的粪筐里就再没出现过鱼。

而瘫痪在炕上的李玉升，不吃不动，眼泪也不流了，大约过了七天他就去世了，用草席去包裹李玉升的尸体的时候，四爷爷他们看到，李玉升的腿上长出了一片一片的鱼鳞。

第二十九个飞翔的故事

她的男人陶醉于无休止的赞美声中。她感觉，她和他的耳朵都已经灌满了那样的声音，可他还是乐此不疲，愿意接受那些叽叽喳喳的赞美。

盖世无双。英雄。是他救了我们，让我们免于十个太阳之苦，是他杀掉了伤人的豺狼。是他杀掉了那个具有神力的野兽。进而，是他为我们修桥，让我们远离了水患……她知道，有些事并不是他的，他没做，然而此时的他从不纠正别人附加给他的那些功德，对于那样的添油加醋，他浑然不觉，甚至会像喝下了蜂蜜一样高兴。他渐渐地不再是他。

她劝他，你不能这样，你得站出来纠正。这件事你没有做啊。“那又怎样？我之前不是做过类似的事吗？他们说的……不能说完全不对。”她劝他，你不能总听这样的巧语，它会让你改变心性的，那个被你和十五个少年一起杀死的野兽不就是这样——“你这是什么话？你怎么能，把我和野兽放在一起？在你的眼里，我是什么人？”他摔掉了她递过来的水杯。“我看，你才变了呢。你再不是原来的那个嫦娥了。”

她的男人陶醉于无休止的赞美之中，对于赞美，他已经表现得矜持而傲慢，仿佛它不过是耳边的一阵凉风，但没有这连绵不断的凉风他就会浑身不舒服，就会从胸肺中生出太多的火气。他不再愿意待在家里，而是一大早就早早地出门而去，很晚才回来或者偶尔不再回来。他觉得自己待在家里，耳边就会多出一只让他厌恶的苍蝇，那只苍蝇简直生了十几条舌头。

她的男人迷恋上了喝酒，之前他也喝，但不像现在这样着迷，酒，简直已经进入到他的魂魄，是他魂魄的一个部分。而此时，他的部族正遭受着虫灾和旱灾，许多人不得不挨饿。然而酒，却总是源源不断地给他送来。她劝他，不要这样喝，你要知道用来酿酒的粮食……“你少废话！我知道分寸，我比你更懂得怎么去爱他们！要不是我杀掉了野兽，驱赶了豺狼，除去了封豚，斩杀了修蛇，射下了九个太阳……”

她听说，她的男人差人为他打猎，没有猎物的时候就抢农人的牛羊充数，吃不掉的肉则埋进一个山冈，因此，那里的树生长得异常茂盛。在经历数日的挣扎之后，她决定再劝他一下。“难道你没有吃到肉吗，你吃的肉是哪里来的？”他简直是怒不可遏，“你别用这样的眼光来看我！我知道分寸！要不是我杀掉了野兽，驱赶了豺狼，除去了封豚，斩杀了修蛇，射下了九个太阳……他们不应当为恩人多付出点吗？要知道，他们都是心甘情愿的，他们是懂得感恩的！这，才是我一直拼力保护的部族！他们并不像你！”

某一日，她在路过一个竹林的时候听到一阵哀泣之声，躲在树木和竹子的后面，她终于听清了哀泣的内容。两个姐妹，同时被她的丈夫看上，而他的意愿根本无法违抗——姐妹俩，只好偷偷地在竹林里哭上一会儿，她们的哭泣使得竹子上面有了斑斑的泪点，用手也无法擦去。她想了想，想了想，没有惊动可怜的姐妹，而是径直朝着丈夫的宫殿走去。

“你说的是真的？有这回事？”他沉着脸，“不过并不是我的强求，我的臣民们，包括她们的父亲母亲都可以为我作证。是她们愿意奉献，是她们一定要用这样的方式表达她们的感激。要不是我杀掉了野兽，驱赶了豺狼，除去了封豚，斩杀了修蛇，射下了九个太阳……好吧，我就是做一点儿错事又怎样？相对于他们之前的苦难，之前的恐惧，他们更愿意为我这个盖世的英雄做些小事。倒是你，原本我最亲近的人，却总是不甘，总是抱怨，没有一点点的感激和感恩！你是我所见到的最最没有感恩之心的人！好吧，你和别的子民过同样的日子去吧，我相信某些贫苦会让你知道我让你都得到了什么。”

她被一辆马车拉到了城外，在一个偏僻的山沟里住下。“你将自己来种植，从你的种植中获得你的粮食。你将自己来种植，从你的种植中获得你的衣物。你，也将自己来捕猎，否则你就没有肉食……这是尊敬的、伟大的、盖世无双的你的丈夫的命令。我们没有人可以违抗。”

天渐渐地黑下来，北风呼号。她从怀里掏出一个小小的锦盒——这是她在离开王宫的时候唯一带出来的东西，没有人知道她带出了这个锦盒。它里面，是两粒蓝色的药丸。

这是她的丈夫，在射掉九个太阳之后从西王母那里获得的奖赏。据说一枚可以长生，而两枚则会升到天上去——她看着那两粒药。一直看着，流着泪，一直坐到天亮。

她飞了起来。她飞向云朵的高处，月亮的高处：没有人知道她一夜的挣扎都经历着什么，哪一种选择更让她痛苦。